正常人

莎莉・魯尼——著　　李靜宜——譯

NORMAL PEOPLE

SALLY ROONEY

目錄

可貼切名之為「轉化」的心性轉變有諸端神祕未解之謎，其一即是，在某人帶著獨特影響力碰觸我們的心靈，讓我們心悅誠服接受之前，天地之間的真相無從在我們大多數人眼前燦然昭現。

——喬治．艾略特，《丹尼爾．德隆達》

二〇一一年一月

康諾按門鈴的時候，梅黎安來開門。她身上還是學校制服，但脫掉毛衣，只穿襯衫和裙子，腳上也只套著褲襪，沒穿鞋。

噢，嗨，他說。

進來吧。

她轉身，穿過玄關。他跟在後面，把背後的大門關上。往下走幾個臺階就是廚房，他媽媽蘿芮在廚房裡，正剝下橡膠手套。梅黎安跳上流理臺，拿起一罐巧克力醬。已打開瓶蓋的罐子裡插了根湯匙。

聽梅黎安說你今天收到模擬考成績了，蘿芮說。

英文成績出來了，他說，各科公布的時間不一樣。妳要走了嗎？

蘿芮把手套折好，收回水槽底下，然後解開頭髮上的髮夾。康諾覺得這應該是她上車之後才會做的動作。

我聽說你考得很好，她說。

他是全班第一名，梅黎安說。

是啊，康諾說，梅黎安也考得很好。我們可以走了嗎？

正要解開圍裙的蘿芮愣了一下。

我不明白我們有什麼好急的，她說。

他雙手插口袋，強忍住不發出煩躁的嘆息。但爲了不嘆氣，只能用力大吸一口氣，結果發出的聲音聽起來仍然像是嘆氣。

我去把烘乾機裡的衣服拿出來，蘿芮說，然後我們就可以走了，好嗎？

他什麼也沒說，就只是低著頭，任由蘿芮走出廚房。

你要吃一點嗎？梅黎安說。

她捧著那罐巧克力醬往前遞。他的手往口袋裡插得更深一些，彷彿想讓整個人都躲進口袋裡。

不了，謝謝，他說。

你今天拿到法文成績了嗎？

昨天。

他背靠著冰箱，看她舔湯匙。他和梅黎安在學校裡假裝互不相識。大家都知道梅黎安住在一幢有車道的白色豪宅，也知道康諾的母親是個清潔婦，但沒有人知道這兩個事實之間存在的特殊關係。

我拿到A1，他說。妳的德文呢？

A1，她說，你這是在炫耀嗎？

妳會拿到六百分的，對吧？[1]

她聳聳肩。你大概也是，她說。

這個嘛，妳比我聰明。

別覺得難過，我比任何人都聰明。

梅黎安咧開嘴笑。她在學校裡表現得一副對誰都很不屑的樣子。她沒有朋友，午餐時間總是自己一個人邊看小說邊吃飯。有很多人恨她入骨。她十三歲喪父，康

---

1 愛爾蘭的高中生畢業考試（Leaving Cert），畢業生將選擇六門學科應試，必選科目是愛爾蘭文，作為大學入學評鑑門檻，滿分為六百分。改制前的評分分為十四個級等，最高評等為A1。二〇一七年改制之後，分成八個級等，最高為1，最末端為8。（編按）

諾聽說她腦袋有點問題。但沒錯，她確實是學校裡最聰明的人。他很怕像這樣和她單獨在一起，但也發現自己幻想著能講些讓她佩服的事。

妳的英文不是班上第一名，他說。

她舔舔牙齒，蠻不在乎。

也許你應該教教我，康諾，她說。

他覺得耳朵發燙。她很可能只是要耍嘴皮，並不是有意暗示什麼，但就算她意有所指，和她扯上任何關係，也都只會害他丟臉而已，因爲她是衆人憎惡的對象。她穿難看的厚底平底鞋，素著一張臉，什麼妝也不上。還有人說她甚至不刮腿毛什麼的。康諾有一回聽說，她在學校食堂裡吃巧克力冰淇淋的時候沾到衣服上，於是衝進女廁，脫下上衣，拼命想在洗手臺洗乾淨。這是大家最愛講的故事，每個人都聽說過。如果她有意，大可以當衆在學校和康諾打招呼。下午見啦，她可以當著所有人的面前這麼說。如此一來，他肯定會陷入尷尬境地，而這也是她通常樂於做的。只是她從來沒這樣做。

你今天和妮莉老師說了什麼？梅黎安說。

噢，沒什麼。我不知道。考試吧。

梅黎安把湯匙在罐子裡轉了一圈。
她喜歡你還是怎麼著？梅黎安說。
康諾看著她轉動湯匙。他還是覺得耳朵發燙。
妳爲什麼這樣說？他說。
天哪，你該不會和她談戀愛吧？
當然沒有。妳拿這種事開玩笑，覺得很好玩嗎？
對不起，梅黎安說。
她一臉專注，彷彿想從他的眼睛看穿他的腦袋。
你說得對，這一點都不好玩，她說，對不起。
他點點頭，稍微張望一下四周，鞋尖摳著磁磚之間的小縫。
我有時候覺得她在我身邊的時候表現得怪怪的，他說，但我沒跟別人說過。
就連在課堂上，我都覺得她不時挑逗你。
妳眞的這麼覺得？
梅黎安點點頭。他揉揉脖子。妮莉老師教經濟學。學校裡很多人議論紛紛，都說他對她有意思。有人甚至說他想加她臉書好友，但他根本沒這麼做，以前沒有，以後也不會有。事實上，對她，他什麼事也沒做，什麼話也沒說，他就只是靜靜坐在那裡，讓她對他做，對他說。她有時候會在課後留他下來，討論他的人生規劃，有一回，她甚至摸了他的制服領帶結。他不能告訴別人說她做了什麼，因為大家會以為他在吹牛。成為班上同學注意的焦點，讓他覺得很尷尬，也很氣惱，所以他總是瞪著課本，瞪到書上的長條圖都開始變得模糊。

大家老是嘲笑說我喜歡她還是什麼的，他說，我根本就沒有。我的意思是，她表現得那樣，我怎麼可能還會喜歡她？

我看見的可不是這樣喔。

他不假思索地在制服襯衫上抹抹掌心。每個人都相信他喜歡妮莉老師，讓他有時候也不禁懷疑自己。會不會他有意識或無意識地也渴望著她呢？他甚至不確切瞭解渴望該是什麼樣的感覺。在眞實生活裡，和別人上床的時候，他總是覺得壓力好大，很難享受到快樂，害他懷疑自己是不是哪裡有毛病，是不是沒辦法和女人親密，是不是有某種發育缺陷。事後他總是躺在那裡想著：我討厭到想吐。這會不會就是他眞實的反應？妮莉小姐挨近他課桌時，他覺得噁心想吐，會不會其實就是他對性的反應呢？可是他又怎麼會知道？

我可以替你去找雷昂老師，如果你希望的話，梅黎安說。我不會說是你告訴我的，我會說是我自己注意到的。

天哪，不行，絕對不行。別告訴任何人，好嗎？

好吧，沒問題。

他看著她，確認她是認眞的，然後點點頭。

她對你的態度，並不是你的錯，梅黎安說，你又沒做錯什麼。

他靜靜地說：那爲什麼每個人都覺得我喜歡她？

也許是因爲她一跟你講話，你就臉紅。可是你知道嗎，你不時臉紅，那是你的招牌表情。

他發出短促不快的笑聲。謝啦，他說。

欸，你眞的很容易臉紅。

是喔，我自己都沒發現。

你現在就臉紅啦，梅黎安說。

他閉上眼睛，舌頭抵著上顎。他聽見梅黎安在笑。

妳幹嘛對人這麼尖酸刻薄？他說。

我才沒尖酸刻薄也不在乎你臉紅不臉紅，我不會告訴別人的。

妳不會告訴別人，並不表示妳想說什麼就可以說什麼。

好吧，她說，對不起。

他轉頭，看著窗外的花園。說是花園，其實是一整座「園子」，有網球場，還有一尊很大的石雕女像。他望著園子，臉貼近散發冰冷氣息的玻璃。學校同學喜歡講梅黎安在廁所洗手臺洗衣服的事，表面上看起來只是覺得好玩，但康諾認爲，眞正的目的並非如此。梅黎安從未和學校裡的任何人交往，沒有人看過沒穿衣服的她，甚至沒有人知道她喜歡的是男是女，她不告訴任何人。大家因此而憎恨她，康諾覺得這才是大家講這個八卦的原因。是因爲對自己原本不容看見的場景瞠目結舌，所以才有的反應吧。

我不想和你吵架，她說。

我們沒吵架啊。

我知道你八成很討厭我，但你是唯一一個眞正和我講話的人。

我從沒說我討厭妳，他說。

這勾起了她的注意。她抬起頭。他有點困惑地轉開視線，但眼角還是瞥見她盯著他看。和梅黎安講話的時候，他總是覺得他倆保有絕對的隱私。他可以把自己的任何事情告訴她，再怪異的事情都可以，她絕對不會告訴別人，他知道。和她獨處，就像日常生活開了一扇門，他可以走進去，關上門。他並不怕她，事實上，她是個很隨興的人，但他很怕待在她身邊，因爲他總是覺得自己的行爲擧止很不自在，就連講話都和平常不太一樣。

幾個星期前，他在玄關等蘿芮，梅黎安穿著浴袍從樓梯下來。那只是件普通的白色浴袍，衣帶也很普通地打了個結。她頭髮濕淋淋，皮膚閃亮亮，像剛塗了乳霜。一看見康諾，她在樓梯上遲疑了一晌，說：對不起，我不知道你在這裡。她或許有些慌，但並沒有亂了方寸。她轉身走回樓上的房間。他繼續站在玄關等候。他知道她很可能回房間穿衣服，待會兒再下樓來，她穿的會是在碰見他之後所挑選的衣服。但是，梅黎安還沒再度現身，蘿芮就準備好要離開了，所以他沒機會看見她換上什麼衣服。他倒也不是眞的很想知道啦。他當然也不會告訴學校裡的任何人，說他看見她穿浴袍的模樣，或她有點慌亂的神態，因爲這不關別人的事，其他人不需要知道。

我想，我喜歡你，梅黎安說。

他愣了好幾秒鐘沒說話，他倆之間的隱私感如此強烈，彷彿有具體的重量，重重壓在他的臉和身體上。這時蘿芮回到廚房，把圍巾繫在脖子上。她輕輕敲了門，儘管門本來就是開著的。

可以走了嗎？她說。

可以，康諾說。

謝謝妳，蘿芮，梅黎安說。下個星期見。

康諾已經朝廚房門口走去，他媽媽說：你應該要說再見，不是嗎？他轉頭，卻沒辦法看著梅黎安，於是垂下目光看著地板。好吧，再見，他說。他沒停下腳步聽她的回答。

坐上車，他媽媽繫好安全帶，搖搖頭。你應該對她客氣一點，她說，她在學校很不好受。

他插進鑰匙，發動引擎，看著後照鏡。我對她很客氣，他說。

她其實非常敏感，蘿芮說。

我們可以談別的嗎？

蘿芮做個鬼臉。他瞪著擋風玻璃，假裝沒看見。

三星期之後
（二〇一一年二月）

她坐在梳妝臺前，看著鏡裡的自己。她臉頰和下巴的線條不太明顯，整張臉看起來像某種科技產品，一雙眼睛眨啊眨的宛如螢幕游標。又或者，會讓人懷舊地聯想起倒映在某種物體上的月亮，略微歪斜地晃動著。這張臉彷彿同時有著許許多多的表情，但又一點表情都沒有。爲這樣的場合化妝會很尷尬，她斷定。她眼睛盯著鏡裡的自己，手指沾起打開的唇蜜，塗在嘴唇上。

她在樓下拿起掛勾上的大衣時，哥哥亞倫從客廳走出來。

妳要去哪裡？他說。

出去。

去哪裡？

手臂套進衣袖，調整好衣領，她開始緊張起來，希望自己的沉默表現出來的是桀驁不馴，而非舉棋不定。

就只是出去走走，她說。

亞倫擋在門口。

嗯，我知道妳不是要去見朋友，他說。因爲妳根本沒有朋友，不是嗎？

是的，我沒有朋友。

她微笑，沉著的微笑，希望這個溫和的反應可以安撫他，讓他不再擋路。但他說，妳這是在幹嘛？

什麼？她說。

妳現在這個詭異的笑容。

他模仿她的表情，扭曲成一個醜陋的咧嘴笑，露出牙齒。儘管臉上掛著笑，但這極盡醜化扭曲的模仿，卻讓他看起來滿臉惱怒。

沒有朋友，妳很開心嗎？他說。

不。

她笑容依舊，往後退開兩小步，然後一轉身，走向廚房，那裡有道通向花園的落地玻璃門。亞倫跟上，抓住她的上臂，把她從後門門口拉回來。她不自覺地咬緊牙關。他的手指隔著外套掐住她手臂。

妳有膽就去找媽哭訴，亞倫說。

不，梅黎安說，我不會。我只是要出去走走。謝謝你。

他放開她，她拉開玻璃門，走出去，關上門。屋外好冷，她牙齒開始打顫。她繞過房子側面，沿著車道一直走到馬路上。剛才被哥哥掐住的手臂還在隱隱抽痛。她從口袋裡掏出電話，開始輸入簡訊，卻一再按錯鍵，刪除，重打。最後終於傳出去了：我出發了。還來不及把電話收回口袋裡，回訊就來了：期待馬上見面。

上個學期末，足球校隊打進某個錦標賽的決賽，全年級都少上三堂課，去看他們比賽。梅黎安以前沒看過他們比賽。她不喜歡運動，對體育課很頭疼。搭巴士去球場途中，她一直戴著耳機，也沒人和她講話。窗外有黑色的牛，綠色的草，以及褐色屋頂的白房子。足球隊坐在巴士車頂，喝著水，互相拍肩打氣。梅黎安覺得自己真實的人生彷彿在很遙遠的地方，在沒有她參與的情況下開展，她不知道能不能找到那個地方，也不知道能不能成爲那個人生的一部分。她在學校的時候常有這樣的感覺，但是她看不見那個人生的任何景象，也體會不到在那裡生活是什麼樣的滋味。她只知道，只要那個人生一旦開展，她就不必再加以想像。

比賽很無聊。巴士載他們到這裡來的目的，就是要他們站在看臺上歡呼。梅黎安和凱倫與其他幾個女生，站在靠球門附近。除了梅黎安之外，每個人好像都會唱校歌，她沒聽過的歌詞，大家都背得滾瓜爛熟。踢到半場結束，比數還是零比零，妮莉老師帶著整箱的果汁和巧克力棒分給大家。下半場兩隊換場，校隊朝梅黎安旁邊的這個球門進攻。康諾．沃隆是中鋒。她看見他一身球衣站在場上，短褲白得發光，校隊制服背後有個大大的九號。他踢球的動作很漂亮，比其他球員漂亮得多。他身形優雅，彷彿是畫筆一筆揮就的修長線條。球朝他們的方向踢來時，他轉身就跑，有時也高舉一手，然後停下來不動。欣賞他踢球很愉快，她覺得他不知道、也不在乎她站在哪裡。要是哪天放學之後，她提起今天來看他比賽的事，他肯定會笑她，說她怪。

第七十分鐘，艾登．甘迺迪在左半場一記長傳，球飛到康諾面前。康諾在禁區角落起腳一踢，球越過防守的諸球員頭頂，順利進網。所有的人都驚叫起來，包括梅黎安，凱倫更伸手環住梅黎安的腰，摟得緊緊的。她們一起歡呼，共同見證了足以化解她倆日常社交關係的奇蹟。妮莉老師猛吹口哨，用力跺腳。康諾和艾登在球場上擁抱，宛如久別重逢的兄弟。康諾眞是太帥了。梅黎安突然覺得好想看他和人做愛，對象不一定非是她不可，可以是任何人。光是欣賞著他，必定會覺得非常之美。她知道，就是這樣的想法讓她和學校裡的其他人格格不入，讓她顯得比其他人更古怪。

梅黎安班上的同學似乎都很喜歡學校，而且覺得這樣很正常。每天穿制服上學，遵守不容違反的校規，隨時被監視有無行爲不端，這對他們來說很正常。他們完全沒意識到學校是個專制壓迫的環境。梅黎安去年曾經和歷史老師柯力肯先生吵過架，因爲他逮到她上課的時候看窗外，全班沒有任何同學站在她這邊。每天穿上戲服，被趕到一間大宅院裡待上一整天，在她看來簡直就是瘋了。而她竟然還不可以隨心所欲看她愛看的東西，就連眼球的轉動都要受校規規範。妳眼睛盯著窗外做白日夢，根本沒在認眞上課，柯力肯老師說。梅黎安於是發脾氣，頂回去：你少自欺欺人了，我從你身上哪能學到什麼。

不久前康諾還說他記得那次的事，當時他覺得她對老師太過分了，因爲柯力肯老師已經算是最講理的老師。但我明白妳的意思，康諾說，妳覺得自己被關在學校裡，這我懂。他應該要讓妳看窗外的，我同意。妳這樣做又沒礙著任何人。

那天在廚房，她說她喜歡他，之後，康諾就更常到她家來。他會提早來等媽媽下班，然後在客廳閒晃，不怎麼開口；再不然就雙手插口袋，站在壁爐前面。梅黎安從沒問他為什麼來。他們會說說話，或者她講，他點頭。他說她該讀《共產黨宣言》，他覺得她會喜歡，還說要幫她把書名寫下來，好讓她不會忘記。我知道《共產黨宣言》是什麼，她說。他聳聳肩，好吧。過一會兒之後，他又微笑說：妳想裝得比我厲害的樣子，可是妳根本就沒讀過。她忍不住笑起來，而他也笑，因為她笑了。他們大笑的時候無法看著彼此，他們得盯著牆角，或自己的腳。

康諾似乎理解她對學校的感覺，說他想聽聽她的看法。你在課堂上早就聽夠了，她說。他實事求是地回答說：妳在班上的時候很不一樣，和現在不一樣。他彷彿認為梅黎安擁有不同的身分，可以輕易穿梭轉換。這讓她意外，因為她向來覺得自己的性格始終如一，無論何時何地，都不在乎自己做了什麼或說了什麼。她以前嘗試過要表現出不同的性格，當成是一種實驗，但失敗了。若是她和康諾在一起的時候顯得不同，這個不同也不是來自於她內在的性格，而是來自於他倆之間的動能。有時候她可以惹得他哈哈大笑，但有時候他卻寡言沉默，神祕莫測，等他離開之後，她就覺得很亢奮，焦躁不安，既活力充沛，又彷彿被榨乾了。

上個星期，他跟著她到書房。因爲她要找一本《下一次將是烈火》[2]借給他。他站在那裡看著書架，制服襯衫第一顆鈕釦沒扣，領帶鬆鬆繫在脖子上。她找到書，遞給他，他就在窗邊坐下來看著封底。她坐在他身邊，問他說，他的朋友艾力克和羅勃知不知道他讀這麼多課外書。

他們對這些東西不感興趣，他說。

你的意思是，他們對周遭的世界不感興趣。

康諾做了個鬼臉，就像往常聽見她批評他朋友的時候一樣，面無表情地皺起眉頭。不是這樣的，他說，他們有自己的興趣。我不認爲他們會讀種族主義之類的書。

是啊，他們整天忙著吹噓自己和誰上床了，她說。

他沉吟片刻，彷彿耳朵已經聽見這個評論，但不知道要怎麼回答。是啊，他們是有點這樣啦，他說，我不會替他們辯解。我知道他們有時候挺討人厭的。

---

2 The Fire Next Time，為美國作家詹姆斯．鮑德溫（James Baldwin，1924-1987）的散文集。身為黑人與同性戀者，鮑德溫的作品關注種族與社會議題，並積極參與民權運動，小說《向蒼天呼籲》（*Go Tell it on the Mountain*）為《時代雜誌》選為一九二三—二〇〇五年百大英語小說。

你不覺得困擾？

他又沉默一晌。大部分時候不會，他說。他們有時候做得太過分，確實會惹得我不高興。但是一天終了的時候，他們還是我的朋友，妳也知道。這和妳不一樣。

她看著他，但他低頭看著書脊。

為什麼不一樣？她說。

他聳聳肩，把書封彎來折去。她覺得有點失望，臉和手都熱了起來。他還是看著那本書，雖然他肯定已經讀完封底的簡介了。對於他的存在，她已經以一種精微如顯微鏡的方式適應了，彷彿他每一個尋常無奇的呼吸，都強大到足以讓她生病的程度。

妳知道妳上回說妳喜歡我，他說。那天在廚房裡，我們聊到學校的時候。

是啊。

妳的意思是朋友之間的喜歡，還是什麼？

她低頭盯著自己的腿。她這天穿著燈芯絨裙，透過窗戶照進來的光線，看見裙子上凸起的絨毛。

不，不只是朋友，她說。

噢，好吧，我只是好奇。

他坐在那裡，兀自點頭。

我對自己的感覺有點困惑，他說。我覺得，要是我們兩個人之間有什麼，在學校裡可能會很尷尬。

又不必讓別人知道。

他抬頭看她，全神貫注，直勾勾盯著她看。她知道他準備要吻她了，而他也確實吻了。他嘴唇柔軟，舌頭在她嘴巴裡輕輕移動。接著就結束了，他抽身退開。他彷彿想起自己手裡拿著書，於是又開始看起來。

感覺很棒，她說。

他點頭，吞吞口水，再次低頭看書。他的態度好羞怯，彷彿光是提起親吻的事，對她都很失禮。梅黎安笑起來，他顯得侷促不安。

好啦，他說，妳在笑什麼？

沒什麼。

妳一副沒和別人接過吻的樣子。

嗯，我是沒有，她說。

他一手掩住臉，她又笑了起來，笑得無法遏止，於是他也笑起來了。他耳朵赤紅，不住搖頭。幾秒鐘之後，他站起來，書還拿在手裡。

別告訴學校裡的人，好嗎？他說。

說得好像我會告訴學校裡的任何人似的。

他走出書房。她渾身乏力地滑下椅子，跌坐在地板上，雙腿在面前伸得直直的，像個布娃娃。她坐在地上，覺得康諾到她家來彷彿只是爲了測試她，而她也通過測試了。那個吻就是個無聲的溝通，表示：妳過關了。她想起她說自己沒和別人接過吻時，他哈哈大笑的模樣。換作其他人，這樣的笑可能很惡毒，但在他身上就完全不一樣了。他倆一起笑，在兩人共同置身的情境裡，儘管梅黎安也說不清這究竟是什麼情境，或這又有什麼好笑。

隔天上午上德文課之前，她坐看同學在電暖器前面互相推來推去，驚聲怪叫，咯咯笑。開始上課之後，大家靜靜聽著錄音帶，是個德國女人講她錯過的一場派對。Es tut mir sehr leid（非常遺憾）。午後開始下雪，厚厚的灰色雪片飄過窗前，融化在碎石地上。周遭的一切不論視覺或氛圍都賞心悅目：教室裡污濁的氣味，課堂之間響起的對講機微小鈴聲，還有那黝暗陰森的樹木，矗立在籃球場周圍宛如幽靈。

日常作息緩慢進行，在新的白底藍線條紋紙上，用不同顏色的筆抄筆記。康諾一如既往，不在學校裡和梅黎安交談，甚至也不看她。她看著教室另一頭的他，咬著鋼筆末端，回想動詞變化。午餐時間，她遠遠看著在食堂彼端的他，對著朋友微笑。他倆之間的祕密沉甸甸藏在心裡，只要一動，就往下竄到骨盆。但這重量讓她歡悅。

這天她放學之後沒見到他，隔天也沒有。星期四下午，他母親又到她家工作，他提早來等著接她。開門的是梅黎安，因爲家裡沒有其他人在。他已經換掉學校制服，穿著黑色牛仔褲和運動衫。她一看見他，直覺想跑開，掩住臉。蘿芮在廚房，她說。她轉身上樓回房間，關上房門。她趴上床，臉壓在枕頭上。這個康諾究竟是什麼人？她覺得她和他很親，但她憑什麼這樣覺得呢？只因爲他親過她一次？可是他非但沒有解釋，還警告她不准告訴任何人？一兩分鐘之後，她聽見有人敲她房門，忙坐起來。請進，她說。他打開門，給她探詢的一瞥，彷彿想知道自己是不是受歡迎，然後踏進房間裡，把門關上。

妳生我的氣嗎？他說。

沒有。我幹嘛生氣？

他聳聳肩，晃到床邊，坐下來。她盤腿而坐，手抓著腳踝。他們就這樣默默坐了好一會兒。接著他也坐到床上來。他摸她的腿，她身體往後仰，躺在枕頭上。她大膽問他，他是不是又要吻她了。他說：妳想呢？這讓她一驚，因爲他這句話是這麼世故，這麼撲朔迷離。但無論如何，他還是開始親她。她告訴他說這感覺很好，可是他什麼也沒說。她覺得爲了讓他喜歡她，讓他大聲說出他喜歡她，她什麼都願意做。他把手伸進她的制服上衣裡。她在他耳邊說：我們可以脫掉衣服嗎？他的手已經伸進她胸罩裡了。絕對不行，他說，這樣太蠢了，蘿芮就在樓下。他總是這樣直呼媽媽的名字。梅黎安說：她從來不上樓的。他搖搖頭說：不行，我們該住手了。他坐起來，低頭看著她。

你剛才差點受不了誘惑，她說。

才沒有。

我誘惑你。

他搖搖頭，微笑。妳眞是個奇怪的人，他說。

此刻，她站在他家車道上，他的車就停在這裡。他用簡訊傳地址給她，三十三號，是臨街的連排樓房，卵石牆，網紗窗簾，小小的水泥院子。她看見樓上房間有盞燈亮起。很難相信他眞的住在這裡，一幢她從未踏進，甚至從未見過的房子。她穿著黑色毛衣，灰色裙子，廉價的黑色內衣。她精心剃過腿毛，腋窩灑過除臭劑，鼻子微微流著鼻水。她按下門鈴，聽見他下樓的腳步聲。他打開門。還沒讓她進門之前，他看看她背後，確保沒人看見她來。

一個月後(二〇一一年三月)

他們談起申請大學的事。梅黎安躺在床上,隨意拉起床單蓋在身上;而康諾坐起來,蘋果筆電擺在膝上。她已經申請了三一學院的歷史與政治系,而他申請了高威大學的法律系。但他現在考慮要改,因爲就像梅黎安說的,他根本對法律沒興趣。他甚至無法想見自己成爲律師的模樣,打上領帶什麼的,協助把壞人定罪。他之所以申請,只是因爲想不出來還有什麼別的科系可唸。

你應該主修英文,梅黎安說。

妳眞的這樣認爲,還是開玩笑?

我是認眞的。你在學校裡眞正喜歡的就只有這一科。而且你課外的時間都在看書。

他茫然盯著筆電螢幕,接著目光轉到裹在她身上的黃色薄床單。床單在她的胸口映出一方淡紫色的三角形陰影。

並非所有課外時間，他說。

她微笑。況且英文系都是女生，她說，你會奇貨可居。

是喔，但我覺得以後找工作會很難。

噢，誰在乎啊？反正經濟早就爛透了。

筆電螢幕已經變黑，他敲一敲鍵盤，螢幕又亮起來。大學入學申請主頁再次瞪著他看。

第一次上床之後，梅黎安留在他家過夜。他以前沒和處女上過床。整體來說，他的性經驗極其有限，而且對象都是事後恨不得在全校廣為宣傳的女生。他總是在更衣室裡聽到自己的風流韻事傳回他耳朵裡：他犯的失誤，或者更慘的，他使勁表現溫柔，卻搞得像演啞劇似的。但是和梅黎安在一起完全不同，因為無論再笨拙或艱難，都只是他倆之間的事，不會外傳。和她在一起，他可以隨心所欲做或說自己想做想說的事，不必擔心其他人發現。光是想到這一點，他就有點醺醺然。那天晚上他摸她的時候，她已經濕了。她仰頭翻眼說：天哪，就是這樣！她這麼說無所謂，因為沒有人會知道。他很怕自己光是這樣摸她就到了。

隔天早上在玄關，他和她吻別，她的嘴巴有點鹼味，很像牙膏。謝謝，她說。他還沒搞懂她究竟謝他幹嘛，她就走了。他把床單放進洗衣機，從櫃子裡拿出乾淨的床單。他心想，梅黎安這人行事多麼隱祕、精神多麼獨立，她自己到他家來，讓他和她做愛，覺得沒必要告訴任何人。她就只是讓這一切自然而然發生，彷彿對她來說什麼問題都沒有。

那天下午蘿芮回家之後，鑰匙都還沒放下，就說：你在用洗衣機？康諾點點頭。她蹲下來，透過玻璃圓窗看著洗衣機滾筒，他的床單正在白色的泡沫裡轉動。

我不會問，她說。

什麼？

她開始將水注入燒水壺，他靠在流理臺邊。

你爲什麼要洗床單，她說，我不會問。

他翻個白眼，但只是爲了讓自己臉上有點表情而已。妳什麼都往壞處想，他說。

她笑起來，把燒水壺放在底座上，打開開關。不好意思，她說，我一定是你們學校最放任子女的媽媽。只要你採取好保護措施，想做什麼都無所謂。

他什麼都沒說。水開始變熱，她從櫃子裡拿出一個乾淨的馬克杯。

怎樣？她說，我說的沒錯吧？

什麼沒錯？妳不在家的時候，我當然沒和其他人有不安全的性行為。天哪。

那就說來聽聽吧，她叫什麼名字？

他走了出去，爬上樓梯的時候聽見媽媽還在笑。他的生活總是帶給她許多趣味。

星期一在學校，他得避免看見梅黎安，或與她有任何互動。他揣著這個祕密，彷彿揣著又大又熱的東西，像個裝滿熱飲的大托盤，他走到哪裡都得要端著，而且還不能濺出來。她的表現則一如既往，彷彿什麼都沒發生，像平常一樣在置物間看書，莫名其妙和人吵架。星期二午餐時間，羅勃開始問起康諾媽媽在梅黎安家工作的事，康諾埋頭吃飯，不想露出任何表情。

你去過那裡嗎？羅勃問，進到她家的豪宅裡？

康諾把袋裡的洋芋片倒到掌心，眼睛盯著。沒錯，我是去過幾次，他說。

裡面是什麼樣子？

他聳聳肩。我不知道，他說，很大，顯然是。

她在自己家裡是什麼樣子？羅勃問。

我不知道。

我的意思是，她把你當她家的男僕，對不對？

康諾用手背抹抹嘴巴。好油。他的這包洋芋片太鹹，他頭好痛。

我懷疑，康諾說。

但你媽是她家的女傭，對吧？

噢，她只負責清掃，一個星期去兩次，我不認爲她們有太多接觸。

梅黎安是不是有個小小的鈴噹，拉一下就可以叫她來？羅勃說。

康諾什麼都沒說。他不瞭解梅黎安家的情況。和羅勃聊完之後，他對自己說，這一切結束了，他只是和她上過一次床，看看滋味如何，以後不會再見她了。儘管他一再這樣對自己說，但他還是聽見大腦裡有另一個聲音，一個不同的聲音說：你會再見她的。他以前從沒眞正理解到自己有這部分的意識存在，這是一種難以理解的驅動力，驅策著他去追逐隱密的欲望，去做傷風敗俗的事。他發現他那天下午上課的時候想著她，在上數學課，甚至在他們打板球的時候都想。他想著她濕潤的小嘴，突然無法呼吸，費了好大的勁才把空氣吸進肺部。

那天下午放學之後，他去她家。一路開車，他都把收音機開得震天嘎響，這樣才不必思索自己究竟在幹嘛。他們上樓的時候，他什麼都沒說，只聽她講。感覺好棒，她一再說。感覺太棒了。她的身體柔軟白皙，如細白麵糰。他在她體內完美契合。肉體的歡愉，讓他終於瞭解爲什麼有人會爲了性，做出瘋狂的事。事實上，他也終於瞭解大人世界許多之前看似神祕無比的事情。但爲什麼會是梅黎安呢？不太可能是因爲她魅力獨具。究竟什麼樣的人會想和她上床？然而，他還是和她在一起，不管他到底是哪一種人，他還是和她上床了。她問他是不是很棒，他假裝沒聽見。她趴著，所以他看不見她的表情，也無法解讀她的想法。幾秒鐘之後，她用小了許多的聲音說：我做錯什麼了嗎？他閉上眼睛。

沒有，他說。我很喜歡。

她的呼吸開始急促起來。他把她的臀部拉近他的身體，然後又微微鬆開。她發出一聲近似噎著的聲音。他又重覆了一遍同樣的動作，她告訴他說她快來了。很好，他說。他說得一副彷彿再正常不過的事情似的。他這天下午開車到梅黎安家來的決定，突然變得極度正確，也極度明智，或許算得上是他這輩子最明智的一個決定。

完事之後，他問她該怎麼處理保險套。她頭還貼在枕頭上，說：丟在地上就行了。她的臉龐粉紅而潮濕。他照她說的做，仰躺在床上，看著天花板上的燈。我好喜歡你，梅黎安說。康諾心裡湧起一股歡愉的悲傷，讓他想哭。有時候痛苦的情緒就這樣突然襲來，毫無道理，也無法解釋。他看得出來，梅黎安過著徹底自由的生活，而他卻不時在幾個不同的考量之間左右為難。他很在意其他人怎麼看他。他甚至也在意梅黎安怎麼想，例如眼前這個時刻就是如此。

有好多次，他想把他對梅黎安的看法用紙筆寫下來，好釐清自己的想法。他竟然渴望用文字描述她的外貌與言語，她的頭髮與衣著，讓他自己覺得很感動。她在學校餐廳裡一面吃午餐一面讀《在斯萬家那邊》，那書的封面是一張深色的法國圖畫，書脊是薄荷綠的。她修長的手指翻著書頁。她和其他人過著不同的生活。她有時候表現得很世故，讓他覺得她傲慢自大；但有時候她又顯得如此天真。他很想瞭解她心靈的運作。兩人交談的時候，要是他暗暗決定不提某件事，梅黎安通常不到一兩秒鐘就會問：「怎麼了」。在他看來，「怎麼了」這三個字寓意深遠：不只是因為她精準地察覺到他的沉默，所以提出疑問；而且也代表了她渴望和他毫無保留地溝通，因為擱在心裡沒說的話會成為他倆關係的障礙。他把這些全寫下來，一個個包含著許多獨立子句的冗長文句，有時候還有令人喘不過氣來的分號，彷彿想用文字把梅黎安如眞如繪記錄下來，留待未來回味。但接著，他就把筆記本翻過新的一頁，如此一來他就不必面對自己寫的東西了。

你在想什麼？梅黎安說。

她把頭髮塞到耳後。

大學，他說。

你應該申請三一學院的英文系。

他又瞪著網頁。近來他老是覺得自己身上其實有著兩個完全不同的人，而且再過不久，他就必須做出選擇，決定要用哪一個身分全天候出現在世人面前，把另一個人格拋諸腦後。他在卡瑞克雷有生活，有朋友。如果他去高威唸大學，就可以留在這個社交圈裡，眞的，他可以過著他向來所計畫的生活，拿到不錯的學位，交個不錯的女朋友。大家會說他很上進。另一方面，他也可以像梅黎安那樣去唸三一學院。那麼，他的生活將大爲不同。他會開始去參加晚宴，討論希臘財政危機。他會和長相怪異，而且最後證明是雙性戀的女孩上床。我讀過《金色筆記》，他會這樣告訴她們。這是事實，他確實讀過。日後他永遠不會再回到卡瑞克雷，他會到其他地方去，倫敦，巴塞隆納。大家不見得會認爲他很上進，有些人甚至會認爲他很墮落，其他人還可能徹底忘了他這個人的存在。蘿芮會怎麼想？她會希望他幸福，不在意其他人怎麼想。但是從某個角度來說，以前的那個康諾，他朋友所認識的那個康諾就將死去，或者更慘的，被活埋了，在地底下尖聲慘叫。

那我們兩個都會住在都柏林，他說。我敢說，到時候妳碰到我，一定會假裝不認識。

梅黎安起初沒說話。她沉默得越久，他越緊張，彷彿她眞的會假裝不認識他。一想到她有這個念頭，他就開始慌起來，不只是對梅黎安，也對自己的未來，對自己可能遭逢的一切感到驚慌。

這時她說：我絕對不會假裝不認識你的，康諾。

繼之而來的，是凝重的沉默。好幾秒鐘的時間，他一動也不動地躺著。當然，他在學校裡假裝不認識梅黎安，但他並不想提起這件事。那是不得不然的情況。要是大家發現他每天在學校裡對她視而不見，而私底下卻和她上床，那他的人生就完蛋了。他穿過走廊的時候，每個人都會看著他，把他當連環殺手，甚至還更慘。他的朋友都認爲他是個正常的人，不認爲他會在光天化日之下，腦筋清楚地問梅黎安．薛里頓：我可以口爆嗎？和朋友在一起的時候，他表現得很正常。他和梅黎安在他的房間裡有他們自己的隱祕生活，沒有人打擾，當然也沒有理由和外在的世界混為一談。然而，他還是覺得在討論之中，他逐漸失去立足點，留下了一個開啓這個話題的缺口，儘管他並不願意，但也不得不說點什麼。

妳不會嗎？他說。

不會。

好吧，那我就申請三一學院的英文系。

眞的？她說。

眞的。反正我也不太在乎找不找得到工作。

她露出小小的微笑，彷彿覺得自己爭辯贏了。他喜歡給她這樣的感覺。有那麼一晌，他彷彿可以同時保有兩個世界，兩個不同的生活，像穿過一道門似的，自由穿梭其間。他可以贏得像梅黎安這樣的人的尊敬，又可以在學校裡受到大家的喜愛；他可以保有私密的意見和偏好，不致引起任何的衝突，也不必做出擇一捨一的選擇。只需要耍一點小手段，他就可以保有兩個完全不同的身分，永遠不需要面對他究竟在做什麼或他究竟是什麼人的質疑。這個想法太令人寬心了，所以有好幾秒的時間，他迴避梅黎安的目光，希望能讓自己的這個信心維持得更久一點。他知道，等他抬眼看她的時候，他的信心就會動搖了。

六星期之後（二〇一一年四月）

他們把她列入名單。她給門口的保全看了身分證件。進到裡面，燈光很暗，像個山洞，隱隱浮現紫光，兩邊各有一道長長的吧檯，臺階往下通向舞池。空氣瀰漫著餿腐的酒精味，乾冰飄起一小圈一小圈煙霧。募款委員會的其他女生已經坐在一張長桌旁，正在檢視名單。嗨，梅黎安說。她們全轉頭看著她。

哈囉，麗莎說，妳可好好打扮一番了呢，對吧？

妳今天很漂亮耶，凱倫說。

蕾秋．摩朗什麼都沒說。每個人都知道蕾秋是全校人氣最高的女生，但誰都不許說破。每個人都得假裝沒發現自己的社交生活是受階級控制的。有些人位居最高端，有些人在中間，有些人則在底端。梅黎安有時覺得自己是在階梯的最底端，有時卻發現自己完全不在這個階梯上，不受階級制度所影響，因爲她既不渴望人氣，也不想做任何事情來累積人氣。在她看來，階級制度究竟可以帶來什麼好處，其實並不清楚，就算位居階梯頂端也不例外。她搓搓上臂，說：謝了。有人想喝東西嗎？我要去吧檯。

我以爲妳不喝酒呢，蕾秋說。

我要一瓶西岸冰酒，凱倫說，如果妳要去點的話。

梅黎安唯一嘗過的酒是葡萄酒，但是走到吧檯之後，她改變主意，決定點琴酒加通寧水。她點酒的時候，酒保毫不遮掩地盯著她的胸部看。梅黎安以爲只有在電影和電視裡男人才會這麼做，但意識到自己的女人味，讓她微微有些興奮。她穿著薄薄的黑色洋裝，緊貼身體曲線。雖然他們的活動理論上來說已經開始，但這個地方幾乎還是空的。回到長桌，凱倫誇張地謝謝她幫忙點的酒。我待會兒還妳錢，她說。別麻煩了，梅黎安揮揮手說。

大家終於開始陸續抵達。音樂響起，是重新混音的「天命眞女」歌曲。蕾秋把整本慈善抽獎票券交給梅黎安，說明訂價標準。選梅黎安參加舞會募款委員會，原本只是個玩笑，但不管怎樣，她還是得協助籌備工作。她手裡拿著抽獎票券，繼續待在其他女生旁邊。她以前常遠遠觀察她們，那是幾近於科學式的觀察，但今晚，對著她們客氣微笑，相互交談，她不再是個旁觀者，而是個闖入者，一個尷尬笨拙的闖入者。她賣掉幾張票，從小皮包裡拿零錢找錢，她買了幾杯酒，不時瞄著門口，然後失望地轉開視線。

男生遲到了，麗莎說。

梅黎安知道她指的是哪幾個男生：和她關係時好時壞的羅勃，以及他的朋友艾力克、傑克．海尼斯與康諾．沃隆。梅黎安很注意誰遲到了。

要是他們沒出現，我肯定要殺了康諾，蕾秋說。他昨天還說他們一定會來的。

梅黎安什麼也沒說。蕾秋常這樣提起康諾，暗示他倆常私下交談，彷彿是特別親密的朋友。康諾對蕾秋的作法視而不見，他們單獨在一起時，梅黎安要是提起這件事，他也照樣聽而不聞。

他們八成先到羅伯酒館喝幾杯，麗莎說。

他們到這裡的時候肯定都已經醉了，凱倫說。

梅黎安從皮包裡拿出電話，給康諾傳了簡訊：這裡熱烈討論你們爲什麼沒來。究竟來不來？不到三十秒，他就回訊：傑克吐得亂七八糟，我們得先送他上計程車，但我們馬上就來，妳和大家處得如何。梅黎安回訊：我現在是全校最受歡迎的女生，大家都叫著我的名字，請我跳舞。她把電話收回皮包裡。在她看來，此時此刻最痛快的莫過於宣布：他們馬上就到。如此一來，她馬上就會贏得令人驚恐迷惑兼而有之的地位，足以撼動這個圈子的階級制度，具有極大的摧毀力。

雖然梅黎安這輩子只住過卡瑞克雷這個地方，但她對這裡也不算特別熟悉。她沒在大街的酒吧喝過酒，今晚以前，她也沒來過市區絕無僅有的這一家夜總會。她從沒到過納克林恩住宅區。甚至連流經市區和教堂停車場後面，河水黃濁，不時卡著塑膠袋的那條河叫什麼名字，或流向哪裡，她都不知道。誰會告訴她啊？她只有去上學，週日被迫去望彌撒，以及趁沒人時溜去康諾家的時候，才會離開她家大門。她知道這裡離斯萊戈市中心有多遠——二十分鐘——但附近其他城鎮與卡瑞克雷之間的地理位置關係或大小，她一無所知。庫蘭尼，斯克林，巴里薩德，她知道這些地方都在卡瑞克雷附近，而且這些名字她也隱約覺得熟悉，但她並不知道這些城鎮究竟在哪裡。她沒去過運動中心，也從沒到廢棄的工廠喝酒，雖然她曾經坐在車裡經過那個地方。

同樣的，她也不可能知道城裡的哪些人家被認爲是好人家，而哪些又不是。她很想要知道這類的事情，只為了可以讓自己對這一切抗拒得更徹底一些。她出身良好家庭，而康諾不是，她只知道這樣。沃隆家在卡瑞克雷名聲不太好，蘿芮有個兄弟坐過牢，不過梅黎安不知道他犯的是什麼罪；她另一個兄弟幾年前騎摩托車在圓環出了車禍，差點沒命。蘿芮十七歲懷孕，輟學生下孩子。然而，大家都認為康諾是個好孩子。他勤奮用功，在足球隊踢中鋒，人長得帥，從不打架鬧事。每個人都喜歡他。他不多話，就連梅黎安的媽媽也對他頗有好評：這孩子一點都不像沃隆家的人。梅黎安的媽媽是位律師。她父親生前也是律師。

上個星期，康諾提起某個叫「鬼」的東西。梅黎安以前從沒聽過，她問他那是什麼。他眉毛挑得老高。就是鬼啊，他說。鬼屋，山景莊。就是，嗯，就在學校後面。梅黎安好像看過學校後面有幢建築，但她並不知道那是個社區，也不知道那裡沒人住。大家都跑去那邊喝酒，康諾說。噢，梅黎安說。她問那裡是什麼樣子。他說他真希望可以帶她去看看，但那裡總是人很多。他經常漫不經心地提起他「真希望怎樣怎樣」。我真希望妳可以不走，她要離開的時候，他會這麼說。我真希望妳可以留下來過夜。要是他真的很希望很希望，梅黎安知道，那麼這個心願就會成真。康諾總是可以得到他想要的，但得到想要的東西並沒能讓他快樂，這個事實又會讓他難過起來。

總之，他最後還是帶她去看那幢鬼屋。有天下午，他開車載她去，他先下車，確定這裡沒有人在，然後她才跟著他進去。這房子很大，光禿禿的水泥立面，草坪雜草叢生。有幾個空蕩蕩的窗口掛著塑膠布，在風中獵獵作響。天下著雨，她的外套留在車上沒拿。她雙臂抱胸，瞇著眼睛仰頭看濕漉漉的石板屋頂。

妳想進去看看嗎？康諾說。

二十三號的大門沒鎖。屋裡更安靜，也更黝暗。這地方很臭。梅黎安的鞋尖踢到一只蘋果酒的酒瓶。地板上到處是菸蒂，還有人拉了一張床墊到原本空無一物的房間裡。床墊因爲濕氣而霉斑點點，看起來像血。太髒了，梅黎安大聲說。康諾默默地環顧四周。

你常來這裡嗎？她說。

他聳聳肩。不常，他說。以前常來，現在不太來了。

可別告訴我說你在這張床墊上和別的女生搞過。

他心不在焉地笑笑。沒有，他說。你以爲我週末都在這裡鬼混，對不對？

大概吧。

他沒說什麼，但這讓她覺得更不好過。他隨意踢起一個壓扁的金屬罐，罐子飛向落地窗。

這裡大概有我家的三倍大，他說，妳覺得呢？

她不懂他在想什麼，所以覺得自己太笨。大概吧，她說。我還沒到樓上看看呢。

樓上有四間臥房。

天哪。

全是空的，沒有人住在這裡，他說。要是他們不想賣，何不乾脆捐掉呢？我不是在開玩笑，是眞心想知道。

她聳聳肩。她也不明白爲什麼。

應該和資本主義有關吧，她說。

是啊，所有的事情都和資本主義有關，這就是問題所在，對吧？

她點點頭。他看著她的背後，彷彿剛從睡夢中醒來。

妳冷嗎？他說。妳看起來凍壞了。

她微笑，揉揉鼻子。他脫下黑色羽絨衣，披在她肩上。只要他想，她甚至願意躺下來，讓他從她身上踏過去，他知道。

我週末出門，他說，並不是去追女生。

梅黎安微笑，說：是啊，我想是她們追你吧。

他咧嘴笑，低頭看著自己的鞋子。妳對我的看法也太奇怪了吧，他說。

她手抓著他的制服領帶。這是她這輩子頭一次可以用下流淫穢的詞彙，開口講駭人聽聞的話，所以她要好好把握。要是我希望你在這裡幹我，她說，你會願意嗎？

他的表情絲毫未改，但雙手伸進她的上衣底下，顯示他確實聽見了。妳老是要我做詭異的事。

這是什麼意思？她說。我根本沒辦法讓你做任何事。

可以，妳可以的。妳以爲我會和其他人做這種事嗎？老實說，妳以爲有哪個人可以讓我在放學之後偷偷摸摸做這些事？

那你希望我怎樣？別再煩你？

他看著她，似乎很驚訝兩人的交談竟然轉到這個方向來。他搖搖頭說：要是妳這樣……

她看著他，但他沒再往下說。

要是我怎樣？她說。

我不知道。妳的意思好像是妳不打算再和我見面？老實說，我會覺得很意外，因爲妳似乎很樂在其中。

但要是我遇見更喜歡我的人呢？

他笑起來。她生氣轉身，掙脫他的懷抱，雙手抱胸。他說嘿，但她不肯轉身回來。她面對那張布滿鏽色斑點的髒床墊，他輕輕從後面挨近她，拉起她的頭髮，親吻她的頸背。

對不起，我竟然笑了，他說。妳說不想再和我見面，讓我覺得很不安。我以爲妳喜歡我。

她緊閉眼睛，我是喜歡你，她說。

好，那妳要是碰上更喜歡的人，我就會氣瘋，知道嗎？既然妳問起，我就告訴妳，我會很不開心，好嗎？

你朋友艾力克今天當著所有人的面，叫我飛機場。

康諾愣了一下。她感覺得到他在喘氣。我沒聽見，他說。

你那時大概是去洗手間還是哪裡吧。他說我看起來像塊燙衣板。

該死的傢伙，他眞是渾球。妳是因爲這樣才心情不好嗎？

她聳聳肩。康諾雙臂環抱她的腰。

他只是想激怒妳，他說。要是他覺得他和妳有一點點搞頭，就不會這樣說了。他覺得妳看不起他。

她又聳聳肩，咬著下唇。

妳不必擔心自己的外表，康諾說。

嗯。

我喜歡妳，並不只是因爲妳有腦袋，相信我。

她笑起來，覺得自己好蠢。

他用鼻子搓搓她的耳朵，又說：要是妳不再見我，我會很想念妳。

你會想念和我上床的時光？她說。

他伸手摸向她臀骨，用力一摟，讓她貼在他身上，悄聲說：是的，會很想念。

我們現在可以去你家嗎？

他點點頭。他們就這樣靜靜站著，過了好幾秒的時間，他緊緊摟著她，他呼出的氣息噴在她耳朵上。很多人終此一生也不會和其他人如此親近過，梅黎安想。

最後，在她喝了第三杯琴酒加通寧水之後，門砰一聲敞開，男生們到了。募款委員會的女生站起來，開始嘲笑他們，罵他們遲到之類的。梅黎安躲在後面，希望能和康諾眼神接觸，但他沒看她。他穿著前襟開釦的白襯衫，腳上還是那雙走到哪裡都穿的愛迪達。其他男生也都穿襯衫，但比較正式一點，也光鮮一點，腳上都穿繫帶皮鞋。空氣裡瀰漫鬍後水的味道。艾力克接觸到梅黎安的目光，立刻放開凱倫，動作之大，惹得其他人都轉頭看。

看看妳，梅黎安，艾力克說。

她分不出來他是眞心的，還是在嘲笑她。所有的男生，除了康諾之外，都盯著她看。

我是說眞的，艾力克說，這衣服很漂亮，非常性感。

蕾秋開始笑，傾身在康諾耳邊不知說了什麼。他微微把頭轉開，沒跟著她笑。梅黎安覺得腦袋裡彷彿出現一股龐大的壓力，逼得她想要放聲尖叫或大哭。

我們去跳舞吧，凱倫說。

我從沒看過梅黎安跳舞，蕾秋說。

噢，那妳馬上就會看到啦，凱倫說。

凱倫拉起梅黎安的手，走向舞池。現在放的是肯伊．威斯特的歌，取法柯提斯．梅菲爾德歌曲部分菁華的那首歌[3]。梅黎安手裡還拿著票券，另一手握在凱倫手裡有點出汗。舞池很擠，貝斯重低音震得地板抖顫，穿透她的鞋子，往上竄到她的大腿。凱倫一手攬著梅黎安的肩膀，帶著醉意在她耳邊說：別理蕾秋，她心情不好。梅黎安點點頭，隨著音樂的節拍搖擺身體。她覺得自己也有點醉了，四處張望，想知道康諾在哪裡。她遠遠看見他，站在臺階頂端。他在看她。音樂聲音好大，讓她的身體也隨之抽動。他周圍的人都在談笑，但他只看著她，什麼都沒說。在他目光的注視之下，她的動作似乎變大，也變得更淫蕩了，凱倫壓在她肩上的手臂讓她覺得很熱，也撩動了她心底的欲望。她扭腰擺臀，慵懶地輕拂頭髮。

凱倫在她耳邊說：他一直在看妳。

梅黎安看他一眼，又回頭看凱倫，說：才沒有呢。很小心不讓表情洩露心聲。

妳現在知道蕾秋爲什麼氣妳了吧，凱倫說。

凱倫說話的時候，她聞到酒氣，也看見凱倫補過的牙齒。此時此刻，她好喜歡

3 這裡指的應該是美國嘻哈歌手肯伊．威斯特（Kanye West）的暢銷單曲〈*Touch the Sky*〉。

凱倫。她們又跳了一會兒，才手拉手回到臺階上方。她們喘著氣，咧開嘴笑。艾力克和羅勃假裝在吵架。康諾以幾乎難以察覺的動作朝梅黎安的方向稍稍移動，兩人手臂相碰。她好想拉起他的手，一根接一根吮他的手指。

蕾秋轉頭對她說：妳或許應該好好利用時間去賣票吧？

梅黎安微笑，這是帶著得意，甚至嘲笑的微笑，說：好吧。

我想那些男生應該會買，艾力克說。

他朝門口點個頭，有幾個年齡大一些的男生剛到。他們不該來這裡的，因爲今天夜總會是他們包場。梅黎安不知道他們是誰，或許是誰的哥哥或表哥吧，又或者是對高中女生舞會募款活動有點興趣的二十幾歲年輕人。他們看見艾力克揮手，就走了過來。梅黎安查看皮包裡的現金看夠不夠找零，免得萬一他們眞的打算買票。

還好嗎，艾力克？其中一個說。你這位朋友是？

這是梅黎安．薛里頓，艾力克說。你應該認識她哥哥，亞倫，他和邁可同屆。

那人就只是點點頭，上下打量梅黎安。她絲毫不理會。音樂太大聲，她聽不見羅勃在艾力克耳朵旁邊說什麼，但肯定和她有關。

我請妳喝杯酒吧，那人說，妳喝什麼？

不了，謝謝，梅黎安說。

那人一手攬著她的肩膀。他很高，她發現，比康諾還高。他的手指摸著她光裸的臂膀。她想甩開，但他不放。他的一個朋友開始笑，艾力克也跟著笑。

衣服挺漂亮的，那人說。

可以放開我嗎？她說。

領子好低喔，對不對？

他的手突然從她肩上滑落，捏著她的右胸，就當著大家的面。她猛然推開他，把洋裝領口往上拉起來遮住鎖骨，感覺血液往臉上衝。她眼睛刺痛，被他捏的地方非常痛。她背後的人都哈哈大笑，她聽得見。蕾秋在笑，她的笑聲在梅黎安耳裡高亢得刺耳。

梅黎安逕自走出門口，把門在背後重重摔上。她在衣帽間所在的走廊上，不記得出口是在左邊還是右邊。她渾身發抖。衣帽間的服務生問她還好嗎。梅黎安不知道自己有多醉。她朝向左邊的門走了幾步，然後背靠牆面，滑坐到地板上。被那人捏過的胸部還在痛。他不是在開玩笑，他是想要傷害她。她坐在地上，把雙膝緊緊摟在胸前。

走廊那頭的門又開了，凱倫出現，後面跟著艾力克、蕾秋和康諾。他們看見梅黎安坐在地上，凱倫衝過來，其他人站著沒動，或許是不知道該怎麼做，也或許是不想做什麼。凱倫俯身靠近梅黎安，摸著她的手。梅黎安眼睛痠痛，不知道該往哪裡看。

妳還好嗎？凱倫問。

我沒事，梅黎安說。對不起，我想我是喝多了。

別理她，蕾秋說。

欸，聽我說，這只是開玩笑而已，艾力克說。派特是很正派的人，如果妳認識他的話就知道。

我也覺得只是開玩笑，蕾秋說。

凱倫猛然轉頭，看著他們。要是你們覺得這只是個玩笑，幹嘛出來？她說。你們幹嘛不去和你們的好朋友派特混？要是你們覺得調戲小女孩這麼好玩的話。

梅黎安算是小女孩？艾力克說。

剛才我們大家都笑了啊，蕾秋說。

才不，康諾說。

這會兒所有的人都轉頭看他。梅黎安看著他，他們眼神交會。

妳還好嗎？他說。

噢，你要親她一下，讓她好過一些嗎？蕾秋說。

他臉紅起來，伸手摸摸額頭。大家都還是看著他，梅黎安覺得背後的牆冰冷冷的。

蕾秋，他說，妳可以滾了。

凱倫和艾力克互看一眼，眼睛瞪得大大的，梅黎安全看在眼裡。康諾在學校從來不會有這樣的反應。這麼多年來，她從沒看過他這麼凶，就算是面對奚落的時候也沒有。蕾秋一扭頭，走回廳裡，門重重摔上。康諾還是揉著額頭。凱倫用嘴形對艾力克無聲地說了句話，梅黎安不知道她說什麼。康諾看著梅黎安，說：妳想回家嗎？我今天開車來，可以送妳回家。她點點頭。凱倫扶她站起來。康諾手插口袋，彷彿怕不小心碰到她。對不起，惹出這場麻煩來，梅黎安對凱倫說，我覺得自己好蠢，我很少喝酒的。

這不是妳的錯，凱倫說。

謝謝妳對我這麼好，梅黎安說。

她們又互相捏捏手。梅黎安跟著康諾走向出口，繞過飯店側面，到他停車的地方。這裡很黑，很冷，夜總會的音樂聲在他們背後隱隱飄揚。她坐進前座，繫好安全帶。他關上駕駛座的門，把鑰匙插進引擎孔。

對不起，惹出這場麻煩來，她又說了一遍。

妳沒惹麻煩，康諾說，其他人的反應那麼白癡，我覺得很抱歉。他們都認爲派特很厲害，因爲他有時候會在家裡辦派對。要是你可以在家辦派對，你就可以欺負人，顯然他們的邏輯是這樣，我不知道。

眞的很痛，他對我做的。

康諾沒說什麼，雙手捏著方向盤，低頭看著大腿，迅速吐了口氣，聽來像咳嗽。對不起，他說。然後他發動引擎，好幾分鐘的時間，兩人沉默無語，梅黎安額頭貼在冰涼的玻璃窗上。

妳想到我家待一會兒嗎？他說。

蘿芮不在家嗎？

他聳聳肩，手指敲著方向盤。她八成已經睡了。我的意思是，我們可以待一會兒，然後我再送妳回家。如果妳不想，也沒有關係。

要是她還沒睡呢？

老實說，她對這種事不太管的。我甚至不知道她是不是在乎。

梅黎安瞪著窗外流逝的街景。她明白他的意思：他不在乎他媽媽是不是知道他們的關係，或許她早就知道了。

蘿芮看來是個好媽媽，梅黎安說。

是啊，我想是的。

她一定很以你爲榮。學校裡只有你一個男生表現得像成熟的男人。

康諾瞥她一眼，我表現了什麼？他說。

你的意思是什麼？大家都喜歡你啊。而且和大部分人不一樣，你人眞的很好。

他做了個她無法理解的表情，像是挑起眉毛，也像蹙緊眉頭。他們到他家時，屋裡的窗都是暗的，蘿芮上床睡覺了。在康諾的房間裡，梅黎安和他躺在一起，輕聲細語。他說她很漂亮。她從未聽過他這麼說，而且心裡也暗暗有些懷疑，但這句話從他嘴裡說出來，和聽別人說大不相同。她拉起他的手，摸著她胸前疼痛的地方，他親吻她。她臉孔濕濕的，她在哭。他親吻她的脖子，妳還好嗎？他說。她點點頭，他輕撫著她的頭髮，說：就算傷心也沒關係，妳知道的。她臉貼緊他的胸口躺著。她覺得自己像一塊柔軟的布，被擰乾滴水。

你不會打女生，對吧？她說。

天哪，當然不會。妳怎麼會這樣問？

我不知道。

你以爲我是那種會打女生的人嗎？他問。

她把臉緊緊壓在他胸前。我爸以前就會打我媽，她說。經過漫長得難以相信的幾秒鐘，康諾打破沉默說：對不起，我不知道這件事。

沒事的，她說。

他也打妳嗎？

有時候。

康諾再次沉默。他俯身親吻她的額頭。我絕對不會傷害妳，好嗎？永遠不會。她點頭，但沒說話。妳讓我很開心，眞的，他說。他摸著她的頭髮，又說：我愛妳，我不是嘴巴上說說，是眞的愛妳。她熱淚盈眶，閉上眼睛。就算日後回想起來，她仍然會覺得這一刻無比鮮明凝重。此時此刻，在發生的當下，她就已感受到了。她向來不相信自己能贏得任何人的愛。但此時，她有了新的生命，而這一刻，就是新生命初始的第一刻。經過許多年之後，她仍舊會想：是的，這就是我人生的新起點。

兩天後（二〇一一年四月）

他站在病床旁邊，媽媽去找護理師。你就只這樣啊？外婆問他。

什麼？康諾說。

你就只穿這件衣服啊？

噢，他說。是啊。

你會冷死，到時候就換你躺在這裡啦。

他外婆今天早上在奧勒迪超市停車場滑倒，摔傷了臀部。外婆年紀不像其他人的祖父母那麼大，她才五十二歲，和梅黎安的媽媽同齡，康諾想。總而言之，外婆的屁股好像摔爛了，很可能骨折，所以康諾得開車載蘿芮到斯萊戈的醫院探病。病房另一頭的病床，有人在咳嗽。

我沒事，他說，外頭不冷。

外婆嘆口氣，彷彿他對天氣的評論讓她感到痛苦。更有可能的是因爲他做的任何事情都讓她痛苦，因爲光是他活著的這件事，就讓她痛心。她用批評的表情上下打量他。

嗯，你肯定沒有好好照顧你媽，對吧？她說。

蘿芮和康諾的外貌南轅北轍。蘿芮金髮碧眼，一張溫柔沒有稜角的臉。學校裡的男生覺得她很迷人，他們也常這樣對康諾說。她應該是很迷人，他並不會因此而覺得不高興。康諾頭髮顏色比較深，臉形比較有稜角，很像畫家筆下的歹徒。但他知道，外婆對他的看法和外表無關，而是因爲他的父親。嗯，對這一點，他無話可說。

除了蘿芮之外，沒有人知道康諾的父親是誰。她說康諾如果想知道，隨時可以開口問。但他根本不在乎。有時候晚上出去玩，朋友會提起這個話題，但這個問題似乎太過深奧，且意義太過深遠，所以他們只有在喝醉的時候才會聊到。康諾覺得有點沮喪。他從沒想過那個讓蘿芮懷孕的男人，何必呢？他的朋友們總是對自己的父親有著難解的情結，既想要模仿父親，又想要與他們有所不同。他們和自己父親吵架的時候，雖然有表面上的理由，但總還是潛藏著另一重隱密的意義。康諾和蘿芮吵架的時候，大多都只是因爲濕毛巾丟在沙發上之類的事，純粹就爲了毛巾這樣的瑣事，或頂多是爲了康諾這人是不是天生散漫而產生爭執。因爲康諾儘管不時把毛巾到處亂丟，但還是希望蘿芮能把他當成是個負責任的人，而蘿芮則說他必須先表現出負責任的樣子，在毛巾這類的小事情上就應該表現出來。

二月底，他載蘿芮去投票所投票，在路上，她問他要投給誰。某個獨立候選人，他沒正面回答。她笑起來。我猜都猜得到，她說。共產黨候選人狄克蘭·布利。康諾不爲所動，繼續盯著馬路。要是你問我，我覺得我們國家需要多一點共產黨，他說。他眼角瞥見蘿芮露出微笑。少來，同志，她說，培養你良好社會主義價值的人是我耶，記得嗎？蘿芮確實有自己的價值觀。她對古巴有興趣，也認同巴勒斯坦解放運動的目標。最後康諾的確投給狄克蘭·布利，但布利以排名第五的票數落選了。兩個席位被愛爾蘭統一黨和新芬黨瓜分。蘿芮說這眞是太可恥了。用一幫匪徒取代另一幫匪徒，她說。他傳簡訊給梅黎安：媽的，統一黨主政。她回訊：佛朗哥[4]黨。他還得查資料才知道這是什麼意思。

---

4 Francisco Franco，1892-1975，西班牙領導人，一九三〇年代在希特勒與墨索里尼支持下發動法西斯革命，贏得內戰，展開長達四十年的獨裁統治。

前幾天夜裡，梅黎安說她認爲他表現得像個成熟的男人。她說他是個好人，每個人都喜歡他。他發現自己不時想著這件事。思索著她說的這句話，總讓他心情愉快。**你是個好人，大家都喜歡你**。爲了測試自己，他想辦法丟開這個念頭一會兒，然後再次思索，看是不是還能讓他覺得愉快，結果是的。不知爲什麼，他好希望可以把她說的這句話告訴蘿芮。他覺得這樣可以讓蘿芮安心，但爲何安心呢？知道她的獨生子不是個沒用的人？知道她沒白白浪費她的人生？

我聽說你要去唸三一學院，外婆說。

是的，我申請到了。

你怎麼會想到要去唸三一？

他聳聳肩。她笑起來，但這笑像是嘲弄。嗯，對你來說夠好的了，她說，你打算唸什麼？

康諾忍不住想要掏出口袋裡的電話，查看時間。英文，他說。他把三一學院當第一志願，他的舅舅舅媽都非常佩服，這讓他很難爲情。他的成績足以申請全額獎學金，但儘管如此，他整個暑假都還是必須打工，學期中也要找份兼職的工作。蘿芮說她不想讓他上大學的時候打太多工，希望他能專心唸完學位。這讓他覺得不太好受，因爲英文不像是個可以找到像樣工作的主修科系，有點像是個玩笑，於是他想，他或許還是應該申請法律系。

蘿芮回到病房，鞋子在地磚上踩出單調的喀喀聲。她告訴外婆說主治醫師請假，並開始講起歐馬利醫師和X光檢查結果。她很詳細地說明所有的資訊，把重要的事情全寫在一張便條紙上。最後，外婆親吻他的臉，他們離開病房。他在走廊上消毒雙手，蘿芮在一旁等他。然後他倆走下樓梯，離開醫院，踏進燦亮卻有點濕冷的陽光裡。

那天晚上在夜總會的風波之後，梅黎安把家裡的事情告訴他。他不知道該說什麼。他只告訴她說他愛她。這自然而然發生，就像你碰到某個熱燙的東西會把手縮回來一樣。她當時在哭，加上那夜發生的種種，他想也沒想就說出口了。這是事實嗎？他理解得還不夠多，還不足以知道這究竟是不是事實。起初他覺得這一定是事實，因爲出自他的口，他何必說謊呢？但他想起他也曾經毫無來由、完全不知道爲什麼地說謊。這不是他第一次有難以壓抑的衝動，管它是不是事實，只想告訴梅黎安說他愛她；只不過，這是他第一次屈服於衝動，把這句話講出口。她隔了好久才回答，她的遲疑讓他困惑，怕她可能不會說她愛他。但她回答了，他終於覺得好過了一些，然而，這也可能沒有任何意義。康諾眞希望知道別人是怎麼處理他們的私生活，好有仿傚的對象。

隔天他們在蘿芮用鑰匙開門的聲音裡醒來。屋外很亮，他嘴巴很乾，梅黎安坐起來，套上衣服。她只說：對不起，很對不起。他們一定是不知不覺睡著了。她套上鞋子，他也穿上衣服。他們跑下樓梯的時候，蘿芮提了兩個塑膠袋的日用品站在玄關。梅黎安穿著她前一夜穿的衣服，細肩帶的黑洋裝。

哈囉，親愛的，蘿芮說。

梅黎安臉亮得像燈泡。抱歉，打擾了，她說。

康諾沒碰她，也沒說話。他胸口疼痛。她走出大門，說：再見，對不起，謝謝，對不起。她把門在背後關上。他還站在樓梯上。

蘿芮緊抿嘴唇，彷彿強忍住笑。你來幫我提這些東西吧，她說。她把一個袋子交給他。他跟著她走進廚房，看也沒看就把袋子擺在桌上。他搔搔脖子，看著她一一拿出袋裡的東西擺好。

有什麼好笑？他說。

她沒必要一看見我就這樣落荒而逃啊，蘿芮說。我只是很高興看見她，你知道我有多喜歡梅黎安。

他看著媽媽收起可以再次使用的塑膠袋。

你以為我一直不知道？她說。

他閉上眼睛，幾秒鐘之後又睜開。他聳聳肩。

嗯，我知道有時候下午有人到家裡來，蘿芮說。而且我在她家工作，你也知道。

他點點頭，沒辦法開口。

你一定非常喜歡她，蘿芮說。

妳為什麼這麼說？

這是你去三一學院的原因？

他把臉埋在手裡。蘿芮笑了起來，他聽得見她的笑聲。妳害我不想去了，他說。

噢，別這樣。

他看著擺在桌上的那袋雜貨，拿出一袋義大利麵條，很不自在地放到冰箱旁邊的小櫃子裡，和其他麵條擺在一起。

所以梅黎安是你的女朋友囉？蘿芮說。

不是。

這是什麼意思？你和她上床，但她不是你的女朋友？

妳這是在刺探我的生活，他說。我不喜歡這樣，這和妳無關。

他走回袋子前面，拿出一盒蛋，擺在流理臺的葵花油旁邊。

是因爲她媽媽嗎？蘿芮說，你覺得她不會喜歡你？

什麼？

因爲她很可能不會喜歡你，你知道的。

不喜歡我？康諾說。太荒唐了，我做了什麼？

我覺得她可能會認爲你不太夠得上她的標準。

他盯著廚房另一頭的媽媽，她正把超市自有品牌的早餐玉米片放進櫃子裡。他從來就不曾想過梅黎安的家人可能會自認他們高他和蘿芮一等，覺得他們母子倆不夠格與他們來往。他也沒想到，這個想法竟然會讓他氣得抓狂。

什麼？她覺得我們不夠格和他們來往？他說。

我不知道。我們等著看吧。

她覺得妳可以幫她打掃房子，但她不想要妳兒子和她女兒交往？眞是開玩笑。

這是什麼十九世紀的觀念，太好笑了。

你的口氣聽起來一點都不好笑，蘿芮說。

相信我，我是眞的覺得很荒謬可笑。

蘿芮關上櫃子，轉過身來，凝神看著他。

那爲什麼要這樣神祕兮兮的？她說。如果不是因爲丹妮絲・薛里頓的關係，那是因爲梅黎安有男朋友還是什麼的，你們怕被他發現囉？

妳這些問題太侵犯隱私了。

所以她確實是有男朋友。

沒有，他說。不過，我不會再回答妳的問題了。

蘿芮挑起眉毛，但沒說什麼。他拿起餐桌上的空塑膠袋，捏在手裡，站在那裡一動也不動。

妳不會告訴別人吧？他說。

這話聽起來有點可疑。我爲什麼不可以告訴別人？

他覺得這話有點無情，回答說：因爲對妳又沒好處，而且會給我招來很多麻煩。他想了想，又補上一句：對梅黎安也是。

噢，天哪，蘿芮說。我甚至不想知道你們的事。

他繼續等著，因爲蘿芮並沒有明確保證不告訴任何人。最後她忿忿舉起雙手，說：比起你的性生活，我有更多值得八卦的話題，可以了嗎？別擔心。

他上樓，坐在床上。他不知道自己就這樣坐了多久。他想著梅黎安的家人，想著自己也許配不上她，也想著她前一天晚上告訴他的事。他在學校裡聽其他男生提過，女生有時候爲了贏得別人注意，會捏造故事，說她們碰過什麼悲慘的事，諸如此類的。梅黎安說她小時候挨爸爸揍，這事確實很能博取關注。尤其是她爸爸已經死了，所以也沒辦法替自己辯解。康諾知道梅黎安是有可能藉著說謊來得到他的同情，但他也知道，明明白白的知道，她並沒有騙他。他覺得她瞞著沒說的，反而是事情的嚴重性。得知她家的情況，因此和她產生某種緊密的關係，讓他有些不安。

這是昨天的事了。今天早上，他一如既往，早早到校，他把書放進置物櫃的時候，羅勃和艾力克已經開始假裝歡呼了。他把書包丟在地上，不理會他們。艾力克伸出手臂攬著他的肩膀，說：快，說來聽聽。你那天晚上得手了嗎？康諾在口袋找置物櫃的鑰匙，甩開艾力克的手臂。眞好笑，他說。

我聽說你們你儂我儂的離開，羅勃說。

有沒有什麼進展？艾力克說。從實招來。

顯然沒有，康諾說。

什麼叫顯然？蕾秋說。每個人都知道她很哈你。

蕾秋坐在窗臺上，一雙腿緩緩前後擺盪。裹在不透明墨黑褲襪裡的腿，顯得很修長。康諾沒看她。麗莎靠著置物櫃，坐在地板上，忙著趕作業。凱倫還沒到。他眞希望凱倫快點來。

我敢說，他一定爽歪了，羅勃說。不過，他也不會告訴我們。

我又不會批評你，艾力克說，她如果好好打扮，其實還不難看。

是啊，她只是腦袋有點問題而已，蕾秋說。

康諾假裝在置物櫃裡找東西。他雙手和衣領底下冒出細細的汗水。

你們實在很下流，麗莎說，她又沒對你們怎麼樣。

問題是她對沃隆怎麼樣了，艾力克說，看他躲在置物櫃裡那個德性。過來，快招。你吻了她嗎？

沒有，他說。

唉，我替她覺得難過，麗莎說。

我也是，艾力克說，我覺得你應該補償她一下，邀她一起去舞會的。

所有的人一齊爆出大笑。康諾關上置物櫃，右手拎著書包，走出置物間。他聽見背後有人喊他的名字，但沒回頭。他走進廁所，把自己關在馬桶間裡。黃色的牆壁彷彿重重壓在他身上，他臉上冒出一顆顆晶亮的汗珠。他不斷回想自己在床上對梅黎安說的話：我愛妳。這好可怕，好像是在監視器上看見自己犯下嚴重罪行。她很快就會到學校，把書擺進書包裡，兀自微笑，對所有的事情一無所知。你是個好人，大家都喜歡你。他很艱難地深吸一口氣，然後吐了起來。

他打左轉燈，開出醫院，回到N16公路上。眼睛後面的疼痛揮之不去。他們沿著林蔭大道往前開，路的兩邊是成排的暗色樹木。

你還好嗎？蘿芮問。

嗯。

你表情怪怪的。

他深吸一口氣，安全帶微微陷進肋骨裡，然後又呼了一口氣。

我邀蕾秋一起去舞會，他說。

什麼？

我邀蕾秋．摩朗和我一起去參加舞會。[5]

車子就要開過一家修車場時，蘿芮突然敲敲車窗，說：停車。康諾看著她，一臉疑惑。什麼？他說。她又敲敲車窗，更用力敲，指甲刮著玻璃。停進去，她又說一遍。他馬上打方向燈，看看後照鏡，然後開進去，停下車。在修車場側面，有人拿水管沖洗一輛廂型車，水流下來，變成一條條暗色的河流。

妳是要去他們的小商店買東西嗎？他說。

梅黎安和誰去舞會？

康諾心不在焉地捏捏方向盤。我不知道，他說。妳叫我在這裡停車，該不會就是爲了問我這個問題吧？

所以很可能沒有人邀她一起去，蘿芮說，所以她就不會去。

大概是吧，我不知道。

今天從食堂吃完午飯出來，他故意落在其他人後面。他知道蕾秋會看見他，也

5 愛爾蘭的高中生畢業舞會（The Debs），通常在畢業考試之後舉辦，邁向成年禮的儀式。（編按）

會等他，他知道。她慢下腳步等他時，他半瞇起眼睛，讓整個世界變成灰白色的，然後說：嘿，妳舞會那天有約了嗎？她說沒有。他問她要不要和他一起去。好啊，她說，雖然我期待會有更浪漫的場景。他沒回答，因為他覺得自己彷彿跳下高高的斷崖，摔死了。他很高興自己死了，他永遠不要再活過來。

梅黎安知道你邀了別人嗎？蘿芮說。

還不知道，我會告訴她的。

蘿芮一手掩著嘴巴，所以他看不出來她的表情：她或許覺得意外或擔心，也或許是想吐了。

你不認為你應該邀她一起去？她說。你明明每天放學都搞她。

這是個齷齪的字眼，妳不該用的。

蘿芮深吸一口氣，鼻孔張開來。那你希望我用什麼字眼？她說。我是不是應該說你只是為了性而利用她，這樣比較精確嗎？

妳可以稍微緩口氣嗎？這沒有誰利用誰的問題。

你是怎麼讓她保持沉默的？你是不是警告她，要是她揭發你，你就要對她不利？

天哪，他說，當然沒有。這是我們兩個人說好的，可以嗎？妳說得太過分了。

蘿芮兀自點頭，盯著擋風玻璃外面看。他緊張地等著她開口說話。

學校裡的人不喜歡她，對吧？蘿芮說。所以你怕萬一他們發現，就會講你壞話。

他沒回答。

好吧，我要把我心裡的話告訴你，蘿芮說。我覺得你很丟臉，我以你爲恥。

他用衣袖抹抹額頭。蘿芮，他說。

她打開前座車門。

妳要去哪裡？他說。

我搭公車回家。

妳在說什麼啊？正常一點，好不好？

我待在車上，只會講出讓我自己後悔的話。

什麼話？他說。妳幹嘛在意我和誰去舞會，或不和誰去？這和妳又沒關係。

她推開車門，下了車。妳眞是太怪了，他說。她的回答是摔上車門。他雙手緊握方向盤，緊到手指發疼，但身體一動也不動。他媽的，這是我的車，他大可以這麼說。我准妳用力摔我的車門嗎？蘿芮已經走開了，她的皮包隨著步伐一下一下地拍打著臀部。他一直看著她，直到她轉過街角。足足兩年半的時間，他放學之後在修車廠打工，存錢買了這輛車。而這輛車唯一的作用，是接送他媽媽，因爲她沒有駕照。他可以開車追上她，搖下車窗，叫她回到車上。他幾乎以爲自己就要這樣做了，但他知道她不會理他的。於是他坐在駕駛座上，頭往後靠著椅座頭枕，聽著自己白癡無比的呼吸聲。某戶人家前院的烏鴉啄著丟棄的洋芋片包裝袋。出門購物的一家人手拿冰淇淋。汽油味飄進車裡來，沉重得宛如頭痛。他發動引擎。

四個月後
（二〇一一年八月）

她在花園裡，戴著太陽眼鏡。已經連續幾天好天氣了，她手臂開始冒出雀斑。她聽見有人打開後門，但沒轉頭。亞倫的聲音在露臺響起：安妮．柯爾尼考了五百七十分！梅黎安沒答話。她伸手到椅子旁邊的草地上，摸索著找防曬乳。坐起來塗的時候，才發現亞倫在講電話。

你們這一屆有人考六百分，耶！他大聲嚷著。

她在左手掌心倒了一點防曬乳。

梅黎安！亞倫說，我說有人得了六個Ａ１耶！

她點點頭，緩緩把乳液塗在右臂上，整條手臂閃閃發亮。亞倫很想知道是誰考了六百分。梅黎安一聽就知道是誰，但什麼也沒說。她給左臂也塗了防曬乳，然後默默倒回躺椅，面向太陽，閉上眼睛。在她眼皮後面，一波波光線閃耀，綠的，紅的。

她今天沒吃早餐，也沒吃午餐，只喝了兩杯加牛奶的甜咖啡。今年夏天，她胃口很不好。早上一醒來，她就打開擺在對面枕頭上的筆電，讓眼睛適應那閃著亮光的長方形螢幕，開始看新聞。她讀有關敍利亞的長篇報導，然後搜尋寫這些報導的記者的意識型態背景。她讀有關歐洲主權基金危機的長篇專題，然後放大圖表，看清楚上面的小字。之後，她不是繼續睡覺，就是沖澡，或者就躺在床上自慰。接下來的一整天，差不多也是同樣的模式，變化不大：她也許會拉開窗簾，也許不會；也許吃早餐，也許只喝咖啡，但她會把咖啡端上樓，免得和家人碰面。今天早上有所不同，當然。

嘿，梅黎安，亞倫說。是沃隆！康諾．沃隆拿了六百分！

她一動也不動。亞倫對著電話說：不，她只考了五百九十分，我敢說，她肯定很氣有人得分比她高。妳生氣嗎，梅黎安？她聽見了，但什麼也沒說。太陽眼鏡下的眼皮感覺油油的。一隻蟲子嗡嗡經過她的耳朵，然後飛走了。

沃隆和你在一起，是嗎？亞倫說。叫他來和我講話。

你幹嘛叫他「沃隆」，好像他是你的朋友似的？梅黎安說，你又不算認識他。

還拿著電話的亞倫抬起頭，露出詭異的笑容。我和他很熟，他說。我上次在艾力克的聚會上見到他了。

她很後悔開口。亞倫在露臺上走來走去，她聽見他踩過草地時的沙沙聲。電話另一頭有人開始講話，亞倫露出開懷但有點緊張的笑容。你好嗎？他說。幹得好，恭喜。康諾的聲音很小，所以梅黎安聽不見他說什麼。亞倫繼續努力擠出笑容。他和別人在一起的時候總是這樣，卑躬屈膝，阿諛奉承。

是啊，亞倫說。她表現不錯，是啊。但不像你這麼厲害，她五百九十分。你要和她講話嗎？

梅黎安抬起頭。亞倫是在開玩笑，他以爲康諾會說不要。他想不出任何理由，康諾會想和梅黎安這個沒朋友的魯蛇講電話，尤其是在這個特別的日子。好啊，他說。結果康諾卻說好啊。亞倫的微笑有點猶疑。好啊，他說，沒問題。他把電話遞給梅黎安。但梅黎安搖搖頭。亞倫瞪大眼睛。他手伸到她面前，快接，他說。他要和妳講話。她又搖搖頭。亞倫把電話塞到她胸前，非常用力。他在線上等你耶，梅黎安，亞倫說。

我不想和他講話，梅黎安說。

亞倫一臉忿怒，翻著白眼，用力把電話塞進她懷裡，弄得她胸骨好痛。打聲招呼，他說。她聽見話筒裡傳來康諾的聲音。太陽豔豔照在她臉上。她從亞倫手裡接過電話，手指一滑，把電話給掛了。亞倫站在椅子前面低頭瞪著她。花園裡有好幾秒鐘一片沉寂。接著，他用低沉的聲音說：妳他媽的幹嘛這樣做？

我不想和他講話，她說，我早就告訴你了。

他想和妳講話。

是啊，我知道他想。

今天天氣異常的好，亞倫映在草地上的影子顯得生動鮮明。電話還在她手上，輕輕躺在掌心，等著她哥哥收回去。

四月的時候，康諾告訴她說他要帶蕾秋．摩朗去舞會。當時梅黎安坐在他的床沿，表現得很冷靜，甚至幽默，讓他有些不知所措。他告訴她說這和「浪漫」無關，他和蕾秋只是朋友。

你的意思是，就像你我這樣的朋友，梅黎安說。

嗯，不是的，他說。不一樣。

但你也和她上床？

沒有。我哪有這種時間？

但你想這麼做？梅黎安說。

我才沒這麼想。我不覺得我有那麼貪得無饜，我已經擁有妳了啊。

梅黎安低頭瞪著指甲。

這只是個玩笑，康諾說。

我不知道哪裡好笑。

我知道妳在生我的氣。

我才不在乎，她說。我只是想，如果你想要和她上床，就應該告訴我。

沒錯，我會先告訴妳，如果我眞的想這麼做的話。妳嘴巴上說這就是問題之所在，但我覺得問題根本不在這裡。

梅黎安反駁：那問題是什麼？他呆呆盯著她看，她又低頭看指甲，臉紅了起來。他什麼都沒說。最後她笑了起來，因爲她並不是眞的那麼難過，而且這事有點好笑。他這麼赤裸裸地羞辱她，但卻沒辦法開口道歉，甚至連承認都做不到。她回家，直接上床睡覺，睡了足足十三個鐘頭，一次也沒醒來。

隔天早上，她沒去上學。她左思右想，怎麼看都沒有理由回去上學。情況非常清楚，沒有其他人邀她去舞會。她參加募款委員會，她負責預定場地，但最後卻沒辦法參加這場活動。所有的人都會知道，有些人或許還會暗自慶幸，但就算是最有同情心的人，恐怕也只會替她覺得有點難堪而已。所以她待在家裡，整天拉下窗簾，在奇怪的時間唸書睡覺。她媽媽很生氣，不停乒乒乓乓摔上門。有兩次，梅黎安的晚餐被直接倒進垃圾桶。然而，她是個大人了，沒有人能強迫她再次換上學校制服，去面對別人的目光或竊竊私語。

不上學一個星期之後，她走進廚房，看見蘿芮跪在地板上擦爐子。蘿芮微微挺起身體，用露在橡膠手套外面部分的手肘抹抹額頭。梅黎安吞吞口水。

哈囉，親愛的，蘿芮說。我聽說妳好幾天沒去上學。妳還好嗎？

嗯，我很好，梅黎安說。我不打算回學校了。我覺得待在家裡唸書更好。

蘿芮點點頭，說：妳開心就好。然後她又繼續擦烤箱裡側。梅黎安打開冰箱拿柳橙汁。

我兒子說妳不接他的電話，蘿芮又說。

梅黎安愣了一下，廚房的沉默在她耳朵裡轟然作響，就像強勁水流產生的白噪音。是啊，她說，我沒接。

做得好，蘿芮說，他配不上妳。

梅黎安鬆了一口氣，但這如釋重負的感覺太強烈也太突然，反倒有點像驚慌。她把柳橙汁擺在流理臺上，關上冰箱。

蘿芮，她說，妳可以叫他別再來了嗎？譬如來載妳之類的，如果他不來，有沒有關係？

噢，我已經禁止他來了。妳不必擔心。我眞想把他踢出我的房子。

梅黎安微笑，覺得有點不知所措。他也沒做什麼壞事，她說，我的意思是，比起學校裡的其他人，他已經算很好了，老實說。

聽到她這麼說，蘿芮站起來，脫下手套。她什麼都沒說，就只是把梅黎安摟進懷裡，抱得緊緊的。梅黎安用被擠壓得變調的嗓音說：沒事的，我很好。別擔心我。

她對康諾的評價是眞心的。他沒做什麼太惡劣的事。他從沒誤導她，讓她以爲大家都接納她。是她誤導了自己。他只不過是利用她來進行某種私人實驗，而她自願被利用，很可能也嚇到他了。他終究還是憐憫她的，但她拒絕了他。說起來她也替他覺得難過，因爲從今往後，他得永遠帶著和她上過床的這個事實活下去。他和她上床是自由選擇的結果，而且他也喜歡。對於他這個理當平凡且健康的人來說，這個事情的嚴重性遠大於她。她沒再回學校上課，只去參加考試。那時大家都傳說她已經被送進精神療養院了。不過，這些再也不重要了。

妳是氣他考得比你好嗎？她哥哥說。

梅黎安笑起來。她爲什麼不該笑？她在卡瑞克雷的生活已經結束了，新的生活要嘛會展開，要嘛不會展開。她很快就要把東西收進行李箱裡：羊毛衫、裙子，和她的兩件眞絲洋裝。一套花卉圖案的茶杯，一支吹風機，一個平底鍋，四條綿質白毛巾，一個咖啡壺。新生活所需要的物品。

不是，她說。

那妳幹嘛不和他打招呼？

問他呀。要是你和他這麼好，你可以問他。他知道。

亞倫左手握緊拳頭。無所謂，反正結束了。最近梅黎安在卡瑞克雷散步，心裡想著，有陽光的日子眞美，圖書館上空的白雲宛如粉筆屑，長長的街道兩旁成行的樹木。一顆網球飛起，在藍空畫出一條弧線。汽車在紅綠燈前放慢車速，搖下的車窗裡流洩出音樂。梅黎安不禁想，在這個地方落地生根，在街上對每個迎面而來的人打招呼微笑，會是什麼滋味。覺得自己的人生就在此時此地，而不是在遙遠的另一個地方展開，究竟會是什麼樣的感覺。

什麼意思？亞倫問。

去問康諾．沃隆，我們爲什麼不講話了。你想知道的話，就打電話給他，我倒很想知道他會怎麼說。

亞倫咬著食指關節。他手在發抖。再過幾個星期，梅黎安就要和其他人一起生活，過著不一樣的生活。但她一點都沒變。她還是同一個人，還是被禁錮在她自己身體裡的那個人。這是她無論走到哪裡都擺脫不了的。不同的地方，不同的人，又有什麼關係呢？亞倫不再咬他的指關節。

妳以爲他在乎啊，他說。他要是知道妳叫什麼名字，我才意外咧。

噢，我們以前很親近的喔，這你也可以問他，如果你想知道的話。雖然這可能會讓你覺得有點不舒服。

亞倫還來不及回答，他們就聽到屋裡有人喊叫，以及關門的聲音。他們媽媽回來了。亞倫抬頭，臉上的表情變了，梅黎安發現自己不由自主地轉頭。他看著她。妳不該拿別人的事情來扯謊，他說。梅黎安點點頭，沒說什麼。別告訴媽，他說。梅黎安搖搖頭。不會的，她答應。但她告不告訴媽媽其實無關緊要。丹妮絲從很早以前就決定，如果男人想把欺負梅黎安當成自我表現的方式，她也沒有意見。小時候梅黎安會抗拒，但現在她就只是置身事外，彷彿這些事情和她一點關係都沒有。從某個程度來說，確實也和她沒關係。丹妮絲覺得這都歸咎於她女兒冷淡、不討人喜愛的個性。她相信梅黎安欠缺「暖意」，而所謂的「暖意」，在她的定義裡，也就是那種哀求痛恨她的人愛她的能力。亞倫回屋裡去，梅黎安聽見落地門拉上的聲音。

三個月後

（二〇一一年十一月）

派對上的人，康諾半個都不認識。邀他來的，不是來開門的那人。但開門的這人無所謂地聳聳肩，讓他進門。他還是沒看見邀他來的那個人。那個名叫蓋瑞斯的傢伙，和他一起上批判理論。康諾知道自己一個人來參加派對不是個好主意，但蘿芮在電話裡說這是好事。我誰也不認識，他對她說。她耐住性子回答：要是你不出去見人，就永遠不會認識任何人。所以他人在這裡，獨自站在擁擠的房間裡，不知道該不該脫下外套。他覺得一個人在這裡混眞是太丟臉了。他覺得他的存在彷彿干擾了周圍的每一個人，而所有的人都只是想辦法不瞪著他看而已。

最後，就在他決定要離開的時候，蓋瑞斯進來了。但看見蓋瑞斯時的如釋重負，又讓康諾討厭起自己了，因爲他和蓋瑞斯其實並不熟，甚至也不特別喜歡蓋瑞斯。蓋瑞斯伸出手，康諾異常熱情地和他握手。這簡直是他成人生活的低谷。大家都看見他們握手了，康諾非常肯定。很高興見到你，老兄，蓋瑞斯說。很高興見到你，我喜歡這個背包，非常九〇年代風格。康諾揹了一個樣式非常普通的深藍色背包，毫無特別之處，和派對上其他人揹的背包沒什麼兩樣。

呃，他說，嗯，謝謝。

蓋瑞斯是積極參與校園活動的高人氣學生。他以前唸的是都柏林一所私立名校，在校園裡隨時有人和他打招呼，說：嗨，蓋瑞斯！蓋瑞斯，嗨！他們會從廣場的任何方向跑過來，只為了和他說聲嗨。康諾親眼見識過。以前大家也都喜歡我，他覺得這句話說起來像個笑話。我以前是我們學校的足球校隊。在這裡，這個笑話沒有人覺得好笑。

可以請你喝一杯嗎？蓋瑞斯說。

康諾帶了六罐蘋果酒來，但他不想再讓他的背包引起注意，免得蓋瑞斯又想進一步發表議論。很好，他說。蓋瑞斯到房間另一頭的桌子，帶回一瓶可樂娜啤酒。這可以嗎？蓋瑞斯說。康諾盯著他看了一秒鐘，想搞清楚這個問題是嘲弄，還是眞心詢問。他無法斷定，所以就說：可以，沒問題，謝謝。大學裡的人都像這樣，前一分鐘沾沾自喜得讓人討厭，下一分鐘就刻意表現得溫文有禮。他喝一小口啤酒，蓋瑞斯盯著他看，不帶一絲嘲諷地咧嘴笑，說：好好享受。

這就是都柏林的生活。康諾的每個同學都有一模一樣的口音，每個人腋下都夾著一部蘋果筆電[6]。在課堂上，他們熱烈發表意見，即興辯論。康諾無法這麼直截了當地表達看法，也無法陳述得這麼強而有力，所以總是有一種低人一等的感覺，彷彿在智能方面，他突然變得比原來的自己矮上一截，就連最基本的原理都必須耗費極大的心力才能理解。然而，他逐漸覺得不解，爲什麼同學們的討論內容都這麼抽象，欠缺文本的細節，最後他終於明白，這是因爲大部分人都沒眞正看書。他們就只是每天到學校裡來，慷慨激昂地辯論著他們根本沒讀過的書。如今他已經知道，他的同學和他不一樣。對他們來說，發表意見，信心滿滿地加以陳述，都是再簡單不過的事。他們不擔心自己在別人眼中顯得無知或自負。他們並不笨，但也不比他聰明，他們只是以另一種方式遊走世界。他很可能永遠無法眞正瞭解他們，而他也知道，他們永遠不會瞭解他，甚至連想嘗試一下的意願都沒有。

他每週只有幾堂課，其餘的時間都在看書。夜裡，他在圖書館待到很晚，讀指

6 典型的都柏林大學三一學院學生形象。（編按）

定的功課、小說、文學批評論著。他沒有可以一起吃午飯的朋友，所以都是邊吃飯邊看書。有足球賽的週末，他會看看球隊新聞，然後就繼續看書，不看電視轉播的晉級賽。有天晚上他在圖書館裡讀小說《艾瑪》，閉館的時候，他正讀到奈特利先生似乎打算娶哈麗葉的那一段。闔上書本步行回家的途中，他心中有股奇怪的情緒波動。他覺得自己很好笑，竟然會沉浸在這麼戲劇化的小說裡。關心小說裡虛構人物的婚嫁，感覺上不是高級知識分子該有的行爲。但觸動他心弦的是文學。他有位教授說這是「被偉大藝術感動的歡悅」。這些文字蘊藏著近幾性感的魅力。奈特利先生親吻艾瑪的手時，康諾心裡湧現的情緒並不完全和性感無關，儘管這段描述和性之間的關係只是間接的。康諾也因此明白，要瞭解活生生的人，和他們建立親密關係，他就必須運用像閱讀小說這樣的想像力。

你不是都柏林人吧？蓋瑞斯說。

不是，我老家在斯萊戈。

噢，眞的？我女朋友也是斯萊戈來的。

康諾不確定蓋瑞斯期待他說什麼。

噢，他小聲地回答。嗯，太巧了。

都柏林人提起西愛爾蘭[7]的時候，常有這種奇怪的語調，彷彿那是另一個國度，是一個他們自認很瞭解的異國。有天晚上在工人俱樂部，康諾告訴一個女孩說他是斯萊戈來的，她馬上就做個鬼臉，說：嗯，你看起來就像。康諾慢慢發現自己似乎總是被高傲自大的人所吸引。有時候夜裡出去，在成群身穿緊身洋裝、唇妝完美、面帶微笑的女孩裡，他的室友尼爾會指著其中一個說：我敢說你一定覺得她很迷人。而他指著的女孩千篇一律是胸部平坦，腳穿難看的鞋子，嘴裡很討人厭地叼了根菸。沒錯，康諾確實覺得她們很迷人，甚至還會想辦法和她們攀談。但回家時，心情卻更不好。

他尷尬地四下張望，說：你是都柏林人？

是啊，蓋瑞斯說。學校住得還可以吧？

還不錯，其實是非常好。

你現在住在哪裡？

康諾告訴他。是離學校不遠的公寓，就在布朗斯維克附近。他和尼爾共住一個

---

7 對都柏林人而言，都柏林以外的地區一概稱為其他地區（鄉下），而康諾來自西愛爾蘭。（編按）

小房間，兩張單人床各靠一面牆。廚房是和另外兩個葡萄牙學生共用，但那兩個人永遠都不在家。這間公寓濕氣有點重，夜裡有時候很冷，冷到康諾在一片漆黑裡都看得見自己哈出的白氣。不過，至少尼爾是個正直的人。他出身貝爾法斯特，覺得三一學院的人都很怪，這點讓康諾覺得安心。康諾已經認識尼爾的一些朋友，以及他大部分的同學，但還沒和任何一個好好聊過天。

在老家的時候，康諾的羞澀似乎沒對他的社交生活造成什麼影響，因爲大家早就彼此認識，他不需要自我介紹，也不必忙著讓誰留下好印象。眞要說起來，他的個性似乎是由別人的意見加諸他身上所產生的外來物，而不是由他自己本身所創造。如今的他覺得自己沒沒無聞、隱而不見，因爲沒有任何的事蹟或名聲可以讓別人認識他。儘管外表並沒有改變，但他卻覺得自己比以前醜。他對自己的穿著打扮也感到很不自在。班上的男生都穿同樣的防水外套，暗紫紅的斜紋棉褲，康諾對別人愛穿什麼並沒有意見，只是覺得穿這樣的衣服看起來很刺眼。況且，這也讓他意識到自己身上的衣服很廉價，不夠時髦。他唯一的一雙鞋是舊款的愛迪達運動鞋，走到哪裡都穿這雙鞋，連去健身房也穿。

他週末還是回家，因爲週六下午和週日早上在修車廠打工。高中同學大部分都已經離開老家，去上大學，或去工作了。凱倫和姐姐住在卡斯爾巴，康諾從畢業考之後就沒見過她了。羅勃和艾力克都在高威唸商科，好像沒再回來。有些週末，康諾半個高中同學都沒見著。他夜裡坐在客廳，和媽媽一起看電視。妳自己一個人過得還好嗎？上週他問她。她微笑。噢，好的不得了，她說。沒有人會把毛巾丟在沙發上，水槽裡沒有髒碗碟，太棒了。他點點頭，覺得一點都不好笑。她半開玩笑地推他一把。那你希望我怎麼說？她說。說我晚上哭著睡覺？他翻個白眼。顯然不是，他喃喃說。她告訴他，她很高興他搬出去了，她覺得這樣對他有好處。搬出去有什麼好？他說。妳一輩子住在這裡，也過得好好的。她呆望著他。噢，你是打算在這裡安葬我？她說。天哪，我才三十五歲耶。他想忍住不笑，但還是覺得這很好笑。我明天就搬到別的地方去，非常謝謝你，她說。這樣我就不必每個星期看你這張可憐兮兮的臉。他笑出來，實在忍不住了。

蓋瑞斯不知說了什麼，康諾沒聽見。肯伊．威斯特的《王者之聲》（*Watch the Throne*）透過一對小型喇叭放得好大聲。康諾微微傾身靠近蓋瑞斯，說：什麼？

我女朋友，你應該見見她，蓋瑞斯說。我介紹你們認識。

康諾很慶幸可以暫停交談，跟著蓋瑞斯走出大門到門階上。這房子面對網球場，但夜裡球場關閉，空蕩蕩的，看起來出奇清冷，在街燈下微微閃著紅色。臺階下有幾個人在抽菸聊天。

嘿，梅黎安，蓋瑞斯說。

正抽著菸講話的她抬起頭。她穿洋裝搭燈芯絨外套，頭髮往後夾，拿著菸的手在燈光下顯得修長，非常超現實。

噢，康諾說，嗨。

梅黎安不敢置信，瞬間迸出一個大大的微笑，露出有點不整齊的門牙。她塗了口紅。這時所有的人都看著她。她剛才在講話，但已經住口，盯著他看。

老天爺啊，她說。康諾．沃隆！你從哪裡冒出來的啊？

他咳了一聲，急著想表現出正常的樣子，說：妳什麼時候開始抽菸啦？

她對蓋瑞斯和朋友說：我們是高中同學。她的目光再次凝注在康諾身上，滿臉開心光彩，說：嗯，你好嗎？他聳聳肩，喃喃說：嗯，還好，很好。她看著他，眼睛裡彷彿有著什麼訊息。你想喝酒嗎？她說。他舉起蓋瑞斯剛才給他的那瓶酒。我給你拿個杯子，她說，進屋裡去吧。她走上臺階，迎向他，轉頭對其他人說：我馬上回來。從她講的這句話和她站在臺階上的樣子，他看得出來，派對上的這些人是她的朋友。她有很多朋友，過得很開心。這時前門一關，他倆站在玄關裡。只有他們兩人。

他跟著她走到廚房，這裡沒有人，非常安靜。貼有標籤的廚具搭配成套，清一色的藍綠色外裝。關著的窗戶映照出燈光明燦的室內景物，藍色與白色。他不需要杯子，但她還是從櫃子裡幫他拿出一個，而他也沒拒絕。她脫下外套，問他是怎麼認識蓋瑞斯的。康諾說他們上同一門課。她把外套披在椅背上。她今天穿的這襲灰色長洋裝，讓身材顯得瘦削纖巧。

好像每個人都認識他，她說，他很外向。

他算是校園名人吧，康諾說。

這句話惹得她哈哈大笑，他倆之間彷彿什麼問題都沒發生過，彷彿他倆只是活在一個和過去略有不同的宇宙裡。沒有任何壞事發生，就只是梅黎安突然多了個很酷的男朋友，而康諾變成了孤單不受歡迎的人。

他很愛這樣，梅黎安說。

他好像興趣很廣，參加很多社團活動。

她微笑，瞇起眼睛看他。她的口紅顏色很暗，是酒紅色的，而且眼睛也上了妝。

我一直很想念你，她說。

她的坦率直接來得如此突然，如此出乎意料，讓他不禁臉紅。他開始把啤酒往杯裡倒，分散自己的注意力。

是啊，我也是，他說。妳沒去上學之後，我很擔心妳。妳知道的，我當時很難過。

噢，我們在學校的時候從來不在一起的。

嗯，是啊，是這樣沒錯。

那你和蕾秋呢？梅黎安說。你們還在一起嗎？

沒有，我們夏天就分手了。

梅黎安竭力表現得真心誠意，說：噢，真遺憾。

打從梅黎安四月開始不去上學之後，康諾的心情就陷入低潮。老師找他談過。輔導老師要蘿芮「注意」他的情況。學校裡的同學八成也都在議論這件事，他不知道。他提不起勁來表現得正常。午餐時間，他和從前一樣，坐在同一個位子吃飯，悲傷地塞進一口又一口的食物，沒聽朋友們在聊什麼。有時候他甚至沒聽見他們喊他的名字，他們得對著他丟東西，或敲他的頭，才能引起他注意。每個人勢必都知道他有點不對勁。自己竟然成爲這樣的人，讓他覺得頹喪羞愧。而且他想念梅黎安帶給他的感覺，想念梅黎安的陪伴。他不斷打電話給她，每天傳簡訊，但她從不接也不回。他媽媽說他已經被禁止到她家去，雖然他並沒有想過要直接闖去。

有一段時間，他喝很多酒，焦慮不安地和其他女孩上床，想藉此來克服低潮。五月，在一場家庭派對裡，他和貝瑞・肯尼的姐姐西妮德上床。她二十三歲，有語言治療學位。事後，他覺得心情更差，甚至還吐了，所以他告訴西妮德說他喝醉了，雖然他其實沒醉。他沒有可以傾吐這些事情的對象。他飽受孤獨折磨。他一再夢見和梅黎安復合，像以前那樣，在疲累的時候，靜靜地擁抱她，壓低嗓音和她講話。接著，他突然想起發生的種種，醒來之後沮喪至極，連一條肌肉都無法動彈。

六月，有天晚上，他喝醉酒回家，問蘿芮去上班的時候有沒有常看見梅黎安。

有時候，蘿芮說，爲什麼問？

她還好嗎？

我早就告訴你了，她心情不好。

我的簡訊她都不回，他說。我打電話去，她一看見是我打的，也不肯接。

因爲你傷害了她的感情。

沒錯，但她也反應過度了吧？

蘿芮聳聳肩，繼續看電視。

妳不覺得嗎？他說。

我覺得什麼？

妳不覺得她這麼做是反應過度嗎？

蘿芮還是盯著電視。康諾喝醉了，不記得她當時在看什麼節目。她緩緩地說：你知道，梅黎安是很脆弱的。你這是在利用她，嚴重傷害了她的感情。你心裡覺得不好過是應該的。

我沒說我不好過，他說。

從六月起，他和蕾秋開始約會。學校裡的每一個人都知道她喜歡他，而她也把他倆的關係當成是她的成就。至於他倆眞正的關係，大部分就只是晚上一起出門，讓她可以化上妝，抱怨朋友的事，康諾則坐在一旁喝罐裝飲料。她講話的時候，他有時會看著電話，然後她就會說：你根本沒在聽。他很討厭這樣，因爲她講的沒錯，他根本就沒在聽，但他眞的認眞聽的時候，又一點都不喜歡她講的事情。他只和她上過兩次床，兩次都不怎麼愉快。兩人躺在床上的時候，他覺得胸口和喉嚨都發緊疼痛，幾乎無法呼吸。他原本以爲和她在一起，可以讓他覺得不那麼寂寞，但結果卻只讓他的寂寞更加根深柢固，彷彿在他身體裡扎了根，殺也殺不死。

舞會那夜終於來臨。蕾秋身穿昂貴奢華的禮服，康諾站在她家前院，好讓她媽媽幫他們拍照。蕾秋反覆提起他要去唸三一學院，她爸爸給他看了幾支高爾夫球桿。後來他們一起到飯店吃晚餐，每個人都喝得醉醺醺，甜點還沒上桌，麗莎就已經醉暈過去了。羅勃把手機裡的麗莎裸照偷偷在桌子底下秀給艾力克和康諾看。艾力克大笑，手指還敲敲螢幕上麗莎的某些部位。康諾靜靜坐著看手機，然後說：秀這些照片給別人看，有點渾蛋吧？羅勃大嘆一口氣，關掉螢幕，把電話收回口袋裡。你最近變得很討人厭，他說。

半夜，康諾微有醉意，但很討厭周圍那些酩酊大醉的人，於是走出宴會廳，穿過走廊，到戶外吸菸區。他點起一根菸，扯下周圍樹木低垂的樹葉，門突然打開，艾力克也出來了。艾力克對他會心一笑，坐在倒扣的花盆上，自己也點了一根菸。

很可惜梅黎安沒來，艾力克說。

康諾點點頭，很討厭聽到別人提起她的名字，也不想回答。

怎麼回事？艾力克說。

康諾沉默看著他。門上的燈泡射出白白的燈光，照得艾力克一臉鬼魅似的慘白。

什麼意思？康諾說。

她和你啊。

康諾開口，但幾乎不認得自己的聲音：我不知道你在說什麼。

艾力克咧嘴笑，牙齒在燈光下閃著水光。

你以爲我們不知道你在把她啊？他說。每個人都知道。

康諾愣了一下，又抽了一口菸。這大概是艾力克對他說過最殘忍的一句話，不是因爲這終結了他的生活，而是因爲沒有。他這才明白，他以自己和另一個人的幸福爲代價所捍衛的祕密，其實一直都微不足道，毫無價值。他和梅黎安大可以手拉手一起穿過學校走廊，那會有什麼後果呢？什麼後果也不會有。沒有人在乎。

太好了，他說。

你們在一起多久了？

我不知道。一陣子吧。

那又是怎麼回事？艾力克說。你只是爲了好玩，還是怎樣？

你瞭解我的。

他摁熄香菸，回到裡面去拿外套。他就這樣離開，沒向任何人道別，包括蕾秋在內。過後不久，她就和他分手了。就這樣，大家離開老家，他離開老家。他們在卡瑞克雷的生活，他們自以爲充滿戲劇性與重要性的生活，就這樣有始無終地結束了。這樣的生活永不復返，再也不會一樣了。

欸，這個嘛，他對梅黎安說，我和蕾秋處不來，我想。

梅黎安露出微笑，有點靦腆的微笑。嗯，她說。

怎麼？

我應該要提醒你的。

是啊，妳應該要提醒我的，他說。只是妳當時不肯回我的簡訊。

這個嘛，我覺得我被拋棄了。

我也覺得自己被拋棄了，不是嗎？康諾說。妳就這樣消失了。順便讓妳知道一下，我和蕾秋的關係是很久以後才開始的。現在說這個也沒什麼用，不過我當時和她確實沒有什麼牽扯。

梅黎安嘆口氣，模稜兩可地搖搖頭。

我之所以不去上學，倒也不是因爲這樣，她說。

沒錯。我想妳有更好的理由。

但那是最後一根稻草。

是啊，他說。我當時也這樣想。

她又露出微笑，略歪嘴唇的微笑，帶點調情的意味。眞的嗎？她說，你也許有心電感應。

我以前有時候覺得自己可以讀懂妳的心思，康諾說。

你指的是在床上的時候吧。

他喝了一口酒。啤酒冰涼，但杯子是室溫。在今晚之前，他都不知道他倆如果在校園碰見，梅黎安會有什麼反應，但此時一切卻再明白不過，情況肯定就只會如此。她會輕鬆地提起他們過去的性愛，彷彿是個俏皮的玩笑，絲毫不尷尬。他其實也喜歡這樣，他喜歡知道在她身邊如何自處。

是啊，康諾說，還有事後。但這說不定很正常。

才不正常咧。

兩人都笑了起來，是忍不住覺得好笑的那種微笑。康諾把空酒瓶擺在流理臺上，看著梅黎安。她撫平身上的洋裝。

妳看起來好漂亮，他說。

我知道。這是典型的我，上大學，變漂亮。

他開始大笑。他不想笑，但他倆之間那股怪異的動力驅策他哈哈大笑。「典型的我」是梅黎安會用的詞彙，有點自嘲，同時也隱含著他倆的相互瞭解。他們都瞭解她是特別的。她的洋裝領口開得很低，露出宛如白色連接符號的鎖骨。

妳一直都很漂亮，他說。我早該知道的，我是個膚淺的傢伙。妳很漂亮，非常之美。

她沒笑。她只露出好玩的表情，拂開前額的頭髮。

噢，好吧，她說。我好一陣子沒聽見這樣的話了。

蓋瑞斯沒說妳很漂亮？他是不是太忙了，整天搞戲劇愛好社什麼的？

辯論社，她說。而且你也太不留口德了吧。

辯論？妳可別說他在搞納粹什麼的，不會吧？

梅黎安的嘴唇抿成一條線。康諾不太看校園報，但還是聽說辯論社邀請一位新納粹主義者來演講。所有的社交媒體上都在討論這件事，甚至還上了《愛爾蘭時報》。康諾沒在臉書的討論串裡發表任何評論，但是有幾則呼籲撤回邀請的貼文，他倒是很讚賞。這件事大概是他這輩子所見過最不順眼的政治行動了吧。

這個嘛，我們不是每件事都意見相同，她說。

康諾笑起來，看見她這麼不像平常的她，軟弱而欠缺道德勇氣，他覺得很開心。我以為我和蕾秋·摩朗交往已經夠渾蛋了，他說，結果妳竟然還交了個否認大屠殺存在的男朋友。

噢，他只是支持言論自由。

是喔，眞好。謝天謝地，還有白人溫和派的存在。我記得金恩博士好像在哪裡寫過這句話。

她也笑起來了，這次是眞心的笑。她露出細小的牙齒，伸手掩住嘴巴。他又喝了一點酒，看著她甜美的表情，這是他所懷念的表情。他倆之間如此溫馨，雖然他事後八成會痛恨自己對她所說的每一句話。好吧，她說，我們兩個在意識型態上都不夠純潔。康諾很想說：希望他在床上夠厲害，梅黎安。她肯定會覺得很有趣。但不知為什麼，或許是因為羞怯，他並沒有這麼說。她瞇起眼睛看他，說：你現在和有毛病的人交往嗎？

沒有，他說，也沒和正常的人交往。

梅黎安露出好奇的微笑。很難和人交往嗎？她說。

他聳聳肩，然後又含糊地點個頭。和老家不太一樣，對吧？他說。

我有幾個女的朋友，可以介紹給你。

是嗎？

是啊，我確實有朋友，她說。

不確定我是不是她們的菜。

他們看著彼此。她臉紅了起來，下唇的口紅微微暈開。她的目光令他不安，就像過去一樣，他彷彿照著鏡子，看見毫無遮掩的一切。

你指的是什麼？她說。

我不知道。

爲什麼會不喜歡你？

他微笑，看著他的杯子。要是尼爾看見梅黎安，肯定會說：不必說，你肯定喜歡她。沒錯，她確實是康諾喜歡的類型，或許應該說是他喜歡的原型：優雅，一臉無聊，有著自信的表情。他被她吸引，他承認。離家幾個月之後，生活的世界似乎變大了，但他個人的生活卻變得微不足道。他不再是高中時代那個焦急壓抑的人，當時她的吸引力讓他覺得驚恐，彷彿面對一列奔馳而來的火車，所以他把她推到車下。他知道她之所以表現得風趣靦腆，是希望讓他知道她並不痛苦。他可以說：我以前那樣對妳，眞的很抱歉，梅黎安。他總是想著，要是有機會再見到她，他一定要這樣對她說。然而她似乎連這樣的可能性都不願承認，又或者是因爲他太懦弱。說不定兩者皆有。

我不知道，他說。這是個好問題，我不知道。

三個月後

（二〇一二年二月）

梅黎安坐上康諾車子的前座，關上門。她頭髮沒洗，腳抬到椅子上來繫鞋帶。她身上有股水果酒的味道，不難聞，但也不好聞。康諾上車，發動引擎。她瞥他一眼。

綁好安全帶了嗎？他說。

他看看後照鏡，彷彿這是個再尋常不過的日子。事實上，他們昨晚才去斯瓦茲參加完某人在家裡舉行的派對，康諾沒喝酒，而梅黎安喝了，所以一點也不尋常。她乖乖繫上安全帶，表示他們還是朋友。

昨天晚上很抱歉，她說。

她這句話的語氣想同時表達好幾重的意思：道歉，痛苦尷尬，還有額外假裝出來的難堪。她企圖用自嘲的方式來減輕眞正的痛苦難堪，也想表達出她知道自己勢必會得到原諒，但還是希望這些事情「沒什麼大不了」。

算了吧，他說。

欸，眞的很對不起。

沒關係。

康諾已經開出車道。他似乎已經拋開這件事了，但不知爲何，她卻還無法滿意。她希望他在放過她之前知道究竟發生了什麼事，又或者她只是想讓自己受更多折磨。

我不應該那樣做的，她說。

嘿，妳那時喝醉了。

這不是藉口。

妳根本不知道自己在幹嘛，他說，這是我後來才發現的。

是啊，我簡直像個發動攻擊的人。

他笑了起來。她把雙腿縮到胸前，手掌抓著手肘。

妳沒攻擊我，他說。這樣的事難免。

事情是這樣的。康諾載梅黎安去他倆都認識的朋友家裡，參加生日派對。他們打算要在那裡過夜，然後隔天早上康諾再載她回來。去程路上，他們聽著「吸血鬼週末樂團」（Vampire Weekend）的歌，梅黎安拿出裝琴酒的銀色小壺喝酒，兩人聊著雷根政府。妳會喝醉的，康諾在車裡告訴她。你知道嗎，你長得很好看，她說。眞的有人這樣對我說，說你的臉長得好。

到了半夜，康諾在派對上不知走到哪裡去了，梅黎安在工作間裡找到她的朋友佩姬和喬安娜。她倆在喝君度甜酒，抽菸。佩姬穿著破舊的皮夾克，條紋亞麻褲，頭髮散落在肩上，不停用手左撥右甩。喬安娜只穿襪沒穿鞋，坐在冰櫃上，身上一襲寬鬆得像孕婦裝的長洋裝，裡面套了件襯衫。梅黎安靠在洗衣機旁，從口袋裡掏出她的小酒壺。佩姬和喬安娜在聊男性時尚，特別是她們那些男性朋友的時尚感。梅黎安覺得站在這裡很好，有洗衣機可以撐住她身體的大部分重量，又可以喝著琴酒，聽朋友講話。

佩姬和喬安娜兩人與梅黎安一起選修歷史與政治。喬安娜已經計劃最後一年的論文要研究詹姆斯·康諾利與愛爾蘭貿易工會代表大會。她經常推薦書籍或期刊文章，梅黎安有的讀完了，有的讀了一半，還有些只讀過摘要。大家都認爲喬安娜是個嚴肅的人，她確實是，但她有時候也很風趣。佩姬不太「懂」喬安娜的幽默，因爲佩姬這個人所謂的魅力並不在於幽默風趣，而是某種更爲駭人，也更爲性感的特質。聖誕節前的一場派對，在她們朋友德克蘭家的浴室裡，佩姬給了梅黎安古柯鹼，梅黎安接受，而且吸了大半。這對她的心情並沒有造成顯著的影響，只不過接下來幾天，她一想到自己眞的吸了古柯鹼，就覺得好笑，但也頗有罪惡感。她沒告訴喬安娜。她知道喬安娜肯定不贊同，因爲連梅黎安自己都不贊同。不同的是，喬安娜對於不贊同的事，絕對不試也不做。

喬安娜想投身新聞業，而佩姬看來完全不打算工作。到目前爲止，生計對她來說還不是問題，因爲她碰到一大堆願意資助她生活，讓她買皮包、買毒品的人。她比較喜歡年紀稍長一些，在投資銀行或會計師事務所工作的人，二十七歲，有很多錢，家裡還有個理智十足的律師女友。有一回喬安娜問佩姬，她有沒有想過，她有一天也會二十七歲，然後男朋友每天晚上都在和十幾歲的女孩一起嗑藥。佩姬並沒生氣，反而覺得很好玩。她說到了那個年紀，她早就嫁給俄羅斯黑幫老大了，而且她才不在乎他有多少女朋友呢。這讓梅黎安思索自己大學畢業之後要幹嘛。她好像沒有什麼路可走，就連嫁給俄羅斯黑幫老大這個選項也沒有。夜裡出門的時候，街上總是有男人對她叫囔著最下流的話，對她懷有欲望顯然並不是什麼羞恥的事，恰恰相反。而在大學裡，她常覺得自己腦袋的能力無極限，彷彿內裝一部威力強大的機器，可以自動把她讀進去的所有東西都綜合整理好。她擁有一切，但她完全不知道要如何面對自己的人生。

在工具間裡，佩姬問說康諾人呢。

樓上，梅黎安說。和泰瑞莎在一起吧，我猜。

康諾偶爾和他們共同的朋友泰瑞莎約會。梅黎安對泰瑞莎沒什麼成見，但常無緣無故慫恿康諾講她壞話，但他每次都拒絕。

他衣服穿得不錯，喬安娜脫口而出。

才怪，佩姬說。我的意思是，他長得不錯，但每次都穿得很休閒，我懷疑他究竟有沒有西裝。

喬安娜又轉頭看梅黎安，這一次梅黎安迎上她的目光。佩姬看見她倆眼神交會，喝了一大口甜酒，用抓住酒瓶的那隻手抹抹嘴唇。幹嘛？她說。

這個嘛，他出身勞工階級，不是嗎？喬安娜說。

妳也太敏感了吧，佩姬說，只因爲某人的社經地位，我就不能批評他的穿著品味？少來。

不，她不是這個意思，梅黎安說。

因爲妳知道，我們眞的都對他很好，佩姬說。

梅黎安一時不知道該看誰。「我們」是指誰？她很想說。但她只從佩姬手裡拿過酒瓶，喝了兩口。酒溫溫的，甜得膩人。

凌晨兩點左右，她已經醉得厲害，佩姬說服她一起在浴室裡抽根大麻菸。她看見康諾站在三樓平臺上。只有他一個人，沒別人。嘿，他說。她靠著牆，醉醺醺的，希望得到他的注意。他站在樓梯頂端。

你剛才和泰瑞莎在一起，她說。

我？他說，這也太奇怪了。妳喝醉了，對吧？

你身上有香水味。

泰瑞莎沒在這裡，康諾說。其實，她根本就沒來參加派對。

梅黎安笑起來。她覺得自己好白癡，但很開心。過來，她說。他走到她面前。

幹嘛？他說。

你比較喜歡她，不喜歡我？梅黎安說。

他幫她把一綹頭髮塞到耳後。

才沒有，他說。老實說，我和她沒那麼熟。

可是她在床上比我厲害？

妳喝醉了，梅黎安。要是妳腦袋清楚，連這個答案都不會想知道。

所以答案不會是我想聽的囉，她說。

她的談話基本上就這樣單線進行，同時忙著解開康諾襯衫的釦子，不是因為色慾薰心，純粹只是因為她喝醉了，而且很嗨。但也正因為這樣，所以沒辦法完全解開他的衣釦。

不，答案正是妳想聽的，他說。

她吻他。他並沒有被嚇得退縮，但堅定地抽身後退，說：別這樣。

我們上樓去，她說。

噢，我們已經在樓上了。

我要你幹我。

他蹙起眉頭，她要是清醒的，康諾的表情肯定會讓她說自己只是開玩笑。

今天晚上不行，他說。妳已經沒力氣了。

只是這個原因？

他低頭看她，她原本要稱讚他的嘴唇形狀有多美，但忍住沒說，因爲她要聽到他回答。

是啊，他說，只是這個原因。

如果不是這樣，你就會願意。

妳該去睡了。

我要給你藥，她說。

妳連——欸，梅黎安，妳連藥都沒有。妳這是在胡言亂語。去睡覺。

吻我。

他吻她。很好的一個吻，但只是友善的吻。他說晚安，輕快下樓，踩著淸醒且輕盈的步伐筆直地下樓。梅黎安找到浴室，直接就著水龍頭喝水，喝到頭不痛之後，就在浴室地板上睡著了。她睡到二十分鐘前才醒來，因爲康諾請了個女生去找她。

他搜尋廣播頻道，車子在紅燈前停下來。他找到范．莫里森的歌，就繼續聽。

反正我很抱歉，梅黎安說。我不想做對不起泰瑞莎的事。

她不是我的女朋友。

好吧，但這對我們的友誼是很不尊重的。

我都不知道妳和她有那麼好，他說。

我指的是我和你的友誼。

他轉頭看她。她手臂抱緊膝蓋，下巴垂到肩膀下面。她最近經常和康諾見面。在都柏林，他們頭一次可以併肩沿著長長的優雅街道散步，確信經過他們身邊的人不會知道、也不在乎他們是誰。梅黎安獨自住在奶奶擁有的單臥房公寓，夜裡，她和康諾坐在她的客廳一起喝葡萄酒。他毫無保留地對她抱怨，說在三一學院要交朋友實在太困難。有一天他躺在她的沙發上，搖晃著杯裡的酒渣，說：這裡的人好勢利，就算他們喜歡我，我也不想和他們做朋友。他放下酒杯，看著梅黎安。而這也是對妳來說這麼容易的原因，他說。因爲妳家很有錢，所以大家都喜歡妳。她皺眉，點點頭。康諾開始笑。我唬妳的啦，他說。他們眼神交會。她很想笑，但不知道他究竟是不是在開她玩笑。

他總是來參加她的派對，雖然他說他並不眞的熟悉她的朋友圈。她的女性朋友都很喜歡他，講話的時候坐在他腿上，愛憐地弄亂他的頭髮，覺得很舒服。男生對他就沒這麼友善了。他們之所以忍受他，只衝著他和梅黎安的關係，否則他們並不覺得他是多麼有意思的人。他甚至還算不上聰明呢！有個晚上康諾不在的時候，她有個男生朋友這麼說。他比我還聰明，梅黎安說。沒有人知道該怎麼接話。沒錯，康諾在派對上很安靜，甚至是打定主意不肯講話，也不喜歡聽人炫耀自己看了多少書，或知道多少戰爭。但梅黎安打從心裡知道，大家不喜歡他，並不是因爲他笨。

這對我們的友誼又怎麼不尊重了呢？他說。

我想，要是我們又開始上床，就很難繼續當朋友。

他嘴咧得大大的笑起來。她很不解地把頭埋進臂彎裡。

是嗎？他說。

我不知道。

嗯，好吧。

有天晚上，在布魯賽爾酒館地下室，梅黎安的兩個朋友笨手笨腳地打撞球，其他人坐在旁邊喝酒觀賽。傑米贏了之後說：誰要來挑戰贏家？康諾悄悄放下啤酒，說：好吧，我來。傑米開球，但什麼也沒打到。康諾一句話都沒說，一連四顆黃球落袋。梅黎安開始笑，但康諾面無表情，就只是專注凝視。之後，他靜靜喝酒，看著傑米把紅球撞得在桌檯上打轉。康諾用粉筆輕輕擦了擦球桿，把最後三顆黃球打進袋裡。欣賞他研究球檯，筆直敲出球桿，輕輕撞擊母球光滑的表面，眞是一大享受。坐在一旁的女孩們都看著他敲球，看著他在頂燈照耀下那張凝重沉默的臉。簡直像健怡可樂的廣告，梅黎安說。大家都笑起來，就連康諾也笑了。檯子上只剩一顆黑球時，他對準右上角的球袋，滿意地說：好，梅黎安，妳注意看囉。然後他一敲桿，所有的人都鼓掌喝采。

那天晚上康諾沒步行回家，而是待在她家。他們躺在她床上，瞪著天花板聊天。在此之前，他們一直迴避著不談一年前發生在兩人之間的事，但這天晚上康諾說：妳朋友知道我們的事嗎？

梅黎安沉默了一晌，最後說：我們的什麼事？

我們在高中和之後發生的事。

我想他們並不知道。也許他們察覺到什麼蛛絲馬跡，但我沒告訴他們。

康諾沉默了好幾秒。在黑暗裡，她也和他一樣沉默不語。

要是他們發現了，妳會覺得尷尬嗎？他說。

也許會吧。

他轉身，不再仰望天花板，而是面對著她。爲什麼？他說。

因爲有點丟臉。

你指的是我當時那樣對妳。

嗯，是啊，而我竟然也就忍了下來。

他在被子底下小心摸索著她的手，她感覺到他握住她。她的下巴一陣顫抖，但想辦法讓自己的語氣聽起來輕鬆逗趣。

你想過要帶我去舞會嗎？她說。這說來很蠢，但我還是很好奇，你是不是曾經想過要這麼做。

老實說，沒有。眞希望我當時有。

她點點頭，繼續瞪著漆黑的天花板，吞吞口水，擔心他會看見她臉上的表情。

妳會答應嗎？他問。

她又點頭。她想翻個白眼，但這樣非但不有趣，也顯得太難看，太自憐自艾。

我眞的很抱歉，他說。我當時錯了。妳知道，其實學校裡的同學好像也知道我們的事。我不知道妳有沒有聽說。

她用手肘撐起身體，在暗黑裡瞪著他看。

知道什麼？她說。

知道我們私下見面之類的。

我沒告訴任何人，康諾，我發誓。

我知道妳沒有，他說。我的重點不是妳有沒有告訴別人，這不重要。但我知道妳沒有。

他們講了什麼可怕的話嗎？

沒，沒有。艾力克在舞會上提了一下，說大家都知道。其實也沒有人在乎。

兩人又一陣沉默。

當時對妳講那些話，我覺得很抱歉，康諾說。就算大家都知道，又能怎麼樣呢。問題顯然都是我自己想出來的。我的意思是，別人才沒有必要在乎，但我卻自尋煩惱，擔心這些事。我不是在替自己找藉口，但我把這些煩惱投射到妳身上了，如果這樣解釋說得通的話。我不知道。我還是經常思索這件事，想知道我爲什麼會表現得那麼渾蛋。

她捏捏他的手，他也捏她，捏得好緊，讓她幾乎覺得痛了。但他這堅定的小動作，卻讓她綻出微笑。

我原諒你，她說。

謝謝妳，我想我確實學到教訓了，希望我的爲人處世也改變了。可是老實說，要是我有了任何改變，那也是因爲妳。

他們就這樣在被子裡手拉手，直到睡著都沒放開。

到她的公寓時，她問他要不要進來。他說他需要吃點東西，她說冰箱裡有早餐。他們一起上樓。康諾開始翻找冰箱，她則去淋浴。她脫掉衣服，把水溫調到最高，沖了將近二十分鐘。洗完澡，她覺得好多了，裹著浴袍走出浴室，拿毛巾擦乾頭髮。康諾已經吃完東西了，盤子一乾二淨，正在查看電子郵件。房間裡有咖啡和炸物的味道。她走向他，他用手背抹抹嘴巴，彷彿突然緊張起來。她站在他的椅子前面，他仰頭看她，拉開她浴袍的衣帶。已經快一年了。他的手從她的嘴唇滑落到她的皮膚，她有種聖潔的感覺，宛如置身聖壇。我們到床上去吧，她說。他隨她而去。

事後，她打開吹風機，他去淋浴。然後她又躺下，聽著水管的聲音，露出微笑。康諾走出浴室，躺在她身邊，兩人面對面。他摸著她。嗯，她說。他們再次做愛，沒說什麼話。之後，她覺得心情平靜，很想睡。他親吻她緊閉的眼皮：和別人在一起的時候，感覺不一樣，她說。是啊，他說，我知道。她感覺到他有些話沒說出口，但分不清是他壓抑著想離開她的欲望，還是壓抑著會讓他自己顯得更加脆弱的欲望。他親吻她的脖子。她眼皮好重。我想我們會好好的，他說。他說了什麼，她不知道也不記得。她沉沉睡去。

兩個月後（二〇一二年四月）

他從圖書館回來。梅黎安有朋友來，但他到的時候，他們正要離開，紛紛從玄關的掛勾上取下外套。只有佩姬還坐在桌子旁邊，把酒瓶裡剩下的粉紅酒全倒進酒杯裡。梅黎安拿濕抹布擦流理臺。廚房水槽上方的窗戶露出一塊長方形的天空，丹寧藍的顏色。康諾坐在桌邊，梅黎安從冰箱拿出一瓶啤酒，替他打開。她問他餓不餓，他說不餓。外面天氣暖和，冰冰的瓶子摸起來很舒服。他們就快要考試了，他通常都待在圖書館，直到館員打鐘通知關門。

我可以問個問題嗎？佩姬說。

他看得出來她喝醉了。梅黎安希望她離開，康諾也希望她離開。

當然可以，梅黎安說。

你們兩個搞上了，對吧？佩姬說。我是說，你們兩個上床了。

康諾沒吭聲。他拇指摸著啤酒瓶上的標籤，想找到邊角摳下來。他不知道梅黎安會怎麼應對：會講些好笑的話吧，他想，惹得佩姬哈哈大笑，忘了自己問什麼問題。然而，出乎意料的，梅黎安竟說：噢，是啊。他忍不住兀自微笑。啤酒標籤的邊角被他的手指摳開了。

佩姬大笑。是喔，她說，知道了眞好。順便告訴妳吧，大家都在猜。

嗯，是這樣沒錯，梅黎安說。可是這不算什麼新鮮事，我們高中就在一起了。

哦，眞的？佩姬說。

梅黎安給自己倒杯水。她端著水轉過身來，眼睛卻看著康諾。

我把事情說出來了，希望你不介意，她說。

他聳聳肩，但對她微笑，她也報以微笑。他們沒大肆宣揚彼此的關係，但他的朋友都知道。他不喜歡公開張揚，就只是這樣。梅黎安有次問過他，他是不是以她爲「恥」，但她是開玩笑的。眞好笑，他說，尼爾覺得我把妳捧得太過頭了。她很愛這樣。他其實沒怎麼捧她，但是她人氣很高，不少男生想和她上床。他或許偶爾誇耀一下她，但用的也是很有品味的方式。

你們兩個是很可愛的一對，佩姬說。

謝謝，康諾說。

我又沒說我們是一對，梅黎安說。

噢，佩姬說，妳的意思是，你們還和別人來往？太酷了。我也想要有開放式關係，但是羅肯說他絕對不贊成。

梅黎安從桌邊拉來一把椅子坐下。男人佔有欲很強，她說。

我知道！佩姬說。太不可思議了，我以爲多重伴侶的想法會讓他們高興得跳起來呢。

我發現啊，通常男人對於限制女人的自由，比追求他們自己的自由還重視，梅黎安說。

眞的嗎？佩姬問康諾。

他看著梅黎安，微微點頭，寧可讓她繼續講。他知道佩姬是個多話的朋友，不時打斷別人講話。梅黎安有其他更討人喜歡的朋友，但他們從來不留太晚，也不這麼多話。

我的意思是，如果仔細觀察男人的生活，就會發現他們眞的很可悲，梅黎安說。他們控制整個社會體系，結果自己就只能過這樣的生活？連找樂子都不會。

佩姬笑起來。你會找樂子嗎，康諾？她說。

嗯，他說，我的樂子不少喔，我必須說。但是我認同這個看法。

你寧可生活在母系社會？佩姬說。

很難知道哪一種生活比較好，但我願意試試，看結果會怎樣。

佩姬笑個不停，彷彿康諾機智過人。你不喜歡你們男人的特權？她說。

就像梅黎安說的，他回答說，這不是喜不喜歡的問題，我的意思是，這就是現況，而我並沒有從中得到太多樂趣。

佩姬大笑，露出滿嘴的牙。如果我是男的，她說，我至少會要三個女朋友，說不定更多。

康諾將啤酒瓶的標籤完全摳下來了。瓶子很冰的時候比較容易撕，因爲凝結的水會讓膠溶解。他把啤酒放在桌上，標籤折成小小的方塊。佩姬還在滔滔不絕，但聽不聽一點都不重要。

他和梅黎安的關係，目前進行得很順利。夜裡圖書館關門之後，他走路回她的公寓，也許在路上買點吃的或四歐元一瓶的紅酒。天氣好的時候，天空感覺好高好高，鳥兒在無邊無際的夜空與燈光下盤旋。下雨的時候，城市簇擁起來，瀰漫著霧氣，汽車放慢速度，車頭燈暗暗發亮，行人的臉凍成粉紅色。梅黎安煮晚飯，義大利麵或千層麵，然後他洗碗，收拾廚房。他擦淨烤麵包機底下的碎屑，而她則唸推特上的笑話給他聽。之後，他們上床。他喜歡深深進入她體內，緩緩的，直到她一手用力抓著枕頭，大聲喘氣。這時她的身體感覺起來好小，但好開放。喜歡嗎？他說。她點頭，有時還會捶枕頭，在他前後戳動的時候，發出小小的喘息聲。

康諾很喜歡他們事後的對話，通常都會有出乎預期的轉折，促使他表達出以前從未認眞思索過的想法。他們會聊起他正在讀的小說，她正在做的研究，他們當下所處的歷史時刻，以及觀察當前時刻的困難。有時候他覺得他和梅黎安彷彿花式溜冰選手，即興交談，但那靈巧流暢與協調一致的程度之高，往往讓他倆都非常詫異。她優雅地淩空躍起，不知道他會怎麼做，但他每一次都穩穩接住她。知道在睡著之前，可能還會再次做愛，讓他們的談話更添意興，而他也覺得，他們反覆從抽象概念談到切身問題的親密交談，或許也讓他們的性愛感覺更棒。上個星期五，他們做愛之後躺在床上，她說：很激烈，對不對？他告訴她說，他向來覺得很激烈。但我的意思其實是浪漫，梅黎安說，我覺得我不知道從什麼時候起，開始對你有感情了。他望著天花板微笑。妳得要壓抑這樣的感情啊，梅黎安，他說，我就是這麼做的。

事實上梅黎安知道他對她的感情。他在她的朋友面前很羞怯，並不表示他不把他倆之間的感情當一回事——他是認眞的。偶爾，他會擔心自己沒把這一點表達清楚，之後一兩天，始終把這個擔憂揣在心裡，思索著該怎麼提起這個話題，最後卻說了些怯生生的話，例如：妳知道我眞的很喜歡妳，對不對？不知爲何，他的語氣聽起來總像有些氣惱，往往反而惹得她哈哈大笑。梅黎安有很多其他的對象可選，大家都知道。政治系的學生帶著酩悅香檳出現在她的派對上，談著他們夏天在印度的奇聞趣事。還有那些經常打黑領結的大學社團幹部，莫名其妙以爲一般人都對社團內部的運作很感興趣。有些傢伙講話的時候習慣性地摸著梅黎安，不是撫弄她的頭髮，就是一手貼在她背上。有一次，康諾糊里糊塗喝醉，問梅黎安說爲什麼這些人一定要這樣摸她，她說：你不碰我，也不准其他人碰嗎？這讓他心情大壞。

他週末不再回家了，因爲他們的朋友蘇菲幫他在她爸爸的餐廳裡找了份新工作。康諾的工作是週末坐在樓上回覆電子郵件，把預約訂位登記在皮面的大登記簿上。這裡有時候會有名人來，例如愛爾蘭廣播電視臺的人之類的，但大部分的週間晚上，這裡都一片死寂。康諾知道這家餐廳入不敷出，遲早要關門大吉，但工作很容易就有，他一點都不必未雨綢繆。如果他沒工作，梅黎安其他的有錢朋友會再幫他弄到一個工作來做。有錢人彼此幫忙，身爲梅黎安最好的朋友與可能的性伴侶，康諾的地位也提升到近似富人的程度：會有人幫他辦生日驚喜派對，也會有從天而降的工作機會。

學期結束之前，他在課堂上報告《亞瑟王之死》，他一面講，手一面發抖，眼睛緊盯著印出來的文稿，不敢抬頭看是不是真的有人在聽。他的聲音好幾度抖顫，覺得自己如果不快點坐下，肯定會倒在地上。講完之後他才發現，大家都認爲他報告得很好。有個同學甚至還在課後當面叫他「天才」，不過那語氣有點鄙夷，彷彿天才是某種可惡的人。他們這一屆的同學都知道，除了一科之外，康諾每一科都是最高分。他覺得自己很喜歡被當成聰明人，只因爲這樣他和別人的往來就顯得更名正言順。他喜歡在別人苦思某本書的書名或作者時，可以馬上告訴他們答案，這並不是爲了炫耀，就只是因爲他記得而已。他喜歡梅黎安告訴她的朋友說康諾肯定是他們這輩子能碰到最聰明的人，她這些朋友的父親不是法官就是政府官員，以前上的都是貴得離譜的學校。

那麼你呢，康諾？佩姬說。

他沒在聽，所以只能回答說：什麼？

多重伴侶的理念是不是很吸引你啊？她說。

他看著她。她挑起眉毛，整張臉像個拱形。

噢，他說，我不知道。妳指的是什麼？

你沒幻想過坐擁後宮嗎？佩姬說。我還以為男人都愛這個。

噢，這個啊。沒有，不算有。

或許只要兩個，佩姬說。

兩個什麼，兩個女人？

佩姬看著梅黎安，發出頑皮的咯咯笑。梅黎安鎮靜地喝著水。

如果你想要的話，我們可以喔，佩姬說。

等等，不好意思，康諾說，我們可以怎樣？

這個嘛，你要叫做什麼都可以，她說，三人行或什麼的。

噢，他說。他不禁笑起來，覺得自己好白癡。是喔，他說。是啊，對不起。他又折起標籤，不知道該說什麼。我剛才沒聽見，他說。他沒辦法這麼做。這不是喜不喜歡的問題，是他沒辦法這麼做。他無法解釋為什麼，但覺得自己或許可以當著梅黎安的面上佩姬，雖然那樣可能會很尷尬，甚至沒有什麼樂趣可言。但他非常肯定，他沒辦法當著佩姬的面，任何朋友或任何人的面，對梅黎安做同樣的事。光是想到這件事，他都覺得羞愧困惑。這是他自己也無法理解的。倘若佩姬或其他任何人侵犯了他和梅黎安之間的這份隱私，也就摧毀了他內心的某個部分。儘管那個部分並沒有名字，而他以前也未曾努力辨識其存在，但那是他自我的一部分。他又把濕濕的啤酒標籤折了一折，整張變得非常之小，非常緊密。嗯，他說。

噢，不，梅黎安說。我會很不自在，我會死掉。

佩姬說：眞的嗎？她語氣愉快，興味盎然，彷彿樂於討論集體性愛，樂於討論梅黎安的不自在。康諾不想袒露他如釋重負的心情。

我有各式各樣的毛病，梅黎安說，非常神經質。

佩姬嗲聲嗲氣行禮如儀地讚美梅黎安的外表一番，然後問她的毛病究竟是什麼。

梅黎安咬著下唇，說：嗯，我不討人喜歡。我覺得我是那種不討人喜歡的……我有點冷漠，很難喜歡別人。她舉起修長纖細的手，彷彿光是這麼說並不能百分之百說明事實。

我不相信，佩姬說。她對你很冷漠嗎？

康諾咳了一聲，說：沒有。

她和梅黎安繼續講，他把那張折得小小的標籤在手裡揉來揉去，感到很焦慮。

這個星期梅黎安回老家幾天，昨天晚上返回都柏林之後，顯得非常沉默。他們一起在她的公寓裡看電影《秋水伊人》。看到後來，梅黎安哭了起來，但她轉開臉，假裝自己沒哭。這讓康諾很不安。這部電影的結局很哀傷，但他眞的不明白有什麼好哭的。妳還好嗎？他說。她點點頭，臉扭到一旁，他看見她脖子上扭得緊緊的肌腱。

嘿，他說，妳有什麼傷心事嗎？

她搖搖頭，但沒把臉轉回來。他去幫她泡茶，回來的時候，她已經不哭了。他摸著她的頭髮，她露出淺淺的微笑。電影中的主角意外懷孕，康諾拼命回想梅黎安上次經期來是什麼時候，但越想，就好像是越久以前的事。最後他慌了，說：嘿，妳該不會是懷孕還是怎麼了吧？梅黎安笑起來，這讓他放下懸著的心。

沒有，她說，我今天早上來月經了。

好吧。嗯，很好。

要是我懷孕了，你要怎麼辦？

他微笑，從嘴巴吐出一口氣。就看妳決定怎麼做，他說。

我承認，我有點想留下孩子。可是我不會這樣對你，請放心。

眞的？妳爲什麼會想留下孩子？抱歉，這樣問好像有點無情。

我不知道，她說。從某個層面來說，我喜歡碰上戲劇化的事情。我喜歡讓別人失望。你覺得我會是個壞媽媽嗎？

不，妳一定會是個好媽媽，眞的。妳無論做什麼都會做得很好。

她微笑。我不會把你扯進來的，她說。

嗯，我會支持妳，無論妳決定怎麼做。

他不知道他爲什麼說自己會支持她，因爲他目前並沒有寬裕的收入，未來似乎也不會有。但好像就應該這麼說，他覺得。他以前從沒思索過這個問題。梅黎安看似個直截了當的人，會自己一手安排所有的問題，他頂多只能跟著她跑而已。

想想看卡瑞克雷的人會怎麼說，她說。

噢，是啊，蘿芮永遠不會原諒我。

梅黎安立刻抬頭，說：爲什麼，她不喜歡我？

不，她很愛妳。我的意思是，她永遠不會原諒我對妳做的事。她很愛妳，別擔心。妳知道的。她覺得我配不上妳。

梅黎安又露出微笑，伸手摸摸他的臉。他喜歡這樣，他挨近她一些，輕撫著她手腕外側蒼白的皮膚。

妳的家人呢？他說。我想他們也永遠不會原諒我。

她聳聳肩，手又擺回膝上。

他們知道我們現在在一起嗎？他說。

她搖搖頭，轉開視線，一手貼著臉頰。

也不是說妳非告訴他們不可，他說，也許他們無論如何都不會同意的。他們八成希望妳和醫生、律師之類的人約會，對不對？

我不認為他們關心我在做什麼。

她攤開雙掌掩住臉，隔了好一會兒，輕輕揉鼻子，用力吸鼻水。康諾知道她和家人的關係很緊張，還在唸高中的時候，他就知道了。但他並不覺得驚訝，因為梅黎安和誰的關係都很緊張。她哥哥亞倫大他們幾歲，蘿芮說他「個性軟弱」。老實說，很難想像他會站在反對的立場，和梅黎安產生衝突。但他們現在都長大了，她還是很少回家，再不然就像現在這樣，快去快回，然後心不在焉，一臉沉鬱，說她又和家人吵架了，不想再多談。

妳又和他們吵架了，對吧？康諾說。

她點點頭。他們不太喜歡我，她說。

我知道妳可能覺得他們不太喜歡妳，他說，但他們終究還是妳的家人，他們愛妳。

梅黎安什麼都沒說。她沒點頭也沒搖頭，她就只是坐在那裡。沒過多久，他們就躺在床上。她說她痙攣，做愛可能會痛，所以他就只是愛撫她，讓她到高潮。然後她心情好起來，不停發出呻吟，說：天啊，太舒服了。他起床，到套房的浴室洗手。這是間鋪粉紅磁磚的小浴室，牆角種了棵盆栽，到處擺滿瓶瓶罐罐的面霜和香水。他打開水龍頭洗手，問梅黎安是不是覺得好些了。她在床上說：我覺得棒透了，謝謝你。照鏡子的時候，他發現下唇有一抹血跡，必定是手不小心碰到的。他用濕濕的指關節擦掉，這時梅黎安又在房間裡喊著：只要想到你可能會愛上其他人，我就受不了。她經常開這種小玩笑。他擦乾手，關掉浴室的燈。

我不知道，他說。就我看來，現在的情況很好啊。

噢，我盡力了。

他回到床上，躺在她身邊，親吻她的臉。她看完電影之後心情一直很不好，但現在卻開心起來。康諾有能力讓她開心。這是他所能給她的，就像給錢或給性愛一樣。和其他人在一起的時候，她獨立，疏離，但和康諾在一起的時候不一樣，她完全變了一個人。這個樣子的她，只有他見過。

佩姬終於喝完酒，離開了。康諾坐在桌旁，梅黎安送她出去。大門關上，梅黎安又回到廚房。她洗洗水杯，倒扣在瀝水板上。他等待她的目光回到他身上。

妳拯救了我的人生，他說。

她轉身，微笑，把捲起的袖子放下來。

我也不喜歡，她說，如果你想要的話，我就會去做。但我看得出來你也不願意。

他看著她，久久不轉開目光，到最後她問：怎麼了？

妳不該做妳不想做的事，他說。

噢，我的意思不是這樣的。

她舉起雙手，彷彿這事完全不相干。但他知道這確實相關。他儘量放緩語氣，不希望讓她覺得他在生氣。

嗯，謝謝妳適時介入，他說，而且很在意我喜不喜歡。

我盡力啊。

是啊，妳是的。過來。

她坐在他身邊，他摸著她的臉頰。他突然有種恐怖的感覺，覺得自己可能會揮拳打她的臉，非常用力的打，而她就只會坐在這裡，任由他動手。這想法讓他非常害怕，他推開椅子，站起來，雙手顫抖。他不知道自己爲什麼會有這個念頭。說不定是他內心想這麼做。但這個念頭讓他反胃欲吐。

怎麼回事？她說。

他覺得手指有點刺痛，無法正常呼吸。

噢，我不知道，他說，我不知道，對不起。

我做了什麼嗎？

不，沒有，對不起，我有種怪異的……我有種奇怪的感覺，我不知道。

她沒站起來。但如果他叫她站起來，她就會站起來。他心臟怦怦狂跳，覺得頭暈。

你想吐嗎？她說。你臉色好蒼白。

嘿，梅黎安，妳一點都不冷漠，妳知道的。妳不是那樣的，絕對不是。

她很奇怪地瞥他一眼，整張臉皺起來。嗯，冷漠或許不是個貼切的形容詞，她說，不重要啦。

但是妳並沒不討人喜歡，妳知道嗎？大家都喜歡妳。

我沒說得很清楚。算了吧。

他點點頭，但還是無法正常呼吸。那妳眞正的意思是什麼？他說。她看著他，終於站起來。你臉色白得像生病了，她說。你是不是要昏倒了？他說沒有。她拉起他的手，說他的手濕濕的。他點頭，用力喘氣。梅黎安靜悄悄地說：要是我做了什麼讓你失望的事，眞的很抱歉。他擠出笑聲，抽出他的手。妳沒有，我只是突然有種怪異的感覺，他說。我不知道是怎麼回事，但我沒事了。

三個月後（二〇一二年七月）

梅黎安在超級市場看著優格罐子背面的標籤，另一手拿著電話，聽喬安娜談她辦公室的趣事。喬安娜聊起奇聞趣事的時候，可以滔滔不絕地自言自語，所以梅黎安大可以放心把注意力暫時從聊天轉移到優格標籤上。戶外很暖和，她穿著薄薄的上衣和裙子，但冷藏櫃的冷氣涼得她手臂起雞皮疙瘩。她其實沒有逛超級市場的必要，只是她不想待在家裡，而卡瑞克雷可以讓人獨處又不惹人注目的地方實在太少。她不能自己一個人去喝酒，不能自己一個人在大街上喝咖啡。就連超級市場有時也失去掩護作用，因爲有人會注意到她根本就沒買東西，或是碰到某個認識的人而不得不交談。

辦公室沒什麼人，所以也沒事可做，喬安娜說。但我還是有錢拿，所以無所謂。

因爲喬安娜有工作，所以她們現在大多只能藉電話聊天，儘管她們都住在都柏林。梅黎安週末回老家，但喬安娜只有週末才不上班。喬安娜常在電話裡談起辦公室，在那裡工作的形形色色的人，以及他們之間所爆發的種種戲劇性場面，她彷彿住在梅黎安從未到訪的國度，某個拿薪水工作的國度。梅黎安把優格擺回冷藏架上，問喬安娜說她會不會覺得拿時間去工作賺錢很奇怪，因爲換個角度說，這等於是拿她生命極度有限的時間去交換人類自己發明的所謂「金錢」。

時間是妳再也要不回來的，梅黎安說，我的意思是，時間是眞眞實實的存在。金錢也是眞眞實實的存在。

這個嘛，時間更眞實。時間包含了物理，而金錢只是一種社會建構。

話是沒錯，但工作時的我也還是活著啊，喬安娜說。我還是我，我還是有著生命經驗。妳沒在工作，對吧，但妳的時間還是一樣流逝啊。妳也一樣要不回妳的時間。

但我可以決定要怎麼利用我的時間。

那我也可以說，妳的決定也是一種社會建構。

梅黎安笑起來。她走出冷藏櫃的走道，走向零食架。

我才不相信什麼工作的道德性呢，她說。有些工作也許有吧，可是妳就只是整天在辦公室把紙搬來搬去，算不上對人類有什麼貢獻。

我又沒談到什麼道德性。

梅黎安拿起一包果乾，看了看，但裡頭有葡萄乾，所以她又放回去，拿起另一包。

妳覺得我會因爲妳懶散度日而批評妳嗎？喬安娜說。

我想妳內心深處是會批評我的。妳也批評佩姬啊。

佩姬是心智懶散，這不一樣。

梅黎安彈彈舌頭，彷彿譴責她的無情，但也沒太認眞就是了。她看著蘋果乾包裝袋後面的標籤。

我不希望妳變成佩姬那樣，喬安娜說。我喜歡妳現在這個樣子。

噢，佩姬也沒那麼壞。我要去結帳了，先掛電話囉。

好，如果妳想聊聊的話，明天可以打電話給我。

謝謝妳，梅黎安說，妳眞是好朋友，掰。

梅黎安走向自助結帳櫃檯，途中拿起一罐冰茶，也帶走那包蘋果乾。快走到整排自助結帳機前面時，她看見蘿芮正從籃子裡拿出各種物品。蘿芮看見梅黎安，停下動作說：妳好啊。梅黎安把果乾緊緊貼在肋骨上，說嗨。

妳最近還好嗎？蘿芮說。

還好，謝謝，妳呢？

康諾說妳在班上功課很好，得了獎，還有其他什麼的。我一點都不意外，其實。

梅黎安微笑，露出牙齦，有點稚氣。她捏著那包果乾，覺得包裝袋在她汗濕的手掌下喀啦喀啦響。她拿到機器下掃。超市的燈光慘白，而她沒有化妝。

噢，她說，沒什麼大不了的。

康諾從轉角出現，不必想也知道。他拿著一袋六包的洋芋片，醋鹽口味。身上一件白色T恤，搭褲腿兩道飾條的運動褲。他的肩膀看起來更寬了。他看著她。他老早就在超級市場裡了，說不定也看見她在冷藏櫃前面，所以快步走開，迴避眼神接觸。說不定他還聽見她講電話了呢。

哈囉，梅黎安說。

噢，嗨，我不知道妳回來了。

他瞄一眼媽媽，然後在結帳機前掃了一下洋芋片，放到包裝區。看見梅黎安，他似乎眞的很意外，至少他是眞的不想看見她或和她講話。

我聽說妳在都柏林很受歡迎，蘿芮說。看，我都聽到三一學院的八卦了。

康諾沒抬頭。他掃著推車裡的其他物品，一盒茶包，一條切片吐司。

是妳兒子太善良了，我相信，梅黎安說。

她掏出錢包，付了錢。她總共買了三點八九歐元的東西。蘿芮和康諾則忙著把他們買的東西裝進可重覆使用的塑膠袋裡。

我們順路載妳回家？蘿芮說。

噢，不用了，梅黎安說。我走路回家。但還是謝謝妳。

走路！蘿芮說。走到布雷克福路？不行。我們載妳。

康諾懷裡抱著兩個塑膠袋，朝門口歪歪頭。

來吧，他說。

梅黎安打從五月以後就沒見過他。他考完試之後就搬回家住，而她繼續待在都柏林。他說他想和其他人交往，她說：好吧。因爲她既不算他的女朋友，如今也算不上是前女友。她什麼都不是。他們一起上車，梅黎安坐在後座，康諾和蘿芮談起他們認識的某人死了，但因爲那人年紀很大，所以他們也不怎麼傷心。梅黎安就只瞪著窗外看。

嘿，碰到妳眞開心，蘿芮說。看見妳平平安安的，眞好。

噢，謝謝妳。

妳要待幾天？

就只有週末，梅黎安說。

最後康諾打方向燈，轉進福克斯菲爾德社區，停在他家外面。蘿芮下車。康諾從後照鏡看著梅黎安，說：妳要不要坐到前面來？我又不是計程車司機。梅黎安默默聽從。蘿芮打開後行李廂，康諾在座位上扭頭看後面。別拿，他說，等我回來再拿。她投降似的舉起雙手，關上行李廂，揮手送他們離開。

從康諾家到梅黎安家很近。他從他家社區左轉，開向圓環。僅僅幾個月前，他和梅黎安整夜待在一起，聊天，做愛。他常在早上拉開她身上的毯子，低頭俯望著她，露出微笑：嘿，哈囉。他們是最要好的朋友。這是他告訴她的，在她問他說誰是他最好的朋友時。妳，他說。然後五月底，他告訴她，他要回家過暑假。

情況如何？他說。

還好，謝謝。你呢？

我還好。

他氣勢洶洶地換了檔。

你還在修車廠打工嗎？她問。

不，沒有。妳指的是我以前打工的那個地方吧？那裡關門了。

眞的？

是啊，他說。我現在在小酒館打工。其實，我前幾天還看到妳媽和……呃，她男朋友還是誰的。

梅黎安點點頭。他們的車經過足球場。濛濛細雨開始飄到擋風玻璃上，康諾啓動雨刷，於是兩根雨刷就這樣來回刷動，刮擦出機械化的節奏。

春天，康諾回家度過考前的那週溫書假。他問梅黎安，要不要寄她的裸照給他。只要妳提出要求，我就立刻刪掉，他說。一切都在妳的監督之下。這個提議對梅黎安來說，是前所未聞的性愛儀式。我爲什麼會要求你刪掉照片？她說。他們在講電話，康諾在福克斯菲爾德的家裡，而梅黎安躺在美林昂廣場公寓的床上。他簡單解釋了裸照的規則，不准給別人看，對方要求就刪除，諸如此類的。

你從很多女生那裡要到裸照嗎？她問他。

這個嘛，我現在一張也沒有。我以前也沒開口要過，但有時候就是有人會寄給你。

她問他會不會也寄一張他的裸照回來給她，他只發出「呃」的聲音。

我不知道，他說。妳眞的想要一張我小弟弟的照片？

有趣的是，她竟然覺得自己嘴巴裡面開始濕了起來。

是啊，她說。可是你如果寄給我，我絕對不會刪掉，所以你大概不該寄給我。

他笑起來。不，我才不在乎妳刪不刪掉咧，他說。

她腳踝交叉。我的意思是，我會帶進我的墳墓裡，她說。我應該會每天看，看到我死的那一天。

他哈哈大笑。梅黎安，他說，我不是個有信仰的人，但我有時候覺得上帝是特別爲我而造了妳。

在朦朧的雨絲裡，運動中心從前座乘客席的窗外閃過。康諾看看梅黎安，然後把目光轉回前方的馬路上。

妳還和那個叫傑米的傢伙在一起，對吧？他說，我聽說。

是啊。

他長得還不錯。

噢，她說。嗯，還可以啦。謝謝你。

她和傑米在一起幾個星期了。他有某種癖好。他倆有某種共同的癖好。有時候大白天的，她想起傑米對她說或對她做的事，全身的力氣就消失殆盡，她的身體宛如一具屍體，是某種沉重且可怕、而她又不得不拖著到處去的東西。

欸，康諾說，我有一回打撞球贏他，妳八成不記得了。

我記得。

康諾點頭，說：他從以前就喜歡妳。梅黎安瞪著擋風玻璃外的車頭。是真的，傑米向來都喜歡她。他有一回傳簡訊給她，暗指康諾對她不是真心的。她把簡訊拿給康諾看，兩人笑成一團。當時他們在床上，她的手機螢幕照亮了康諾的臉。妳應該和真心待妳的人在一起，那條訊息說。

那你呢，你和誰約會嗎？她說。

不算有。沒有認真交往的。

過著單身生活。

妳瞭解我的，他說。

我以前瞭解。

他皺起眉頭。這有點玄，他說。我這幾個月沒變這麼多吧。

我也是啊。其實，是啊，我一點都沒變。

五月的某個晚上，梅黎安的朋友蘇菲在家裡辦了個派對，慶祝考試結束。她爸媽在西西里還是哪裡。當時康諾還有科目沒考完，但他並不擔心，所以也去了。他們所有的朋友都參加了，部分原因是蘇菲家的地下室有座溫水游泳池。他們大半個晚上都穿著泳衣，在水裡進進出出，喝酒聊天。梅黎安拿著裝葡萄酒的塑膠杯坐在池邊，看其他人在泳池裡玩遊戲。這遊戲的玩法好像是一個人坐在另一人肩膀上，想辦法把另一組人擊落到水池裡。比賽進行到第二局的時候，蘇菲坐到康諾肩頭，讚賞地說：你體格眞棒。微醺的梅黎安饒有興味地旁觀蘇菲和康諾彼此對望，他的手抓著她光滑的褐色小腿。梅黎安還沒察覺之前，心中就突然湧現了一股奇特的懷念之情。這時蘇菲看著她。

不必擔心，梅黎安，她喊著，我不會偷走他的。

梅黎安以爲康諾會低頭盯著池水，假裝沒聽見，但他卻轉頭對她微笑。

她不擔心，他說。

她不知道他的意思是什麼，但她還是微笑，然後遊戲就開始了。有她喜歡、也喜歡她的人圍繞身邊，她覺得很開心。她知道只要她想開口講話，所有的人大概都會轉頭認真聽，這也讓她開心，雖然她並沒有什麼要說的。

遊戲結束之後，康諾朝她走來，站在水裡，看著她的一雙腳在池水裡晃啊晃的。她溫婉地低頭看他。我在欣賞你，她說。他撥開額前的濕頭髮。妳一直在看我，他說。她輕輕踢他一腳，他抓住她的腳踝，手指溫柔撫摸。你和蘇菲是很強的一組，她說。他繼續在水裡摸著她的腿，感覺好舒服。其他人喊他回深水區，想要再比一局。你們自己玩吧，他說，我這局跳過。他躍上池邊，坐在她身旁。他身體閃著水光，一手平貼在她身邊的磁磚上，保持平衡。

過來，他說。

他伸手摟她的腰。他以前從沒在其他人面前這樣做過，甚至連碰她都不碰。他們的朋友從未看過他們像這樣在一起。泳池裡的其他人依舊潑水叫鬧。

這樣很好，她說。

他轉頭，親吻她光裸的肩膀。她又笑起來，既驚駭，又感激。他回頭看看泳池，又看看她。

妳很開心，他說。妳在笑。

沒錯，我很開心。

他朝泳池點個頭，佩姬剛落水，其他人哈哈大笑。

生活就是這樣嗎？康諾說。

她看著他的臉，但她看不出來他的表情是愉悅或哀傷。你指的是什麼？她說。

但他只聳聳肩。幾天之後，他告訴她說，他夏天要離開都柏林。

妳沒告訴我說妳回來了，這時他說。

她緩緩點頭，彷彿正在思考這個問題，彷彿她這時才想起自己沒有告訴康諾說她回來了，而這是個有意思的問題。

那是怎樣，我們不再是朋友了？他說。

我們當然是朋友。

妳不太回我的訊息。

沒錯，她確實不太理他。她必須告訴別人說他們發生了什麼事，說他和她分手，搬走了，這讓她覺得很沒面子。是她把康諾介紹給大家認識的。是她告訴每個人，說他是個多麼好的友伴，說他有多敏銳多聰明，而他回報她的，是整整三個月幾乎天天待在她家過夜，喝她替他買的啤酒，然後突然拋棄她。這讓她看起來活像個大傻瓜。佩姬哈哈大笑，說男人都一個樣。喬安娜不覺得好笑，但困惑，難過。她不停追問，在分手的過程裡，他們兩個都說了什麼，然後就沉默下來，彷彿在腦海裡重新上演那個場景，想要理出個頭緒來。

喬安娜想知道康諾認不認識梅黎安的家人。在卡瑞克雷，每個人都認識彼此，梅黎安說。喬安娜搖搖頭，說：我指的是，他知道他們是什麼樣的人嗎？梅黎安無法回答。她覺得就連她自己也不知道她的家人是什麼樣的人。她從來沒想過要好好描述他們，所以總是在兩端搖擺，不是過度誇張他們的行爲，讓她自己有罪惡感，就是過度輕描淡寫，而這也同樣讓她有罪惡感，只不過這樣的罪惡感和前一種情況不太一樣，比較像是自我的苛責。喬安娜自認瞭解梅黎安的家人是什麼樣子，但是連梅黎安自己都不知道，她又憑什麼知道？哪個人能知道？康諾當然不知道。他生長在充滿愛的家庭，是個對環境適應良好的人。他只看到每個人良善的一面，對其他一無所知。

我以爲妳如果回來，最起碼會傳個簡訊給我，他說。不知道妳回來，突然碰見妳，這感覺好怪。

這時她突然想起，四月分他們開車去豪斯的時候，她把小酒壺忘在康諾車上，一直沒拿回來。說不定現在還在他車上的置物箱裡。她低頭看置物箱，但並不想打開，因爲他會問她在幹嘛，那她就得提起那次去豪斯的事。那天他們在海裡游泳，然後把車停在某個隱密的地方，在後座做愛。同在車裡的此時，提起那天的事，有點太恬不知恥，雖然她眞的很想把她的小酒壺拿回來。說不定她只是想提醒他，他們曾在這輛車的後座做愛，她知道這會讓他臉紅，也或許她就是想藉著讓他臉紅，可悲地展現她所擁有的權力。但這不是她的作風，所以她什麼也沒說。

妳回來做什麼？他說。就只是回來探望家人？

參加我爸的追思彌撒。

噢，他說。他瞥她一眼，又轉頭看擋風玻璃。對不起，他說，我不知道。是什麼時候，明天早上嗎？

她點點頭。十點半，她說。

很對不起，梅黎安。我眞的很白癡。

沒關係。我不想回來參加，但我媽很堅持。我不是喜歡望彌撒的人[8]。

確實不是，他說。

他咳了一聲。她直視前方，盯著擋風玻璃外面。他們已經到她家外面的路口了。她和康諾沒怎麼談過她的父親，也沒提過他的父親。

妳希望我去嗎？康諾說。妳如果不要我去，那我就不去。但如果妳希望我去，我會去。

她看著他，覺得自己的堅決篤定逐漸削弱。

謝謝你願意這麼做，她說。你人眞的很好。

我可以去的。

你眞的不必這樣。

又沒關係，我說。老實說，我想去。

他打方向燈，把車停進她家的碎石車道。她媽媽的車不在，不在家。這幢房子宏偉的白色立面俯瞰他們。這房子的窗戶配置，不知怎麼的讓梅黎安家有種不以爲然的表情。康諾關掉引擎。

不好意思，我沒回你的簡訊，梅黎安說。我太幼稚了。

沒關係。聽我說，如果妳不希望我們再當朋友，那我們就不要當。

我當然希望我們還是朋友。

他點頭，手指敲著方向盤。他身材高大，但個性溫和，很像拉布拉多犬。她有好多事想對他說，但如今都已經太遲了。反正向來都是如此，把這些事情告訴別人，對她一點好處都沒有。

好吧，康諾說。我明天和妳在教堂碰面，好嗎？

她吞吞口水。你想進來一下嗎？她說。我們可以喝杯茶什麼的。

噢，我很想，可是我後行李廂裡有東西。

梅黎安轉頭，想起那些購物袋，突然有些茫然。

蘿芮會殺了我，他說。

是啊，肯定是。

她下車，他伸手到車窗外揮手。他會來，明天早上，穿白色牛津襯衫搭深藍毛衣，溫馴天真如綿羊，儀式之後，他會和她一起站在門廳，不多說什麼，但給她支持的眼神。他們會對彼此微笑，如釋重負的微笑。他們會再度成為朋友。

---

8 天主教是愛爾蘭的主要信仰宗教，無論是否有信仰，彌撒象徵群體，像梅黎安只是配合母親參加，也不致遭人議論。（編按）

六星期之後（二〇一二年九月）

他要去見她，但遲到了。因爲市區有遊行，路上大塞車，公車卡在車陣裡。他已經遲到八分鐘，而且不知道那家咖啡館究竟在哪裡。他從沒和梅黎安約「喝咖啡」。今天天氣有點太暖，溫度高得不合時節，令人不舒服。他在卡佩爾街找到那家咖啡館，穿過收銀臺，走向後面的門。他看看手機，已經三點零九分。梅黎安坐在後門外面的吸菸區，已經在喝咖啡了。這裡沒有別人，整個地方很安靜。她看見他，但沒起身。

對不起，遲到了，他說。街上有人示威，所以公車慢了。

沒關係，她說。是什麼示威活動？該不會是墮胎之類的吧？

他很慚愧，因爲他根本沒注意。不是，我想不是，他說。是家庭所得稅之類的。

噢，祝他們好運。願革命暴力殘酷且速戰速決。

從她七月回家參加她父親的追思彌撒之後，他就沒再見過她。她嘴唇蒼白，微微龜裂，眼睛有黑眼圈。雖然他樂見她健康安好，但是她看起來一臉病容或膚色慘白的時候，他就會對她格外有種憐惜之情，就像看見明明很有實力的人輸掉運動比賽一樣。不知爲何，這好像更適合她。她穿著非常雅致的黑色上衣，手腕看起來白皙纖細，頭髮往後盤，鬆垂在頸項。

是啊，他說。誰比較暴力，我就比較有支持誰的動力，老實說。

你想挨警察揍啊。

有比挨警察揍更慘的事呢。

梅黎安啜一口咖啡聽他講，但杯子端到唇邊時，似乎頓了一下。他看不出來這個停頓的動作和她平常喝咖啡的時候有什麼不同，但就是注意到了。她把杯子擺回杯碟上。

我同意，她說。

什麼意思？

我同意你的看法。

妳是最近被警察攻擊過，還是我聽漏了什麼？他說。

她又多倒了些糖包裡的糖到杯裡，然後攪一攪。最後她抬頭看他，彷彿剛剛才想起他的存在。

你不喝杯咖啡嗎？她說。

他點點頭。下了公車之後走過來的那段路，讓他還有點喘，因爲他今天衣服穿得有點太多。他起身回到咖啡館裡，裡面比較涼，也比較暗。有個擦紅色唇膏的女人接了他的點單，說待會兒端過去。

四月之前，康諾都還計畫暑假要留在都柏林工作，用薪水支付房租，但在考試前一週，老闆告訴他說要縮減工時。這樣一來，他賺的錢就只夠付房租，沒有生活費可用。他向來知道這家餐廳快撐不下去了，也很氣自己沒去找別的工作。他考慮了好幾個星期，最後決定暑假要離開都柏林。尼爾人很好，說會保留房間，等他九月回來。那你和梅黎安怎麼辦？尼爾問。康諾說：是啊，我也不知道，我還沒告訴她。

他大部分的晚上都留在梅黎安的公寓過夜。他大可以把情況告訴她，問她可不可以在這裡待到九月。他知道她會說好。他覺得她會說好，因爲很難想像她不說好。但他卻一拖再拖，沒提起這件事，尼爾追問的時候也一再推拖，每每打算向她提起，卻在最後一刻沒說。因爲這太像向她開口要錢了。他和梅黎安從未談過錢的事。例如，他們從未談過她媽媽付錢請他媽媽刷地板、晾衣服的事，也沒提到這些錢最後會流到康諾手裡，然後經常是用到梅黎安身上。他很不喜歡想到這些事。他知道梅黎安從未想過。她不時帶東西給他，晚餐、戲票，以及她買了馬上就忘掉的東西。

考試結束以後，他們有天晚上到蘇菲．惠藍家裡參加派對。他知道他終究必須告訴梅黎安，說他要搬出尼爾公寓的事。同時他也必須直截了當問她，他可不可以住在她家。那天晚上，他們大半的時間都待在游泳池，沉浸在溫暖池水的醉人魅力裡。他看著身穿紅色露肩泳衣的梅黎安潑水。一綹濕髮從髮髻鬆脫，垂在頸間，平貼在肌膚上，水淋淋地發亮。每個人都在大笑，都在喝酒。這不是他眞實的生活。他完全不認識這些人，他甚至不相信他們，也不相信自己。在泳池邊，他不由自主親吻梅黎安的肩膀，她對他微笑，滿心歡喜。沒人在看他們。他想，他可以晚上上床之後再告訴她租金的事。他很怕會失去她。他們上床的時候，梅黎安想做愛，事後，她就睡著了。他想叫醒她，但做不到。他決定等最後一科考完，再告訴她要搬家的事。

兩天後，考完中世紀與文藝復興羅曼史之後，他直接到她的公寓，兩人一起坐在餐桌旁喝咖啡。他心不在焉聽著她講泰瑞莎和羅肯之間錯綜複雜的關係，想等她講完。最後他說：嘿，聽我說。我得告訴妳一聲，看來我這個暑假付不起房租。正喝著咖啡的梅黎安抬起頭，語氣平淡地說：什麼？

欸，他說，我得要搬出尼爾的公寓。

什麼時候？梅黎安說。

很快。也許下個星期吧。

她臉色一沉，但沒表露出特別的情緒。噢，她說，那你要回老家了。

他揉著胸骨，覺得有點喘不過氣來。看來是這樣沒錯，他說。

她點點頭，挑起眉毛，但馬上又垂下，盯著她的咖啡看。嗯，她說，那你九月會回來吧，我想。

他眼睛刺痛，所以閉起眼睛。他無法理解怎麼會發生這樣的情況，也無法理解他怎麼會讓對話發展到這個地步，完全沒有進一步討論的餘地。來不及了，他顯然已經來不及說他想和她待在一起，但什麼時候變得來不及的呢？這一切彷彿在瞬間就發生了。他想把臉趴在桌上，像小孩那樣痛哭。但沒有，他再次睜開眼睛。

是的，他說，我不會休學的，放心。

所以你只離開三個月。

是的。

一陣漫長的沉默。

我不知道，他說，我猜妳會想和其他人交往，對不對？

最後，梅黎安用冷漠到令他心驚的口氣說：當然。

他起身，把沒喝完的咖啡倒進水槽裡。走出她家公寓的時候，他哭了，因爲他竟然可悲地幻想能和她一起住在這裡；也因爲他們之間的關係，不管究竟是什麼關係，到頭來都失敗了。

不到兩個星期，她就開始和別人約會了。她的一個朋友，名叫傑米的。傑米的爸爸是造成金融危機的禍首之一——這可不是象徵性的比喻，他是眞正涉案的人。是尼爾告訴康諾說他們在一起的。他上班的時候看到簡訊，不得不躲到後面房間裡，額頭靠在冰涼的貨架上，幾乎足足一分鐘無法動彈。梅黎安一直想和其他人交往，他想。她八成很慶幸身無分文的他離開都柏林。她希望有個可以帶她去滑雪度假的男朋友。現在她找到了，康諾的電子郵件她甚至也不再回覆了。

到了七月，連蘿芮都聽說梅黎安和別人交往的事。康諾知道卡瑞克雷有人在議論這件事，因爲傑米的父親惡名昭彰，全國皆知，況且這個小地方也沒太多事情可談。

你們兩個是什麼時候分手的？蘿芮問他。

我們從來就沒在一起。

我以爲你們常約會。

偶爾，他說。

你們現在的年輕人啊，我實在搞不清楚你們的關係。

妳又不老。

我還在唸書的時候，她說，黑白分明，你和某人不是在一起，就是沒在一起。

那我是從哪裡蹦出來的？他說。

蘿芮譴責似的推推他，繼續看她的電視。正在播放的是旅遊節目，有銀白的沙灘和碧藍的水。

梅黎安・薛里頓不會和像我這樣的人交往，他說。

像你這樣的人，是什麼意思？

我想她的新男友和她的社會階級比較相當。

蘿芮沉默了好幾秒，康諾悄悄磨著臼齒。

我不相信梅黎安會這樣，蘿芮說。我不認爲她是這樣的人。

他從沙發起身。我只能告訴妳現在的情況是這樣，他說。

欸，也許你對情況解讀錯誤了。

但康諾已經走出房間了。

回到咖啡館外面，陽光熾烈，所有的色彩都變得焦灼刺眼起來。梅黎安點亮一根菸，菸盒敞開留在桌上。他坐下時，她隔著薄薄的灰色煙霧對他微笑。他覺得她有點靦腆，但不知道是爲什麼。

我覺得我們以前沒在咖啡館碰過面，他說，對吧？

沒有嗎？一定有。

他知道這樣做很討人厭，但還是忍不住。沒有，他說。

我們有，她說。我們去看《後窗》之前一起喝過咖啡。雖然我覺得那次比較像是約會。

她這句話令他意外，他沒回答，只含糊發出了一聲：嗯。

他們背後的門打開來，櫃檯的那名女子端著他的咖啡出來。康諾謝謝她，她微笑，又走回室內。門砰一聲關上。梅黎安說她希望康諾和傑米能熟一點。我希望你能和他成爲朋友，梅黎安說。她緊張地抬頭看康諾，那眞情流露的表情打動了他。

好啊，我會的，他說。有何不可呢？

我知道你是個文明人。但我希望你們處得來。

我會努力的。

別嚇到他，她說。

康諾在咖啡裡倒進一點牛奶，等表面浮上一層奶白色，才把牛奶罐擺回桌上。

噢，他說。那我也希望妳告訴他，要他別嚇到我。

你怎麼會被他嚇到，康諾。他比我還矮耶。

這和身高無關，不是嗎？

從他的觀點來看，她說，你比他高很多，而且你還是和他女朋友上過床的傢伙。

這個說法還眞有意思。妳是這麼對他說的嗎，康諾就是以前和我上床的那個高個子？

她笑了起來。才沒有，她說。可是每個人都知道啊。

梅黎安端起咖啡杯。康諾不知道他們現在這樣算什麼關係。他們都覺得對方不再魅力迷人了？他們是什麼時候開始這樣認爲的？他沒從梅黎安的言行舉止裡得到任何線索。事實上，他還是覺得她魅力迷人，而她覺得誘惑一個如今已經不屬於她世界的人很好玩，彷彿是個隱密的玩笑。

七月的時候，他去參加梅黎安父親的追思彌撒。鎮上的教堂很小，瀰漫著雨和焚香的味道，窗上鑲有彩繪玻璃。他從沒和梅黎安一起望過彌撒，他以前只來這裡參加過葬禮。他抵達的時候，梅黎安站在門廳，看起來像件宗教藝術品。儘管別人已經警告過他，再看見她會很痛苦，但他感受到的痛苦，遠遠超過想像。他恨不得做出可怕的事情，譬如跳進火堆，或開車撞樹。他沮喪的時候，總是不由自主地想像這些會讓自己傷重至極的事。因爲這些想像出來的痛苦，比他當下實際感受到的痛苦來得嚴重，來得全面，似乎會讓他稍稍覺得好過一些。也或許是因爲想像本身就是需要耗費心力的事，正足以暫時打斷他的思緒，得到短暫的寬慰。只是事後，他總是覺得更悲慘。

這天晚上，梅黎安回都柏林之後，他和幾個高中同學去喝酒，先去凱勒赫酒館，再到邁可葛溫酒館，接著去了位在飯店後面的魅影夜總會，很可怕的一個地方。一起去的都不是他經常往來的朋友，酒過數巡之後，他發現他也不是來和大家交際應酬的，他只是想把自己灌醉而已。他慢慢退出交談，只專心喝酒，儘量地喝，只要不醉暈過去就行了。他不再隨著其他人的笑話發笑，他甚至連聽都不聽。

他就是在魅影夜總會碰到寶拉．妮莉的，他以前的經濟學老師。這時康諾已經喝到眼睛無法聚焦，看到的每個物體都有像鬼魂似的疊影。寶拉請他們喝龍舌蘭酒。她身穿黑洋裝，戴了條銀項鍊。他舔掉塗在手背的鹽巴，看見她項鍊的疊影，彷彿肩膀上的一抹銀色影子。她看著他，但她臉上的眼睛不是兩個，而是好幾個，詭異地飄在空中，宛如珠寶。他開始大笑，她挨近他，呼出的氣噴在他臉上，問他什麼事這麼好笑。

他不記得是怎麼到她家的，究竟是走路還是搭計程車，他到現在都還是不知道。她家有種尚未完工的潔淨感，是寂寞的房子常會有的感覺。她看來是個沒有嗜好的人：沒有書架，沒有樂器。妳週末做什麼，他記得自己口齒不清地問。我出門找樂子啊，她說。這句話讓已經頹喪到不行的他嚇一大跳。她給他們各倒了一杯葡萄酒。康諾坐在眞皮沙發上，捧起杯子喝了口酒，只爲了讓自己的雙手有事可做。

今年的足球隊表現如何？他說。

你不在就不一樣了，寶拉說。

她和他一起坐在沙發上。她的衣服微微褪下，露出右胸的一顆痣。他唸高中的時候就可以和她上床了。大家都拿他們的事開玩笑，但要是眞的有什麼事發生，他的那些同學們肯定會嚇死，嚇得半死。他們一定會認爲羞澀只是他的面具，掩飾了他某種冷酷駭人的本質。

人生最美好的歲月，她說。

什麼？

人生最美好的歲月，中學。

他想笑，結果笑聲卻顯得傻氣而緊張。我不知道，他說。如果是眞的，那就太可悲了。

她開始親他。碰到這樣的事似乎很奇怪，表面上看來不太愉快，但其實也很有意思，彷彿他的人生朝向新的方向發展。她的嘴巴有龍舌蘭酒的酸味。他有一晌存疑，不知道她吻他究竟合不合法，但隨即認定應該沒問題，因爲他想不出有任何不合法的理由，只是，這件事本質上就感覺很不對勁。每回他一抽身後退，她好像就跟著黏過來，所以他搞不清楚這究竟怎麼回事，也不知道他究竟是好端端坐在沙發上，還是躺靠在扶手上。他試探著坐直起來，結果確認自己早就坐得好好的了，而他以爲是掛在天花板上俯瞰他的那盞紅燈，只是房間另一頭音響上的光點。

以前唸中學的時候，妮莉老師總是讓他覺得很不自在。如今他讓她在她家客廳吻他，是已經擺脫了這不自在的感覺，又或者只是屈服於這感覺，任憑她擺布？他沒時間思考這個問題，因爲她忙著解開他牛仔褲的釦子。驚慌之下，他想要推開她，但動作不夠大，非但沒有任何作用，反而讓她以爲他是在幫她。她解開他牛仔褲褲腰的釦子，他告訴她說他眞的醉得很厲害，他們也許不該繼續下去。她把手伸進他腰際，探進他的內衣裡，說沒關係，她不在乎。他覺得自己八成昏過去了，結果卻沒有。他眞希望自己就這樣醉暈過去。他聽見寶拉說：你好硬。她是瘋了才這麼說，因爲他根本就沒有。

我要吐了，他說。

她抽身後退，把衣服往後拉。他趁機從沙發站起來，扣上牛仔褲的釦子。她小心翼翼地問他還好嗎。他看著她，看見兩個寶拉坐在沙發，輪廓都非常清晰，他也分不清哪一個是眞正的寶拉，哪一個只是個鬼影。對不起，他說。他隔天早上醒來，衣著整齊躺在他家客廳的地板上。他到現在還搞不清楚自己是怎麼回到家的。

他一定欠缺某種安全感，梅黎安說。我不知道是什麼，也許他是希望自己腦袋更好一點。

也許他只是自尊太強。

不，絕對不是。他……

她眼珠飛快轉動，每回這麼做的時候，她看起來就像是努力心算的數學家。她把咖啡杯放回杯碟上。

他怎麼？康諾說。

他是個虐待狂。

康諾瞪著桌子對面的她，毫不掩飾對這句話的驚訝。她露出俏皮的淺笑，轉著杯碟上的咖啡杯。

妳當眞？康諾說。

嗯，他喜歡打我。就只有在上床的時候，並不是因爲吵架。

她笑起來，蠢頭蠢腦的笑，很不適合她。康諾的視野猛然震顫了一秒鐘，彷彿劇烈的偏頭痛就要發作。他抬手摸著額頭。他知道自己非常驚恐。在梅黎安身邊，他總覺得自己天眞無知，儘管他的性經驗要比她豐富得多。

而妳樂在其中，對不對？他說。

她聳聳肩，快抽完的香菸掉進菸灰缸裡。她迅速撈起來，抽了一口才摁熄。

我不知道，她說，我不知道我是不是眞的喜歡。

那妳爲什麼讓他動手？

是我的主意。

康諾端起杯子，喝了一大口熱燙燙的咖啡，只爲了讓手有點事情做。他放下杯子時，咖啡濺了出來，潑到杯碟上。

什麼意思？他說。

是我的主意，我希望能屈服在他之下。這很難解釋。

嗯，那妳就努力解釋看看，我很想知道。

她又笑了起來。這會讓你覺得很尷尬，她說。

講講看吧。

她看著他，也許是想知道他是不是開玩笑的，接著高高抬起下巴。康諾知道她一定會講給他聽的，否則就等於對她自己也不相信的事情讓步。

我並不是享受這種被羞辱的感覺，她說。我只是想知道，如果有人想這樣羞辱我，我是不是願意接受。這樣說得通嗎？我不知道這說不說得通，我在意的是那種動力，而不是發生的事情本身。反正，我建議他這麼做，說我可以更聽命服從。結果他喜歡打我。

康諾咳了起來。梅黎安從桌上的罐子裡拿出一根小小的攪拌木棒，拿在手裡轉著。他咳完了之後說：他究竟對妳做了什麼？

噢，我不知道，她說。他有時候拿皮帶抽我。他也喜歡掐我脖子，諸如此類的。

好吧。

我的意思是，我並不喜歡。但是，如果你是因爲喜歡某件事情而服從，那就不算是眞正的服從吧。

妳從以前就有這樣的念頭？康諾說。

她瞥他一眼。他覺得恐懼彷彿吞沒了他，把他變成別的東西，他宛如游過一灣水般穿越恐懼，看著她，游向她。他拿起菸盒，看看裡面。他的牙齒開始打顫，把一根菸塞進兩排牙齒之間，點火。只有梅黎安會觸發他心裡的這些感受，這怪異的疏離感，彷彿他就要溺水，彷彿時間再也無法正常存在了。

我不希望你認爲傑米是個可怕的傢伙，她說。

他聽起來就是。

他其實不是。

康諾抽一口菸，眼睛半閉了一秒鐘。太陽暖洋洋的，他可以感覺到梅黎安的身體挨近他，滿嘴的菸味，還有那咖啡的苦澀餘韻。

也許我就是喜歡別人虐待我，她說，我不知道。有時候我覺得我活該碰上這些壞事，因爲我是個壞人。

他呼一口氣。春天的時候，他有時夜裡躺在梅黎安旁邊醒來，要是她也醒了，他們就會擁抱，讓他再進到她裡面。他什麼都不必說，只要問她可不可以，她總是回答說可以。他這輩子從沒有過這麼棒的感覺。有時候他眞希望自己可以在她裡面的時候沉沉睡去。他和別人在一起時從未有過這樣的感覺，也沒想過要有。事後，他們就在彼此的臂彎裡睡著了，一句話也沒說。

妳從沒對我說過這樣的話，他說。我們在……和你在一起是不一樣的。我們，你知道的，我們在一起的時候是不一樣的。

我應該把這當成是一種羞辱嗎？他說。

不。如果你想聽簡單的解釋，我也可以說給你聽。

噢，是謊言嗎？

不是的，她說。

她沉吟了一下，輕手輕腳地放下咖啡攪拌木棒，手上沒有東西可以擺弄，她只好摸頭髮。

我不需要和你玩任何把戲，她說。眞的。和傑米在一起的時候，我好像是在扮演某個角色，只是假裝我有那樣的感覺，假裝我喜歡受他掌控。但和你在一起的時候，那動力是眞的，我眞的有那樣的感覺，你要我做什麼，我都願意做。而現在，你看，你覺得我是個很惡劣的女朋友，我不守節操。誰不想揍我呢？

她伸起一手遮住雙眼。她露出微笑，疲憊自厭的微笑。他的手貼在膝上抹了抹。

我不會的，他說。在這方面，我也許有點跟不上潮流。

她放下手，看著他，微笑依舊，嘴唇看起來也還是很乾。

我多希望自己可以永遠和其他人站在同一邊，她說，那樣我的生活就會容易得多了。

嗯，那樣很好。

她看著他，彷彿是兩人坐下來之後，她第一次看著他。

反正，她說，你還好嗎？

他知道她這句問話是真心的。他不是習於向其他人吐露心聲或向別人提出要求的人。正因爲這樣，所以他需要梅黎安。他很震驚，彷彿是頭一次發現這個事實。梅黎安是他可以開口提出要求的對象。儘管他們的關係裡存有一些困難和怨懟，但始終持續未斷。這對他來說很重要，令他感動莫名。

今年夏天我碰到了怪事，他說。我可以說給妳聽嗎？

四個月後（二〇一三年一月）

她和朋友一起待在她的公寓裡。這個星期考完獎學金考試，新學期在週一就要開始。她覺得自己被榨乾了，像艘擱淺的船。她抽這晚的第四根菸，這讓她胸口微微有點發疼。她今天沒吃晚飯，中午吃了一顆橘子和一片沒抹奶油的吐司。佩姬躺在沙發上，講搭火車旅遊歐洲的事，而且不知爲何，堅持要解釋東西柏林的不同。梅黎安心不在焉地吐了口菸：哎，我去過那裡。

佩姬轉頭看她，眼睛瞪得大大的：妳去過柏林？她說。我還以爲西愛爾蘭人不准到那麼遠的地方去呢。

有幾個朋友很客氣地笑起來。梅黎安在沙發扶手上的陶製菸灰缸裡撢撢菸灰。好好笑喔，她說。

他們肯定是放妳假，讓妳可以離開農場，佩姬說。

是喔，梅黎安說。

佩姬繼續講她的故事。近來只要傑米不在，她就在梅黎安的公寓過夜，在床上吃早餐，甚至梅黎安淋浴的時候也跟進浴室，一面開心地剪腳趾甲，一面講男人的壞話。佩姬挑她當特別的好友，梅黎安很高興，儘管如此一來也占用了她許多的空閒時間。可是最近在某些派對上，佩姬似乎越來越喜歡當著別人面前取笑她。看在眾多朋友的份上，梅黎安總是配合地笑，但這勉強的笑容每每讓她臉孔扭曲，而這更給了佩姬另一個嘲諷她的機會。其他人都回家之後，佩姬會依偎在梅黎安肩頭，說：別生我的氣。梅黎安則會用有點自我保護的語氣小聲說：我沒生妳的氣。然而再過短短幾個鐘頭，同樣的對話就會在她倆之間再次出現。

柏林的故事講完之後，梅黎安又從廚房拿來一瓶葡萄酒，斟滿每個人的杯子。

順便問一下，妳考試考得怎麼樣？蘇菲問她。

梅黎安耍幽默似的聳聳肩，引來一小陣笑聲。她的朋友有時候不太確定她和佩姬之間的關係，每回梅黎安想表現得逗趣，他們就會自動多給些笑聲，但這笑聲卻往往顯得像同情或憐憫，而非真的被逗樂了。

從實招來，佩姬說，妳考砸了，對吧？

梅黎安微笑，做個鬼臉，把酒塞塞回瓶口。獎學金考試兩天前就結束了，佩姬和梅黎安一起去考。

這個嘛，應該可以考得更好一點，梅黎安圓滑地說。

這是百分之百典型的妳，佩姬說。妳是天底下最聰明的人，卻總是在緊要關頭搞砸了。

妳可以明年再考一次，蘇菲說。

我不覺得妳會考得那麼糟，喬安娜說。

梅黎安迴避喬安娜的目光，把酒擺回冰箱。獎學金提供五年學費，校園免費住宿，每天晚上還可以和其他獎學金得主在宴會大堂共進晚餐。像梅黎安這種不必自己付房租和學費，對於這些費用究竟要花多少錢並沒有概念的人來說，有沒有獎學金只是面子問題。她希望透贏得大筆獎學金來讓衆人肯定她才智過人。如此一來，她就可以裝出謙虛爲懷的樣子，就算沒人相信也無所謂。事實上，她並沒有考砸，她考得很順利。

我的統計學教授一直勸我去考，傑米說，但我就是他媽的沒辦法在聖誕節假期唸書。

梅黎安又亮出一個心不在焉的微笑。傑米沒去考試，是因爲他知道自己去考也不會過。這個事實，屋裡的每個人都知道。他愛說大話，卻又欠缺自知之明，不知道自己說的話一聽就知道是在吹牛，所以不管怎麼說也不會有人相信。在她眼中，他如此透明易懂，其實讓她覺得很欣慰。

在他們剛開始交往的時候，她沒怎麼考慮就告訴他說，她是個「順服者」。她聽見自己這麼說的時候也嚇了一跳，或許她只是爲了嚇他才這樣說的吧。妳指的是什麼？他問。她很世故地回答說：你知道的呀，我喜歡男人傷害我。之後他開始綁她，用不同的東西打她。只要一想到自己對他有多缺乏敬意，她就覺得很討厭，甚至開始痛恨自己。然而這樣的感覺卻讓她心裡湧現無法遏止的渴望，讓她更想屈服於他的暴力，更想讓自己支離破碎。事情發生的時候，她的腦袋總是一片空白，像個關掉電燈的房間。她渾身顫抖地達到高潮，但完全沒有任何歡愉可言。同樣的事情一再反覆上演。她常常想著要和他分手，但每回考慮到這件事，她發現自己在意的並不是傑米的反應，而是佩姬會怎麼說。

佩姬喜歡傑米，也就是說，她認爲他雖然是個法西斯主義者，但基本上是對梅黎安沒有任何控制力的法西斯主義者。有時候梅黎安對他有怨言的時候，佩姬就會說：噢，他是隻沙豬，妳還期待他怎樣？佩姬認為男人是無法控制衝動的噁心動物，女人應該避免對他們產生情感依賴。梅黎安花了好長的時間才明白，佩姬對男人一視同仁的批判，只是一種掩護，藉以在梅黎安抱怨傑米時袒護他。妳還期待他怎樣？佩姬會這麼說。或者：妳覺得這樣很惡劣嗎？以男人的標準來說，他算得上是個王子囉。梅黎安不知道她為什麼要這樣。梅黎安只要暗示——不管措詞多麼謹慎——她和傑米的關係可能已經走到盡頭，佩姬就會大發雷霆。她們甚至還為此吵過架，吵到最後，佩姬很耐人尋味地說她才不在乎他們是不是要分手，而筋疲力盡且困惑不已的梅黎安則說，他們大概不會分手吧。

梅黎安回到座位坐下時，她的電話響了，一個她不認識的號碼。她站起來接電話，打個手勢要其他人繼續聊，自己走進廚房裡。

喂？她說。

嗨，我是康諾。說起來有點不好意思，但我被搶了。皮夾、電話和其他東西都掉了。

天哪，太可怕了。怎麼回事？

我只是想——欸，我正要離開海邊的鄧萊里鎮，可是我沒錢搭計程車，什麼辦法也沒有。我在想，我是不是可以去找妳，或許借點現金。

她所有的朋友都盯著她看，她揮揮手，叫他們繼續聊他們的。坐在扶手椅上的傑米看著她講電話。

沒問題，別擔心，她說。我在家，你要不要搭計程車過來？我會下樓付計程車錢，這樣可以嗎？你到的時候就按門鈴。

噢，好啊，謝謝妳，梅黎安。這電話是借的，所以我最好還人家了。待會兒見。

他掛掉電話。她一手拿著電話，轉身面對朋友的時候，他們全都滿臉期待地看著她。她解釋情況，他們也都對康諾的遭遇表達同情。他偶爾還是會來參加她的派對，只來喝一杯，就離開去別的地方。九月的時候，他把他和寶拉·妮莉的事告訴梅黎安。這讓梅黎安突然有種詭異的感覺，湧起一股前所未有暴力的念頭。我知道我太誇張了，康諾說，她其實沒做什麼太惡劣的事，可是我覺得事情一團糟。梅黎安聽見自己用冷酷如冰的聲音說：我真想撕爛她的脖子。康諾抬頭看她，笑了起來，但那是驚駭的笑。天哪，梅黎安，他說。可是他在笑。我真的會，她堅持說。他搖搖頭，妳得要克制這種暴力的衝動，他說。妳不能隨便撕爛別人的脖子啊，他們會把妳關起來的。梅黎安不理會他的笑，靜靜地說：要是她敢再把手放到你身上，我肯定會動手，我才不管有什麼後果咧。

她皮包裡只有一些零錢，但臥房的抽屜裡有三百歐元現金。她走進臥房，沒開燈，但隔著牆壁聽見朋友們在竊竊私語。找到了，六張五十元紙鈔。她拿了三張，折起來，悄悄擺進錢包裡。然後她坐在床沿，不想馬上回到客廳去。

聖誕節期間，家裡的氣氛很緊張。只要一有客人來，亞倫就開始焦慮，緊張兮兮。有天晚上，他們的叔叔嬸嬸離開之後，亞倫跟著梅黎安走進廚房，看她收拾空茶杯。

聽聽妳說的話，他說，一整個晚上都在吹噓考試成績。

梅黎安轉開熱水，用手指試試水溫。亞倫雙手抱胸，站在門口。

我又沒提起，她說，是他們說的。

要是妳的生活裡只剩這件事情可以說嘴，我眞替妳覺得悲哀，亞倫說。

水龍頭流出來的水變熱了，梅黎安給水槽塞上塞子，擠了一點洗碗精到海綿上。

妳究竟有沒有在聽我講？亞倫說。

有啊，你替我覺得悲哀，我聽見了。

妳真是他媽的可悲，向來都是。

訊息收到，她說。

她把一只杯子擺到瀝水板上晾乾，又把另一只泡進熱水裡。

妳覺得妳比我聰明嗎？他說。

她用濕海綿擦抹茶杯內側。這是個奇怪的問題，她說。我不知道，我從來沒想過。

嗯，妳並沒有比我聰明，他說。

好吧，你說了算。

好吧，你說了算，他尖起嗓子，裝出娘娘腔似的奉承語氣說。難怪妳沒朋友，妳連和別人正常交談都不會。

沒錯。

妳應該聽聽鎮上的人都怎麼說妳的。

這也太荒謬了，她不由自主地笑了起來。亞倫生氣了，一把抓住她的上臂，把她從水槽前面扭過來，突然對她吐了一口口水。然後他放開她，一滴口水噴在她的裙子上，明顯可見。啊，她說，太噁心了。亞倫轉身，走出廚房，梅黎安繼續洗她的杯子。把第四只杯子放到瀝水板上時，她發現右手在發抖，輕微但察覺得到的顫抖。

聖誕節那天，她媽媽給她一個信封，裡面裝了五百歐元。沒有卡片，就只是她平常付蘿芮薪水的那種褐色信封。梅黎安謝謝她，丹妮絲不以爲然地說：我有點擔心妳。梅黎安捏著信封，想辦法擠出合適的表情。我怎麼了？她說。

嗯，丹妮絲說，妳打算拿妳的人生怎麼辦？

我不知道，我想我還有很多選擇，目前只要專心把大學唸完就好了。

然後呢？

梅黎安用拇指壓住信封，直到上面出現一個模糊的深色印記。我說了，她又再說一遍，我不知道。

我怕現實世界會狠狠嚇妳一大跳，丹妮絲說。

怎麼說？

我不知道妳明不明白，大學是個備受保護的環境，和工作場所不一樣。

這個嘛，我想，在工作場所，不會有人因爲不同意我的看法就吐我口水吧，梅黎安說。就我所知，那是不被允許的行爲。

丹妮絲勉強拉長嘴角露出微笑。要是妳連兄妹之間的小小爭吵都應付不了，我不知道妳要怎麼應付成人生活，親愛的，她說。

那就讓我們看下去吧。

妳就是這樣，丹妮絲張開手掌用力拍著餐桌。梅黎安畏縮了一下，但沒抬頭，還是緊緊捏著信封。

妳以爲自己很特別，是不是？丹妮絲說。

梅黎安閉上眼睛，沒有，她說，我沒有。

康諾按電鈴的時候，已經接近凌晨一點。梅黎安帶著錢包下樓，看見計程車沒熄火，停在公寓外面。對面的廣場上，樹木披上了朦朧的夜霧。冬夜如此精緻美麗，她很想對康諾這麼說。他站在車外，背對大門，隔著車窗對司機講話，一聽見腳步聲就轉身。她看見他的嘴唇受傷流血，深色的血跡宛如乾涸的墨水。她往後退開，手貼在鎖骨上，康諾說：我知道，我照過鏡子了。但我眞的沒事，我只是需要清理一下。她慌慌張張地付錢給司機，差點把零錢掉進水溝裡。在樓梯間，她看見康諾的上唇右側腫成硬硬發亮的一大團，牙齒沾滿了血。天哪，她說，究竟怎麼回事？

他輕輕拉起她的手，拇指搓著她的指關節。

有個傢伙逼近我，要我交出錢包，他說。不知道爲什麼，我告訴他說不行，他就揍我的臉。我的意思是，這眞的不是個好主意，我應該把錢給他就好。對不起，我打電話給妳，因爲那是我唯一背得出來的電話號碼。

噢，康諾，太可怕了。我家裡有朋友在，但是你覺得怎麼樣好？你想沖個澡，待在這裡？還是你想帶著現金先回家？

他們已經走到她的公寓門口，停下腳步。

看妳怎麼方便，他說。順便告訴妳，我眞的醉了，對不起。

噢，有多醉？

這個嘛，我從考完試就沒回家了。我不知道，我的瞳孔還在嗎？

她看看他的眼睛，他的瞳孔像兩顆圓圓的黑色子彈。

還在，她說，非常之大。

他又搓搓她的手，更小聲地說：噢，好吧，反正只要一看見妳，我的眼睛就會變得這麼大。

她笑起來，搖搖頭。

你肯定是醉了，不然不會這樣調戲我，她說。傑米也在，你知道。

康諾鼻子吸一口氣，然後轉頭看著背後。

也許我應該走出去，找人在我臉上再揍一拳，那一點都不困難。

她微笑，但他放開她的手。她打開門。

客廳裡所有的朋友都倒抽一口氣，要他把事發經過再講一遍。他也講了，只是沒有他們期待的那麼戲劇化。梅黎安倒了杯水給他，他漱漱嘴巴，在廚房水槽吐掉。吐出來的水是粉紅色的，像珊瑚的顏色。

他媽的劣等人渣，傑米說。

誰，我？康諾說，這樣不太客氣了吧，我們又不是每個人都從小唸私立學校長大的，你知道。

喬安娜笑起來，康諾通常不會這麼話中帶刺，梅黎安想，是不是臉上挨了幾拳，讓他變得有敵意起來，又或者他醉得比她想像來得厲害。

我講的是搶你錢的那個傢伙，傑米說，他八成是搶錢去買毒品。他們大部分人都是這樣。

康諾的手指摸摸牙齒，彷彿是要確認嘴巴裡還有牙齒。然後他用擦碗的毛巾擦擦手。

唉，是啊，他說，有毒癮的人日子也很難過。

確實是，喬安娜說。

他們總是可以嘗試一下，我不知道，戒毒之類的？傑米說。

康諾笑著說：是啊，我相信他們只是從來沒想到可以這樣做而已。

所有的人都沉默不語，康諾露出侷促不安的微笑。因爲漱過口，他的牙齒看起來已經沒那麼可怕了。對不起，各位，他說，我打擾大家了。所有的人都說沒有沒有，只有傑米什麼也沒說。梅黎安突然湧起一股母性的渴望，想幫康諾洗個澡。喬安娜問他痛不痛，他又用指尖摸摸門牙，說：也沒那麼痛啦。他身上一條黑色牛仔褲，罩一件污漬斑斑的白色T恤，梅黎安看見他衣服底下有條沒墜子的銀項鍊，是他從高中時代就戴著的。佩姬有一次形容這條項鍊是「平價時尚」，讓梅黎安嚇了一跳，雖然她不知道令她覺得困窘的究竟是佩姬還是康諾。

你覺得你需要多少現金？她對康諾說。這問題非常敏感，但因爲朋友們都各自交談，讓她覺得他倆幾乎是獨處。他聳聳肩。你身上沒提款卡，一定也沒辦法領錢，她說。他用力閉上眼睛，摸摸額頭。

我真該死，醉得這麼厲害，他說，對不起，我覺得我出現幻覺了。妳問我什麼？

錢。我要給你多少錢？

噢，我不知道。十塊錢？

我給你一百，她說。

什麼？不行。

他們就這樣爭執了一會兒，直到傑米走過來，摸著梅黎安的手臂。她突然意識到他有多醜，很想推開他。他髮際線已經開始後退，有張軟弱沒有下巴的臉。站在他身邊的康諾，儘管臉上還有血，卻散發出健康的氣息與魅力。

我馬上得走了，傑米說。

好啊，那明天見，梅黎安說。

傑米驚駭地看著她，她壓抑衝動，沒說：幹嘛？相反的，她露出微笑。她並不是天底下最漂亮的人，差遠了。有幾張照片裡，她不只顯得容貌平庸，甚至還挺醜的，衝著鏡頭露出歪牙，像個怪咖。她有點歉疚地捏捏傑米的手腕，彷彿可以藉此達成不可能的溝通任務：一方面對傑米說，很抱歉，康諾受傷了，需要她的照顧；

另一方面則是對康諾說，如果可以，她寧可不碰傑米。

好吧，傑米說，嗯，那就晚安囉。

他親吻她的臉頰，去拿外套。每個人都謝謝梅黎安的招待。酒杯留在瀝水板或水槽裡。接著大門關上，屋裡只剩她和康諾。她感覺到自己肩膀肌肉鬆弛下來，彷彿他倆的獨處是某種鬆弛劑。她在燒水壺裡裝了水，從櫃子裡拿出茶杯，然後把幾只髒杯子拿到水槽，清乾淨菸灰缸。

他還是妳的男朋友囉？康諾說。

她微笑，他也笑了。她從盒裡拿出兩個茶包，等水滾之後，就放進杯子裡。她很愛像這樣和他獨處，這讓她的生活瞬間變得可以應付自如了。

他是啊，沒錯，她說。

這究竟是爲什麼？

他爲什麼還是我的男朋友？

是啊，康諾說。這是怎麼回事？我想知道的是，妳爲什麼還和他在一起。

梅黎安哼了一聲。我想你應該喝點茶，她說。他點點頭，右手插進口袋。她從冰箱拿出紙盒牛奶，抓在手裡有點濕濕的。康諾靠著流理臺，嘴唇浮腫，但大部分的血都已經擦洗乾淨了，他的臉看起來非常帥。

妳應該換個男朋友，妳知道的，他說。我的意思是，我聽說不斷有人愛上妳。胡說。

像妳這樣的人啊，別人不是愛妳，就是恨妳。

燒水壺的自動開關熄了，她把水壺從壺座上拿起來。先給一只杯子注水，然後另一只杯子。

這個嘛，你不恨我，她說。

他起初什麼也沒說。接著說：不，我對妳有免疫力，因爲我們在高中就認識了。

那時候我還是個可悲的醜八怪，梅黎安說。

不，妳從來都不醜。

她又放下燒水壺。她覺得自己對他有一點點影響力，危險的影響力。

你還是覺得我很漂亮嗎？她說。

他看著她，八成知道她想幹嘛，然後又低頭看著自己的手，彷彿是要提醒自己，他此時此刻人就在她的公寓裡。

妳心情很好，他說，派對想必很開心。

她沒理會。去你的，她心想，但也只是想想而已。她用湯匙撈起茶包，丟到水槽，在杯裡加了點牛奶，然後把牛奶盒擺回冰箱。她動作很快，彷彿面對個喝醉酒的朋友，非常不耐煩的樣子。

我眞的寧可碰到的是其他人，康諾說，我寧可揍我的人是妳男朋友。

你幹嘛在乎？

他沒回答。她想起傑米離開之前，她對待他的態度，伸起雙手搓搓臉。傑米有一回說康諾是個灌牛奶的鄉巴佬。沒錯，她是看過康諾拿起牛奶紙盒直接灌進嘴巴裡，他玩那種有外星人的電玩，也愛對各足球隊經理發表評論。但他這個人就像顆大乳牙般無害，他這輩子八成也從未想過，爲了遂行性愛的目的，強加痛苦在別人身上。他是個好人，是個很好的朋友。所以她爲什麼要一直這樣纏著他不放，一直強迫他去做什麼事情呢？和他在一起的時候，她非得還是過去那個絕望得奮不顧身的自己嗎？

妳愛他嗎？康諾說。

她拉著冰箱門的手頓了一下。

我不喜歡你追問我感情的事，康諾，她說。我覺得這樣有點超過我們之間的界線，我不得不說。

好吧，那就算了。

他又揉揉嘴唇，表情有點心不在焉。他放下手，望著廚房窗外。

聽我說，他說，我應該早點告訴妳的，我和其他人在交往。已經一陣子了，我應該要早點告訴妳的。

這個消息讓梅黎安很震驚，不只心裡震驚，彷彿連身體都被撼動了。她痛苦地看著他，無法掩飾心中的驚嚇。他們還只是朋友的時候，他從沒交過女朋友。她甚至沒想過他會想要交女朋友。

什麼？她說。你們在一起多久了？

差不多六星期。海倫・布洛菲，我不知道妳認不認識她。她唸醫科。

梅黎安轉身背對他，從流理臺上拿起自己的杯子。她想辦法讓肩膀維持不動，怕自己會哭，也怕他會看見。

那你爲什麼希望我和傑米分手？她說。

我沒有。我沒有，我只是希望妳快樂，就只是這樣。

因爲你是我的好朋友，對嗎？

嗯，沒錯，他說。我的意思是，我也不知道。

梅黎安手裡的茶杯燙得端不住，所以她又放下杯子，讓疼痛慢慢滲進指尖，鑽進她的肌膚裡。

你愛上她了？她說。

是的，我愛她，沒錯。

梅黎安哭了起來，這眞是她長大以來最尷尬的事了。她背對他，但感覺得到自己的肩膀不由自主地劇烈抽動。

天哪，康諾說，梅黎安。

滾開。

康諾摸著她的背，但她甩開他，彷彿他是要傷害她似的。她把杯子擺在流理臺上，用衣袖使勁抹著臉。

走開，她說，別理我。

梅黎安，不要這樣。我覺得很不好受，好嗎？我早就該告訴妳的，對不起。

我不要和你講話，你走吧。

但沒有動靜。她咬著嘴巴內側，咬到疼痛的感覺讓情緒逐漸平靜下來，不再哭。她又抹抹臉，但這次用的是手。然後轉過身來。

拜託，她說，走吧，拜託。

他嘆口氣，看著地板，揉揉眼睛。

好吧，他說。欸，我很不好意思開這個口，但我需要錢才能回家，對不起。

她這時才想起這件事，覺得很難受。事實上她還對他微笑，眞是可以了。天哪，她說，我這麼激動，竟然忘了你被搶。我給你兩張五十元，可以嗎？他點點頭，但沒看她。她知道他也覺得難受，她希望自己能成熟一點。她找出錢包，把錢交給他，他收進口袋裡。他低著頭，眨眨眼，清清嗓子，彷彿也要哭了。對不起，他說。

沒事，她說，別擔心了。

他揉揉鼻子，環顧四周，彷彿以後再也看不到這裡了。

妳知道嗎，我們夏天究竟是怎麼回事，我其實不明白，他說，就是我搬回家住的那件事。我當時以爲妳也許會讓我住在這裡。我不知道我們最後到底是怎麼了。

她胸口一陣劇痛，很想伸手抓住喉嚨，但什麼也沒抓著。

你告訴我說你想和別人交往，她說。我不知道你想住在這裡，我以爲你是要和我分手。

他手掌摀住嘴巴，好一晌才又吐出一口氣。

你沒說你想住在這裡，她又說，我一定會樂意讓你住下的。我永遠都歡迎你。

是啊，好吧，他說。聽我說，我得走了。好好睡一覺，好嗎？

他走了。門在他背後喀啦一聲關上，但聲音並不大。

隔天早上，在藝術廣場，傑米當著所有人的面吻她，說她漂亮極了。昨晚康諾呢？他說。她抓著傑米的手，共謀似的翻翻白眼。噢，他醉得好厲害，但我終於擺脫他了。

六個月後（二〇一三年七月）

他醒來的時候剛過八點。窗外很亮，車廂慢慢熱起來，有著呼吸與汗水的濃濃暖意。讀不出站名的小車站從窗外飛快掠過，消失。伊蓮早就醒了，但尼爾還在睡。康諾用指關節揉揉左眼，坐起來。伊蓮正在讀一本專爲這趟旅程買的小說，亮光封面上有一行字：**已改編電影**。封面的這位女演員陪伴他們好幾個星期，康諾覺得她那張歷史劇裝扮的蒼白面孔，已經熟悉得像老朋友了。

我們到哪裡了，妳知道嗎？康諾說。

正在看書的伊蓮抬起頭，我們差不多兩個鐘頭之前經過斯洛維尼亞的盧比安納。

噢，好，他說，那我們就快到了。

康諾轉頭看尼爾，他睡得很熟，腦袋在脖子上微微跳動。伊蓮順著康諾的目光望去。像平常一樣睡死了，她說。

剛開始的時候還有其他人。伊蓮的幾個朋友和他們一起從柏林到布拉格，他們在斯洛伐克的布拉提斯拉瓦和尼爾的幾個工程系同學見面，然後搭火車到維也納。他們住的是便宜的旅館，而造訪的每一座城市都有種愉快但短暫不持久的感覺。不管康諾做什麼，似乎都無法長存心裡。整趟旅程像是一系列只播一次的短片，事後他雖然知道個大概，但無法完整記起詳細的情節。他記得的，就只有透過計程車車窗看見的景物。

每到一個城市，他就找家有網路的咖啡館，完成三件必要儀式：用Skype和海倫通話，透過手機網路傳給媽媽一封免費的簡訊，然後寫封電子郵件給梅黎安。

海倫這個暑假拿J1簽證到芝加哥交流訪問。講電話的時候，他聽得見海倫的女生朋友們在聊天，幫彼此梳頭髮，有時候海倫還會轉頭對她們說：拜託，各位，我在講電話耶！他很喜歡在螢幕上看見她，特別是網路順暢的時候，她的動作顯得流暢，彷彿就站在他面前。她的微笑很美，牙齒漂亮。昨天講完電話，在櫃檯付完帳之後，他踏進陽光裡，給自己買了一杯貴得離譜的冰可樂。海倫身邊有很多朋友，或咖啡館裡格外擁擠的時候，他們的通話會有點尷尬，但儘管如此，和她講完話之後，他心情還是會好轉。他發現自己有時急著想結束對話，掛掉電話，如此才能一再回味見到她的喜悅，同時也不必在即時通訊的壓力下，拼命擠出對的表情，講出對的話。光是看見海倫，看見她那漂亮的臉孔和微笑，知道她還愛著他，就足以讓他那一整天都宛如擁有天賜的喜悅，好幾個鐘頭什麼感覺都沒有，就只有飄飄然的幸福感。

海倫給了康諾一個全新的生活方式。他的情感生活彷彿掀掉了一個沉重到不可想像的蓋子，讓他突然可以呼吸得到新鮮空氣。他竟然可以傳出一條訊息說：我愛妳！這在不久之前都還絕對不可能，結果如今竟然如此容易。當然，要是簡訊被別人看見了，他肯定會很難爲情，但他現在知道，這是一種正常的難爲情，是直覺地想保護人生中格外美好的部分而產生的情緒反應。他可以和海倫的爸媽一起坐下來吃飯，他可以陪她去參加她朋友的聚會，他可以忍耐微笑和一再重覆相同的交談。他可以捏著她的手，一面回答別人問他未來有什麼打算。她下意識地碰碰他，輕壓他的手臂，甚至是拂去他領子上的線頭時，他都油然生出一股自豪，好希望每個人都看著他們。身爲她的男朋友，他穩穩立足於社交圈，他成爲一個被大家所接受有著特殊地位的人，就算交談時保持沉默，也不再被當成是拙於社交，而是深思熟慮的表現。

他發給蘿芮的簡訊則行禮如儀，告訴她說他們又看見什麼地標或文化珍寶。昨天：

我在維也納。史蒂芬大教堂的美譽有點言過其實，但藝術史博物館很棒，希望家裡一切平安。

她習慣問海倫好不好。第一次見面，海倫和他媽媽就相見甚歡。每回海倫來，康諾的舉止只要稍有不當，蘿芮就搖搖頭說：妳怎麼受得了他呢，親愛的？但無論如何，她倆處得來眞是太好了。海倫是他第一個正式介紹給媽媽認識的女朋友，他意外發現自己拼命想讓蘿芮知道，他們的關係有多正常，海倫認爲他是個多麼好的人。這個念頭究竟是從哪裡冒出來的，他也搞不清楚。

分隔兩地的這幾個星期，他寫給梅黎安的電子郵件越來越長。他開始在無聊的時候用手機打草稿，例如在洗衣間等衣服洗好，或夜裡在旅館裡熱得睡不著的時候。他一再重讀這些草稿，修潤文氣，挪移子句，讓每一字每一句都精確得宜。打字的時候時間變得緩和起來，實際上應該快速流逝的時間，感覺上卻變慢且膨脹了，不只一次，他抬起頭來才發現已經過了很長的時間。他說不上來爲什麼會這麼專心地給梅黎安寫信，但他並不覺得這是微不足道的事。書寫這些信件彷彿表現了一種更爲寬廣、更爲貼近本質的原則，關乎他的身分認同，甚至更抽象一些來說，是和人生本身有關。他最近就在他的灰色小本子裡寫道：這是透過電子郵件陳述的故事概要？但他又把這句話刪掉，覺得太華而不實了。他常刪掉本子裡的字句，彷彿想像未來會有某個人審視這些細節，而他希望這個人看見的是他深思熟慮之後所留下的想法。

他和梅黎安的通信裡也有許多新聞報導的連結。有段時間，他倆都關注愛德華．史諾登[9]事件，梅黎安是因爲對全球監聽系統的設置格外有興趣，而康諾則純粹是被這個人的戲劇化人生所吸引。他閱讀網上所有的揣測推論，看著攝自莫斯科謝列梅捷沃機場模糊不清的新聞影片。他和梅黎安只能透過電子郵件討論這件事，使用他們如今知道已經受到監控的資訊科技工具，有時候感覺起來像是他們的關係被國家權力的複雜網絡所掌控了。這原本應該是情報性質的網絡，卻把他們兩人包羅其中。不只是他們兩個人，也包括了他倆對彼此的感情。我想，國家安全局的情報員讀我們的電子郵件時，一定會誤解我們兩人的關係，有一回梅黎安在信裡這麼寫。他們八成不知道你當年沒邀我去參加高中舞會。

她在信裡寫了好多她在義大利第里雅斯特的生活。她和傑米、佩姬一起住在第里雅斯特城外的一幢房子。她敘述生活的種種，她的感覺，她對其他人感覺的揣測，她在讀什麼、想什麼。他寫的則是他所造訪的城市，有時候也寫上一段對某個特殊景觀或場景的描述。他寫到從柏林的舍恩萊因大街地鐵站出來時，發現天色已暗，樹上的掌狀樹葉宛如幽靈的手，對著他們招手，酒館裡傳出喧鬧聲，空氣裡有著披薩的香味與汽車廢氣的味道。這個場景彷彿擁有某種強大的力量，驅策他把當下的體悟化成文字寫下來。他就像拿罐子捕捉住了那一刻的景物感觸，讓這一切永遠不會完全消散。他有一次告訴梅黎安，他在寫小說，此後她就追問個沒完。只要寫得像這些郵件這麼好，那你的小說肯定超級棒，她寫道。聽她這麼說真好，但他坦白回覆：恐怕不像我的電子郵件這麼好。

他、尼爾和伊蓮計劃從維也納搭車到第里雅斯特，在梅黎安的度假別墅住幾

9 Edward Snowden，1983-，前美國國家安全局技術員，二〇一三年將美國「稜鏡計畫」（Prism）監聽計畫洩漏給英國《衛報》和美國《華盛頓郵報》而遭通緝。

天，然後才一起飛回都柏林。他們也討論到想去威尼斯一日遊。昨天晚上他們揹著背包搭上火車，康諾傳簡訊給梅黎安：明天下午到，在這之前無法回覆妳的郵件。他幾乎已經沒有乾淨的衣服可穿了。他身上一件灰色T恤，黑色牛仔褲，腳穿髒兮兮的白球鞋。在背包裡：幾件比較沒那麼髒的衣服，一件乾淨的白T恤，一只用來裝水的塑膠瓶，乾淨的內衣，手機充電器，護照，兩盒普通的退燒止痛劑，一本破破爛爛的詹姆斯．索特[10]的小說，一本他在柏林英文書店找到的弗蘭克．奧哈拉[11]詩選，是要給梅黎安的。還有一本灰色軟封面的筆記本。

伊蓮推推尼爾，過了好一會兒，他頭才往前動了一下，張開眼睛。他問現在幾點鐘，他們到了那裡，伊蓮告訴他。尼爾雙手扣在一起，手臂往前伸，關節發出微微的喀喀響。康諾看著窗外飛掠而過的風景：一片片乾涸的黃色與綠色，一座鋪橘色屋瓦的房子，一扇被太陽照得閃閃發光的窗戶。

大學獎學金的獲獎名單在四月公布。教務長站在考試大廳的臺階上，唸出得獎名單。[12]那天的天空非常之藍，藍到簡直讓人欣喜欲狂，宛如加了香料的冰。康諾身穿外套，海倫挽著他的臂彎。英文系有四個得獎人，按姓氏字母順序公布，最後一個是：康諾．沃隆。海倫給他一個擁抱。就這樣，教務長唸到他的名字，然後繼續往下唸。他沒離開廣場，等著歷史與政治系的得獎人揭曉。聽到梅黎安的名字，他轉頭看她。他聽到圍著她的一圈朋友歡呼，還有人鼓掌。他雙手插進口袋。聽到梅黎安的名字，他才醒悟到這件事有多眞實，他眞的贏得獎學金，他倆都拿到了！之後發生了什麼事，他不太記得。只記得名單公布之後，他打電話給蘿芮，她在電話另一頭沉默許久，非常驚訝，最後才喃喃說：噢，天哪，我的老天爺啊。

尼爾和伊蓮來到他身邊，大聲歡呼，拍他的背，說他是「討人厭的笨蛋」。康諾沒來由地大笑，只因爲內心的興奮需要透過某種外在的行爲表現出來，而他並不想哭，所以只能大笑。那天晚上，所有的獎學金得主都必須穿上正式禮服到宴會大堂參加晚宴。康諾從班上同學那裡借來一套小禮服，並不很合身，而吃飯時必須和鄰座的英文系教授交談，也讓他覺得侷促不安。他很想和海倫，和她的朋友在一

---

10 James Salter，1925-2015，美國小說家，曾獲福克納獎等文學榮譽。

11 Frank O'Hara，1926-1966，美國詩人。

12 三一學院的獎學金制度，獲獎者（又稱 Schols）將會得到學校贊助五年學費，每晚可享用免費的晚餐。（編按）

起，而不是和這些他素未謀面，也對他一無所知的人齊聚一堂。

因為獎學金，一切都變得可能了。他的房租有了著落，他的學費有人負擔，他每天晚上可以在學校吃免費的晚餐。這也是他為什麼可以花半個暑假的時間在歐洲各地旅遊，像個有錢人那樣大肆揮霍現金。他在電子郵件裡對梅黎安解釋過，至少是試圖解釋。對她而言，獎學金是一種自我肯定，印證了她向來的自信，開心地證明她是出色的。而康諾則從來不知道他對自己是不是有這樣的自信心，直到現在，他也還是不知道。對他來說，獎學金是一個巨大且具體的事實，宛如不知從何處駛進視野的一艘郵輪，突然之間，只要他願意，就可以免費唸研究所，免費住在都柏林，在畢業之前，都不必再煩惱租金的問題。突然之間，他可以在維也納度過一個悠閒的下午，欣賞維梅爾的《繪畫藝術》。戶外很熱，要是他願意，待會兒可以買杯便宜的冰啤酒。這個感覺就像他這輩子始終以為是彩繪背景的某些事物突然變得眞實起來：異國城市是眞的，地下鐵系統是眞的，柏林圍牆的遺跡也是眞的。是錢，是物質，讓這一切都變得眞實起來。如此墮落，卻也如此性感。

三點鐘，在如蒸籠般的午後暑熱裡，他們抵達梅黎安住處。大門外的矮樹叢裡有飛蟲嗡嗡作響，對街一輛車的引擎蓋上躺了隻橘貓。康諾看見大門裡的房子，和她寄給他的照片一模一樣：石砌的立面，裝有白色百葉窗的窗戶。他看見花園桌上有兩只杯子。伊蓮摁電鈴，幾秒鐘之後，有人繞過房子側邊走出來。是佩姬。近日康諾越來越肯定，佩姬不喜歡他，而他也不時在她的言行舉止裡尋找證據。他同樣不喜歡她，從來就沒喜歡過，但他並不覺得這兩件事之間有什麼關係。她跑向大門，腳上的涼鞋在碎石上喀啦喀啦響。康諾頸背熾熱，彷彿覺得有人在背後盯著他看似的。她打開大門，讓他們進去，咧著嘴直說：Ciao，Ciao。她身穿丹寧短洋裝，戴著大大的太陽眼鏡。他們一起走過碎石小徑朝屋裡去，尼爾拿著他和伊蓮的背包。佩姬從洋裝口袋裡掏出一串鑰匙，打開房子的正門。

玄關裡有道石砌拱門，通向一道短短的臺階。廚房是一間長形房間，鋪赤陶磁磚，白色櫃子，餐桌擺在通向後院的門邊，沐浴在陽光裡。梅黎安站在門外，在栽滿櫻桃樹的後院裡，懷裡摟著洗衣籃。她身穿露背白洋裝，皮膚看來曬黑了。她剛晾好衣服，屋外的空氣靜止不動，水漬淋漓的衣服掛在曬衣繩上，一動也不動。梅黎安手握門把，打開門，這才看見屋裡的他們。這一切彷彿進行得非常緩慢，儘管實際上可能只有幾秒鐘的時間。她打開門，把洗衣籃放在桌上。他覺得一股喜悅痛苦的感覺湧到喉頭。她的洋裝潔白無瑕，他意識到自己看起來肯定蓬頭垢面，因爲從昨天早上離開旅館之後就沒洗澡，而且他的衣服本來也就不乾淨。

哈囉，伊蓮說。

梅黎安微笑，說：Ciao，彷彿覺得這樣很好玩似的。她親吻伊蓮的臉頰，接著是尼爾，問他們一路可好。康諾站在那裡，情緒排山倒海而來，這或許只是因爲他眞的筋疲力盡了，累積了好幾個星期的疲累讓他力氣完全耗竭。他聞到衣物清洗的香味。靠近之後，康諾看見梅黎安手臂上有淡淡的雀斑，肩膀是亮粉紅色。她愉快轉頭看他，兩人互相親吻臉頰。她看著他的眼睛說：嗨，哈囉。他在她的表情裡察覺到一種特別的感知力，彷彿她在蒐集情報，理解他內心的情緒，這是他們長久以來學會對彼此做的事情，宛如說著某種只有他倆才懂的祕密語言。她看著他時，他覺得自己的臉熱了起來，但他並不想轉開目光。他同樣也可以從她臉上蒐集資訊。他知道她有事情想告訴他。

嗨，他說。

梅黎安接受了一個交換計畫，大三要到瑞典唸一年。她將在九月啓程，再來就看聖誕節怎麼安排，康諾很可能要到明年六月才能再見到她。大家總是告訴他說，他一定會想念她，但在此刻之前，他想到的都是她離開之後，他們往返的郵件可以寫得多長，多密集。此時，他看著她彷彿冷靜說明的眼神，心想：是啊，我一定會想念她的。他對這件事情的感覺很矛盾，一方面覺得她的遠去是對他的一種背叛，因爲他很喜歡看著她，也喜歡她近在身邊的感覺。但他也不確定朋友之間享受彼此的陪伴，應該有什麼限度。

在最近的一連串電子郵件裡，他們談到了彼此的友誼。梅黎安對康諾的情誼，主要表現在她持續關注康諾對事物的看法和信念，對他生活的好奇，以及只要碰上任何矛盾衝突，就本能地徵求他的意見。而他表達自己的感情，主要是透過認同感，例如他隨時隨刻支持她，她痛苦時他感同身受，而對她的言行舉止，他也有能力可以體認到她的動機，並賦予同情。梅黎安認爲這和性別角色有關。我覺得我只是把妳當成一個我喜歡的人來對待，他辯解說。你眞的太貼心了，她在郵件裡回覆說。

傑米跟在他們後面走下階梯，他們全轉頭和他打招呼。康諾微微抬了抬下巴，算是點頭招呼。傑米則擠出虛僞的微笑，說：你看起來好狼狽啊，兄弟。傑米打從成爲梅黎安的男朋友之後，就很討厭康諾，不時奚落他。而康諾第一次看見他倆在一起之後，有好幾個月的時間，都忍不住幻想著要狠狠敲傑米的頭，把他的腦袋敲得稀巴爛，像一團濕漉漉的報紙那樣。有一回，康諾在派對上和傑米談了幾句話，離開之後，他猛捶磚牆，捶到手都流血了。傑米這人很乏味，又渾身是刺，別人講話的時候，老是打哈欠，眼睛滴溜轉。然而他又是康諾畢生僅見，絲毫不費吹灰之力，就可以對自己信心滿滿的人。沒有任何事情可以讓他慌亂，而他的內心似乎也從來沒有任何衝突。康諾可以想見他用手掐住梅黎安脖子，卻毫不覺得緊張的情景。而據她說，實際的情況也確實如此。

梅黎安煮咖啡，佩姬切麵包，在盤子上擺橄欖和帕瑪火腿。伊蓮數落尼爾這一路幹的傻事，梅黎安如常笑了起來，並不是因爲這些事情很好笑，而是爲了讓伊蓮覺得自己受到熱烈款待。佩姬把盤子傳給桌上的每一個人，梅黎安碰碰康諾的肩膀，遞給他一杯咖啡。因爲她身上的白洋裝，也因爲白色磁杯散發的咖啡香，讓他很想對她說：妳看起來像個天使。雖然海倫不會在意他這麼說，但他不能當著大家的面說這句話，因爲聽起來親暱得離奇。他喝咖啡，吃了點麵包。咖啡很燙，很苦，而麵包很軟，很新鮮。他開始覺得累了。

吃過午飯之後，他上樓去淋浴。這房子有四間臥房，所以他可以自己住一間房，還擁有一扇俯瞰花園的窗。洗完澡之後，他換上僅剩的唯一一套可以見人的衣服：素面白T恤和他從高中穿到現在的黑色牛仔褲。他頭髮是濕的，因爲咖啡和高壓水柱沖洗的影響，他覺得神清氣爽，棉布貼在他身上涼涼的。他把濕毛巾搭在肩上，打開窗戶。深綠色的樹上掛著顆顆櫻桃，宛如耳環垂墜。他反覆思索這個句子，覺得應該把這個句子寫在給梅黎安的電子郵件裡。但他不能寄郵件給她，因爲她就在樓下。海倫習慣戴耳環，通常是一副小小的金色耳圈。他任由思緒奔騰，盡情地想一會兒她，反正他聽得見其他人在樓下的動靜。他想像她仰躺著。他應該在淋浴的時候幻想才對，但那時候太累了。他需要這房子的無線網路密碼。

和康諾一樣，海倫在高中時代人氣也很高。她到現在還花很長的時間和老朋友、老朋友的家人保持聯繫，記得他們的生日，在臉書上貼懷念舊時光的照片。她總是回覆派對的邀請，準時抵達；她樂於和大家合照，一拍再拍，拍到每個人都滿意爲止。換言之，她是個和善的人，康諾慢慢瞭解到，他其實喜歡和善的人，他甚至希望自己也很和善。她以前曾經有個認眞交往的男朋友，名叫洛利，但在大一的時候分手了。洛利唸都柏林大學，所以康諾從沒碰到過他，不過康諾在臉書上看過他的照片。他的體格外貌都和康諾相仿，只不過看起來有點笨拙，不太時髦。康諾對海倫坦承，他曾在網路上查過洛利，她問他說他覺得洛利這個人怎麼樣。
我不知道，康諾說。他好像不太酷，對吧？
她覺得這句話很好笑。當時他們躺在床上，康諾把她攬入懷裡。
這是妳的菜，妳喜歡不太酷的傢伙？他說。
你說呢？
欸，難道我也不夠酷？
我想是喔，她說，但這也不是壞事，我不喜歡太酷的人。
他稍微坐起來，俯望著她。
我真的不酷嗎？他說，我這樣說並沒有別的用意，但老實說，我覺得自己還挺酷的。
可是你有點土。
眞的？我眞的有點土？
你的斯萊戈口音好重，她說。
我才沒有，我不相信。從來沒有人這樣說我。我眞的口音很重？
她還在笑。他的手輕輕撫摸她的肚子，不由自主地咧嘴笑，因爲他逗得她發笑。

我常常不太瞭解你，她說，還好，你是強壯而且安靜的那種人。

他不得不又笑起來。海倫，妳這樣說很殘酷耶，他說。

她一手枕在頭下面。你眞的覺得自己很酷？她說。

這個嘛，已經不覺得了。

她兀自微笑。很好，她說，你不覺得自己酷，眞好。

海倫和梅黎安二月第一次見面，在道森街上。他和海倫手拉手散步，看見頭戴黑色貝雷帽的梅黎安從霍奇斯菲吉書店（Hodges Figgis）走出來。噢，嗨，他的嗓音有點苦惱。他想要放開海倫的手，但又沒辦法法容忍自己這麼做。嗨，梅黎安說。妳一定是海倫。兩個女孩極其友善自然地交談，而他驚慌失措站在那裡，東張西望，瞪著周圍不同的東西看。

之後海倫問他：你和梅黎安就只是朋友，或者……？他們在他位於皮爾斯街的家裡，外面有公車駛過，在臥房門上映出一道黃色的光柱。

是啊，算是吧，他說，我們從來沒有像這樣在一起。

可是你們上過床。

嗯，大概。欸，是的，我們是有過。這很重要嗎？

不，我只是好奇，海倫說，所以你們算是炮友嗎？

基本上是。高中最後一年，還有去年的一小段時間。不過，我們並不是認眞交往什麼的。

海倫綻開微笑。他牙齒輕咬著下唇，直到她看著他，他才想到要停下這個動作。

她看起來像上藝術學院的人，海倫說，我猜你也覺得她很時髦，很優雅。

他輕笑幾聲，看著地板。才不是呢，他說，我們小時候就認識了。

就算她是你的前女友，也不足爲奇啊，海倫說。

她不是我的前女友，我們只是朋友。

可是在你們成爲純粹的朋友之前，你們……

呃，她不是我的女朋友，他說。

可是你和她上床。

他把頭埋在手裡，海倫笑了起來。

之後，海倫決心要和梅黎安成爲朋友，彷彿是要證明什麼論點似的。在派對上碰見的時候，海倫總是特別走過去讚美她的頭髮和衣服，梅黎安則微微點頭，繼續對抹大拉洗衣坊報告[13]報告或丹尼斯·歐布萊恩[14]案發表深入高見。客觀來說，康諾覺得梅黎安的看法很有意思，但他也發現，她喜歡發表長篇大論，不愛輕鬆聊天的習慣，並不是每個人都覺得很迷人。有天晚上，在滔滔不絕討論以色列問題之後，海倫很惱火，回家的路上，她告訴康諾說，她覺得梅黎安這人很「自我陶醉」。

因爲她談太多政治問題？康諾說，這樣應該不算是「自我陶醉」吧。

海倫聳聳肩，但鼻子吸了一大口氣，顯然對他這樣解讀她的看法很不以爲然。她從唸高中的時候就這樣了，他說，但她並不是裝腔作勢，她是眞的對這些問題感興趣。

她眞的在乎以色列和談？

---

13 Magdalene Laundry Report，英國與愛爾蘭自十八世紀起即由教會設置「抹大拉機構」，收容「墮落」或無家可歸的女子，並由她們充當洗衣工，以支持機構營運。但因這些女子被視為需要「贖罪」的罪人，生活與工作環境極為惡劣，許多人遭折磨至死。二〇一一年，愛爾蘭政府成立調查委員會，並於二〇一三年發表調查報告，對受害人道歉，並進行補償。

14 Denis O'Brien，1958-，愛爾蘭商業鉅子，曾名列愛爾蘭第一富豪，被控於一九九五年行賄愛爾蘭交通部長，取得行動電話通訊事業的經營執照。

康諾有點意外，但只回答說：沒錯。兩人默默走了幾秒鐘之後，他又說：老實說，我也在乎，這個問題眞的很重要。海倫大聲嘆口氣。她這麼暴躁地嘆氣，他非常意外，不禁懷疑她究竟喝了多少酒。她雙手抱胸。我不是要說教，他繼續說，我們當然不可能靠著在某個派對上聊一聊，就拯救得了中東。我只是覺得梅黎安是眞的很關心這個問題。

你不覺得她這麼做，或許只是爲了贏得大家的注意？海倫說。

他蹙起眉頭，刻意裝出努力思索的模樣。梅黎安一點都不在乎別人怎麼看她，她對自己的看法極有自信，所以很難想像她會爲了吸引別人的注意而做這個，做那個。就康諾所知，她其實也並不那麼喜歡她自己，但在高中時期，不管別人是讚美是反對，她一點都不在意。

要我老實說？他說，應該不是。

她似乎很想引起你的注意。

康諾吞吞口水。他這才意識到海倫爲什麼發火，又爲什麼毫不遮掩她的惱怒。他並不認爲梅黎安特別注意他，雖然他開口的時候，她也確實都會認眞聽，這樣的禮貌，她有時候是吝嗇給予其他人的。他轉頭看一輛駛過的汽車。

我沒注意，最後他說。

讓他如釋重負的是，海倫放下這個話題，又開始批評梅黎安的言行舉止。

我們每次在派對上碰到她，她都和十個不同的傢伙調情，海倫說，她就是想得到男人的認同。

康諾慶幸自己不再是話題的中心，微笑說：是啊。她和以前唸高中的時候完全不一樣。

你的意思是，她以前沒這麼賤？海倫說。

康諾覺得自己突然陷入困境，很後悔自己竟然放下戒心，所以再次沉默不語。他知道海倫是個和善的人，但他忘了她的價值觀有時候非常老派。隔了一晌，他才不安地說：聽我說，她是我的朋友，好嗎？別這樣講她。海倫沒回答，但環抱胸口的手臂往上抬了抬。他不該提起這個話題的。事後他會納悶，他究竟是爲梅黎安辯護，還是爲自己辯護，因爲海倫暗暗指控他的性事，說他被污染了，說他有令人難以接受的欲望。

至此，雖未敞開來說，但可以得到的結論是，海倫和梅黎安對彼此都不太有好感。她們是很不一樣的人。康諾認爲，在他的種種面向裡，和海倫一致的面向，是他最好的一種：他顯得忠貞不二，基本上非常務實，同時也渴望被別人當成是好人。和海倫在一起，他不覺得羞愧，做愛的時候也不會胡言亂語；他不會一直覺得自己格格不入，好像永遠也沒有歸屬似的。梅黎安身上的野性一度影響了他，讓他以爲自己和她一樣，以爲他們都有同樣難以言喻的心靈創傷，無法眞正融入這個世界。但他從未有過像她那樣的創傷，只是她讓他以爲自己有罷了。

有天晚上他在學校等海倫，就站在畢業生紀念大樓外面。她從校園另一頭的體育館過來，兩人要一起搭公車回她家。他站在臺階上，看著手上的電話，背後的門打開來，一群穿著正式禮服和西裝的人走出來，談笑風生。走廊的燈光從他們背後灑下，把他們變成了一組剪影，所以他花了一秒鐘的功夫才認出梅黎安來。她身穿黑色長禮服，頭髮高高梳到頭頂上，讓光裸的脖子顯得更纖長。她看見他，露出熟悉的表情。哈囉，她說。他不認識和她在一起的那些人，猜想可能是演辯社或什麼社團的人。嗨，他說。他對她的感情，和他對其他人的感情怎麼可能一樣呢？但這感情有部分來自於他知道自己過去對她所擁有的影響力，那大到可怕的影響力甚至到現在都還存在，大到讓他無法想見有一天可能會消失。

就在這時，海倫來了。她喊他的時候，他才注意到她。她穿緊身褲和運動鞋，肩上掛著運動袋，在路燈下，前額汗光閃閃。他突然對她湧起一股愛意，有愛，也有同情，是近乎憐憫的愛。他知道自己屬於她。他們在一起是很正常，也很美好的關係。他們過的是恰當無比的生活。他接過她肩上的袋子，舉手向梅黎安道別。她沒揮手，只對他點點頭。好好的玩啊！海倫說，然後他們就一起去搭公車了。事後他爲梅黎安覺得悲哀，因爲她的人生裡從來沒有任何事情算得上眞正健全正常，也因爲他不得不轉身離開她。他知道這會讓她痛苦。從某個角度來說，他甚至爲自己感到悲哀。坐在公車上，他腦海裡還盤桓著她背光站在門口的畫面：她看起來那麼優雅精緻，那麼熠熠生輝，那麼令人望而生畏的一個人，還有她看著他時，那細微變化的表情。可是他沒辦法成爲她所希望的那個人。過了一晌，他才發現海倫在講話，他不再想著梅黎安，開始聽海倫說。

佩姬煮了義大利麵當晚餐，他們坐在花園的圓桌旁吃飯。天色是澄澈的藍綠色，鮮豔非常，像是加了氯的泳池水，一絲皺摺瑕疵都沒有，宛如整匹絲布繃在天空上。梅黎安從屋裡拿了瓶冰涼的氣泡酒出來，沁涼的水讓玻璃瓶滴水淋漓，如冒大汗。她要尼爾幫忙開酒。康諾覺得她這個決定非常明智。在這樣的場合，梅黎安手腕嫻熟，善於周旋，像是外交官夫人似的。康諾坐在她和佩姬之間。瓶塞噴到花園牆上，彈了回來，接著又不知飛到哪裡去。瓶口溢出白色的泡沫，尼爾忙把酒倒進伊蓮的杯子裡。酒杯大而淺，看起來像茶碟而非杯子。傑米倒扣他面前的空杯，說：我們難道沒有像樣的香檳杯嗎？

這就是香檳杯啊，佩姬說。

不，我指的是杯身長長的那種，傑米說。

你說的是笛形香檳杯，佩姬說，而這是碟形香檳杯。

海倫要是聽到他們的對話，肯定會大笑。想起她發笑的模樣，康諾不禁微笑。梅黎安說：這又不是什麼攸關生死的大事，對吧？佩姬斟滿她的杯子，把酒瓶遞給康諾。

我只是說，這不是喝香檳用的杯子，傑米說。

你這人也太沒教養了吧，佩姬說。

我沒教養？傑米說，我們拿裝醬汁的碗喝香檳耶。

尼爾和伊蓮開始笑，傑米以爲他們是因爲他的風趣而發笑，所以露出微笑。梅黎安用指尖輕拂眼皮，彷彿拍掉一粒塵埃或小石子。康諾把酒瓶遞給她，她伸手接下。

這是老式的香檳杯，梅黎安說。是我老爸的。如果你比較想用笛形杯，自己進屋去拿吧，水槽上方的櫃子裡就有。

傑米諷刺似的瞪大眼睛說：我不知道這對妳來說竟是這麼傷感的問題。梅黎安把酒瓶擺在桌子正中央，什麼話都沒說。康諾從沒在這種聊天的場合聽到梅黎安提起父親。圍坐桌旁的其他人似乎也都意識到了，儘管伊蓮很可能並不知道梅黎安父親已經過世。康諾很想抬眼看梅黎安，但他做不到。

麵很好吃，伊蓮說。

噢，佩姬說，口感有點硬，對不對？也許太硬了。

我覺得很好吃，梅黎安說。

康諾喝了一大口酒，那氣泡在他嘴巴裡冰涼涼的，但馬上就像空氣般消失無蹤。傑米提起他朋友的趣事，那人今年夏天在高盛實習。康諾喝完酒，梅黎安不動聲色地又幫他斟滿。謝謝，他輕聲說。她的手停了一晌，彷彿想要碰他，但並沒有。她什麼也沒說。

獎學金名單公布之後的隔天早上，他和梅黎安一起去參加宣誓典禮。她前一天晚上出去慶祝，看起來還宿醉未醒，這讓他很開心，因爲典禮非常正式，他們必須穿上長袍，唸拉丁文誓詞。之後，他們一起到學校附近的咖啡館吃早餐。他們坐在戶外，靠街邊的餐桌，走來走去的行人手拿報紙或購物袋，大聲講電話。梅黎安喝了一杯黑咖啡，點了一個可頌，但沒吃完。康諾吃了一大份火腿乳酪蛋卷，配兩片塗了奶油的吐司，還有一杯奶茶。

梅黎安說她很擔心佩姬，因爲他們三個人裡，只有她一個沒拿到獎學金。她說佩姬會很難過。康諾深吸一口氣，什麼也沒說。佩姬不需要學費補助，也不需要免費住宿，因爲她家就在都柏林的布雷洛克，爸媽都是醫生，但梅黎安重視的是獎學金對個人情緒的影響，而不是實質的經濟效益。

反正，我很替你高興，梅黎安說。

我也替妳高興。

但你比我更有資格得到獎學金。

他抬頭看她，用餐巾抹抹嘴巴。妳指的是錢的問題？他說。

噢，她回答說，我的意思是，你是比我更優秀的學生。

她很不滿意地盯著她的可頌看。他看著她。

當然也和經濟情況有關啦，她說，他們竟然沒調查申請人的經濟狀況，實在很荒謬。

我想我們的背景大不相同，我們的階級也是。

我沒想過這個問題，她說。但馬上又補上一句：對不起，提到這個問題真是太過分了，我應該多動動腦筋的。

妳沒把我當成是妳的勞工階級朋友？

她露出了一個近似鬼臉的微笑，說：我當然知道，我們之所以認識，是因為你媽媽在我家工作。而我也不認為我媽是個好僱主，我不認為她給了蘿芮合理的待遇。

不對，她給蘿芮的待遇好的不得了。

他用刀子切下一小塊蛋卷。他不喜歡蛋煎得這麼老。

我很意外，我們以前竟然沒談過這件事，她說。我想你有百分之一百的理由怨恨我。

不，我一點都不怨恨妳。我為什麼要？

他放下刀叉，看著她。她臉上有微微擔憂的表情。

我只是覺得這一切很詭異而已，他說，打黑領帶、唸拉丁文誓詞，實在是太怪了。妳知道，昨天的晚宴，那些幫我們服務的人，他們也是學生。他們必須打工才能唸得起大學，而我們卻坐在那裡，吃他們送到我們面前的免費大餐。這不是很可怕嗎？

當然很可怕啦。所謂的「菁英主義」是很邪惡的概念，你知道我是這麼想的。但我們能怎麼辦呢，退回獎學金的錢？我看不出來這麼做有什麼作用。

嗯，爲不做什麼找理由，向來很容易。

你知道你自己也不會這麼做的，所以休想讓我有罪惡感，她說。

他們繼續吃早餐，彷彿兩人只是在表演一場辯論。因爲正反論點同樣有說服力，所以他們隨機挑選一方，只是爲了這樣才可以進行辯論。一隻大海鷗停在附近路燈的燈座上，渾身羽毛潔淨無比，看起來非常柔軟。

你必須先想清楚，你心目中理想的社會應該是什麼樣子，梅黎安說。如果你認爲每一個人都應該可以上大學，拿英文學位，那你就不該爲自己這麼做而覺得有罪惡感，因爲你有百分之百的權利這麼做。

這對妳來說沒問題，妳對任何事情都沒有罪惡感。

她開始翻著皮包，不知道在找什麼。她順口說：你是這麼看我的？

也不是，他說。但是梅黎安對什麼事情有多少的罪惡感，他也不肯定，所以又補上一句：我不知道。我早就知道來上三一學院就會這樣，只是拿到獎學金之後，我心裡就想，天哪，高中那些傢伙會怎麼說？

梅黎安沉默了一秒鐘。他隱隱覺得自己沒把意思說清楚，但也不知道該怎麼說才對。老實講，她說，你總是太擔心高中那些人會怎麼想。他想起當時那些同學是怎麼對她的，而他自己又是怎麼對她的，心情頓時黯然。他並不希望兩人的交談落到這個結局，但他微笑說：哎呀。她也對他微笑，端起咖啡。就在這一瞬間，他心想：就像高中時代，他們的關係由他掌控一樣，如今他們的關係，也由她一手掌控。但她比他更寬宏大量，他想。她是個比他更好的人。

傑米講完他的故事之後，梅黎安又走進屋裡，拿了一瓶氣泡酒和一瓶紅酒回來。尼爾開始拆開氣泡酒瓶蓋的鐵絲，梅黎安把葡萄酒開酒器交給康諾。佩姬忙著收盤子，康諾撕下瓶子頂端的錫箔紙，看見傑米傾身不知道對梅黎安講了什麼。他把開酒器戳進瓶塞，往下轉。佩姬收走他的盤子，和其他盤子疊在一起。他把開酒器的雙臂往上一抬，瓶塞就發出像親吻似的啵一聲，從瓶口拔了起來。

天空變成更冰涼的藍色，地平線邊緣有幾朵銀色的雲。康諾覺得自己臉頰發熱，懷疑是不是曬傷了。他有時喜歡想像梅黎安年紀漸長，有兒女時的模樣。他想像他們一起待在義大利，她做沙拉或什麼的，對著康諾埋怨她先生。她會嫁個年紀稍長的先生，很可能是個知識分子，但她覺得他很沉悶。我爲什麼沒嫁給你呢？她會這麼說。在這個夢裡，他清清楚楚看見梅黎安，看見她的臉，知道她當了好幾年的記者，或許住在黎巴嫩。他倒是沒看清楚自己的模樣，也不知道自己是幹什麼的。但他知道自己會怎麼回答她。因爲錢啊，他會說。她會哈哈大笑，忙著拌沙拉，頭抬也不抬。

他們坐在餐桌旁討論去威尼斯的事：他們應該搭哪一班火車，有哪幾家美術館值得參觀。梅黎安告訴康諾，說他肯定會喜歡古根漢美術館，康諾喜歡她對他講話，喜歡被她當成現代藝術的喜好者。

我不知道我們幹嘛大老遠跑去威尼斯，傑米說。那裡到處都是忙著拍照的亞洲人。

但願上帝別讓你碰見個亞洲人，尼爾說。

餐桌一片沉寂。傑米說：什麼？從他的語氣和遲緩反應看來，他顯然是喝醉了。

你剛才提到亞洲人，這是一種歧視，尼爾說，我一點都沒有誇大其詞。

噢，所以這張桌子上的每一個亞洲人都被得罪了，是吧？傑米說。

梅黎安突然站起來，說：我去拿甜點。

她表現得這麼沒骨氣，康諾很失望，但也沒說什麼。佩姬跟著梅黎安走進屋裡，留在餐桌旁的人都靜默不語。一隻大飛蛾在漆黑的夜色裡兜著圈子飛轉，傑米拿起餐巾打牠。一兩分鐘之後，梅黎安和佩姬從廚房端來甜點：一個大玻璃缽裝滿對半切的草莓，一疊白色磁盤和小銀匙，還有兩瓶酒。盤子傳下去，大家各自裝了水果。

她一整個下午都在切這該死的東西，佩姬說。

妳對我們太好了，伊蓮說。

鮮奶油呢？傑米說。

在屋裡，梅黎安說。

妳幹嘛不拿出來？傑米說。

梅黎安冷漠地把椅子往後一推，起身走進屋裡。這時天色差不多已經全黑，傑米的目光掃過餐桌一圈，想知道有誰在看他，認同他的確有權利要求鮮奶油，或覺得梅黎安對這個單純的要求反應過度。結果，大家都迴避他的目光，他大聲嘆口氣，用力推開椅子，跟著她走進屋裡。椅子砰一聲地倒在草地上。他從側門走進廚房，門在他背後用力摔上。這幢房子有另一扇後門，通向花園的另一側，也就是長著樹的那個區域。從這裡望去，有牆擋住，所以只能看見樹梢。

康諾把注意力轉回餐桌時，尼爾正盯著他看。他不知道尼爾的眼神是什麼意思。他瞇起眼睛，讓尼爾知道他的困惑。尼爾意味深長地瞥了屋子一眼，然後又把視線轉回到他身上。康諾轉頭看著右肩後方。廚房亮著燈，從通向花園的門流洩出黃色的光線。他只能斜瞥見一角，所以看不見裡面的情景。伊蓮和佩姬忙著讚美草莓有多好吃。她們講完之後，康諾聽見屋裡傳來高亢的嗓音，幾乎是尖聲嘶吼。所有的人都僵住了。他站起來，往屋子走去，覺得血壓急遽降低。他已經喝掉一整瓶酒，說不定還不止。

走到廚房門口時，他看見傑米和梅黎安站在流理臺旁，正在吵架。他們一時沒看見玻璃門外的康諾。他手握在門把上，怔了一下。梅黎安滿臉通紅，可能是因為曬太多太陽，也可能是因為生氣。傑米搖搖晃晃地往香檳杯裡斟紅酒。康諾轉動門把，走了進去。還好嗎？他說。他倆同時轉頭看他，不再開口。他發現梅黎安在發抖，彷彿很冷。傑米諷刺地朝康諾的方向舉了舉杯子，酒濺出杯緣，潑在地板上。

放下，梅黎安平靜地說。

不好意思，妳說什麼？傑米說。

把杯子放下，拜託，梅黎安說。

傑米微笑，兀自點頭。妳要我放下杯子？他說。好，好，看著，我放下啦。

他把杯子丟到地上，砸個粉碎。梅黎安放聲尖叫，從喉嚨深處發出的，如假包換的尖叫。然後衝向傑米，掄起右臂，彷彿要打他。康諾忙走到兩人之間，玻璃碎片在他鞋子底下喀啦喀啦響。他抓住梅黎安的上臂。站在他背後的傑米哈哈大笑，梅黎安想甩開康諾。她渾身發抖，臉色慘白，彷彿剛哭過。過來，他說，梅黎安，過來。她看著他。他想起她唸高中的時候對每個人都很刻薄，很頑固。他當時就瞭解她了。他們看著彼此，她的逞強固執突然消失了，像挨了一槍似的，整個人癱軟下來。

妳真是他媽的神經病，妳是，傑米說，妳需要看醫生。

康諾把梅黎安的身體扳過來，帶她走向後門。她沒有抵抗。

你們要去哪裡？傑米說。

康諾沒回答。他打開門，梅黎安一聲不吭地走出去。他把門在背後關上。花園的這個區域很暗，只有斑駁的窗戶透出絲絲光線。樹上的櫻桃微微閃著亮光。他們聽見牆那邊傳來佩姬的聲音。他和梅黎安一起走下臺階，什麼話也沒說。背後廚房的燈光熄滅了。他們聽見傑米在牆的另一邊，和其他人在一起。梅黎安用手背抹著鼻子。一顆顆櫻桃垂掛在他們周圍，宛如一顆顆發光的星球。空氣裡有著微香，沁綠如葉綠素。歐陸各地都賣葉綠素口香糖，康諾發現。頭頂上的天空宛如一匹藍色絲絨，星星閃爍，但沒有光。他們併肩穿過一排樹，遠離房子，然後停下腳步。

梅黎安倚著一株細細的銀白樹幹，康諾攬她入懷。她好纖細，他想。她以前就這麼瘦嗎？她的臉貼在他僅有的這件乾淨T恤上。她身上還是下午那件白洋裝，但披上了金色繡花披肩。他緊緊摟著她，調整了一下身體，配合她的姿勢，就像可以提供身體最佳支撐力的那種床墊。她在他懷裡鬆軟下來，心情似乎更平靜了。他們的呼吸節奏漸漸變得齊一。廚房的燈光亮了一下，然後又熄了，交談聲響起，又遠去。康諾對自己此刻的作爲很篤定，但這是沒來由的篤定，彷彿只是茫然執行記憶裡的某項任務。他的手指摸著梅黎安的頭髮，靜靜揉著她的頸背。他不知道自己這樣做了多久。她用手腕揉揉眼睛。

康諾放開她。她從口袋裡掏出一包菸和火柴，遞給他一根，他接下。她劃亮火柴，一道火光在黑暗裡照亮她的臉。她皮膚看起來很乾，很紅，眼睛浮腫。她抽了一口菸，菸紙在火花裡發出嘶嘶的聲音。他也點了菸，把火柴丟在草地上，用腳踩熄。他們默默抽菸。他離開樹邊，走進花園深處，但那裡很暗，什麼也看不清楚。他走回樹下，站在梅黎安身邊，心不在焉地扯下一片光亮如蠟的寬闊樹葉。她嘴唇叼著菸，雙手攏起頭髮，扭成結，用手腕上的鬆緊帶綁緊。他倆終於抽完菸，把菸蒂丟在草地上，用腳踩熄。

我今天晚上可以睡你房間嗎？她說。我可以睡地板。

床很大，他說，別擔心。

回到屋裡的時候，燈都熄了。在康諾房間裡，他們脫下衣服，只穿內衣。梅黎安穿著白色棉布胸罩，讓她的胸部看起來很小，像個三角形。他們併肩躺在被子裡。他知道只要他想要，就可以和她做愛。她不會告訴其他人。這讓他感到異常安慰，也任由自己的思緒奔騰，想像那個場景。嘿，他可以悄悄說，仰躺過來，好嗎？她會乖乖仰躺。人與人之間本來就有許多祕密發生的事。但如果讓這樣的事情發生，他會變成哪種人？完全不同的人？也或許他還是原來的他，沒有一絲一毫的不同。

過了一會兒，他聽見她說了句話，但沒聽清楚。我沒聽見，他說。

我不知道我是有什麼毛病，梅黎安說，我不知道我爲什麼就不能像正常人一樣。她的聲音聽起來異常冷淡遙遠，彷彿是她講話的錄音，在她離開或啓程前往某地之後才開始播放。

怎麼說？他說。

我不知道我爲什麼沒辦法讓別人愛我，我想一定是我出生的時候就有了毛病。

很多人愛妳，梅黎安，好嗎？妳的家人和朋友都愛妳。

她沉默了幾秒鐘，然後說：你不瞭解我的家人。

他根本沒注意到自己用了「家人」這兩個字，他只是找了個聽起來安心，但又沒什麼特別意義的詞彙來用罷了。此時他不知如何是好。

她用那同樣沒有高低起伏的聲音繼續說：他們恨我。

他坐起來，想把她看得更清楚一點。我知道妳和他們吵架，但這並不表示他們恨妳啊。

上次回家的時候，我哥說我應該去自殺。

康諾不由自主地坐直起來，拉開被子，彷彿要起床似的。他的舌頭在嘴巴裡游移。
他幹嘛那樣說？他說。
我不知道。他說如果我死了，也沒有人會想念我，因爲我沒朋友。
他對妳講這種話，妳沒告訴妳媽媽？
她也在場啊，梅黎安說。
康諾張開下顎，脖子的脈搏猛烈抽動。他試著想像那個場景，薛里頓一家人在家裡，亞倫不知爲什麼叫梅黎安去自殺，但很難想像有哪一家人的互動會像她形容的那樣。
她怎麼說？他說，她當時有什麼反應？
我想她只說，噢，別鼓勵她。
康諾緩緩用鼻子吸了一口氣，然後從雙唇之間呼出來。
究竟是怎麼引起的呢？他說。譬如，你們是怎麼開始吵架的？
他感覺到梅黎安的臉色變了，也許是更加嚴肅，但他說不上來究竟是什麼。
你認爲我是自做自受，她說。
不，我沒這麼說。根本沒有。

我有時候覺得我一定是自做自受，否則怎麼解釋這一切究竟是爲什麼。但是，他心情不好的時候，就會跟在我後面，在屋裡轉來轉去。我一點辦法都沒有。他會直接闖進我的房間，不管我是在睡覺還是做什麼。

康諾的掌心在床單上抹了抹。

他打過妳嗎？他說。

有時候。我不住家裡之後就少了。老實說，我也不太在意。心理學之類的東西想了就讓人沮喪。我不知道該怎麼解釋，我知道這聽起來……

他手貼著額頭，皮膚感覺濕濕的。她沒把話說完，沒解釋這聽起來怎麼樣。

妳以前爲什麼不告訴我？他說。她默不作聲。光線昏暗，但他看得見她睜著眼睛。梅黎安，他說。我們在一起的時候，妳爲什麼不告訴我？

我不知道。我猜是因爲我不想讓你以爲我是受了傷害壞掉還是怎麼了。我八成是怕你會不要我。

他把臉埋在手裡。他手指冰涼，緊緊壓住眼皮，眼睛裡有淚。他手指壓得越緊，淚就滲流得越快，讓他的皮膚濕成一片。天哪，他說。他聲音嘶啞，於是清清嗓子。過來，他說。她挨近他。他覺得非常羞愧，也很不解。他們就這樣面對面躺著，他雙臂環抱她。他在她耳邊說：對不起。她緊緊抱著他，手臂環在他身上，他親吻她的額頭。但他向來都覺得她是受了傷害，向來都這樣想。他愧疚得緊緊閉上眼睛。他們臉龐發熱，潮濕。他想起她說的：我怕你會不要我。她的嘴巴靠他如此之近，她呼出的氣息讓他嘴唇濕濕的。她轉動身體，緊貼著他，他伸手撫摸她的胸部，再過幾秒鐘，他就會再次進到她裡面，這時她說：不，我們不應該這麼做。她抽身離開，就這樣。在萬籟俱寂中，他聽見自己呼吸的聲音，他那可悲的喘息聲。他一直等到呼吸平順下來，希望開口時聲音已經恢復正常。真的很對不起，他說。她捏捏他的手。這是個非常悲哀的動作。他簡直不敢相信自己做了這麼蠢的事。對不起，他又說。但梅黎安已經轉身背對他了。

五個月後（二〇一三年十二月）

她坐在語文大樓的大廳裡查看電子郵件。她甚至連大衣都沒脫，因爲她馬上就要離開。早餐擺在桌上，是她剛才在對街超市買的：一杯加棕糖的黑咖啡，一個檸檬酥皮卷。她每天都吃同樣的早餐。近來她開始放慢吃早餐的速度，讓塞滿一嘴的糖霜裹在她的牙齒上。她吃得越慢，就對食物的內容思考得越多，然後也就越不餓。她會一直撐到晚上八、九點才再進食。

她有兩封郵件，一封是康諾寄的，一封來自喬安娜。她把滑鼠在兩封信之間來回滑動，最後選了喬安娜的信。

和平常一樣，這裡沒什麼新鮮事。我近來習慣夜裡待在家，看一部有關美國內戰的紀錄片，總共有九集。下回我們在Skype上聊天的時候，我就可以告訴妳很多位內戰時期將軍的故事。妳還好嗎？盧卡斯好嗎？他拍了照片沒，還是今天才要拍？我想問的是……拍好之後可以給我看嗎？或者那是十八禁的照片？等妳回音喔。XX

梅黎安拿起檸檬卷，咬下一大口，慢慢嚼，讓糖霜在舌頭上慢慢融化。她嚼一嚼，吞下去，然後拿起咖啡，灌了一大口。她放下杯子，打開康諾的郵件。

我不太明白妳最後一句話的意思。妳指的是因爲我們分隔兩地，還是因爲我們眞的變得和以前不一樣了？我覺得我現在確實和以前不太一樣，但也許並沒有差那麼多，我不知道。我去看了妳朋友盧卡斯的臉書，他確實就是妳所說的那種「北歐人長相」。可惜這次瑞典沒能進世界盃足球賽，所以妳要是眞交了個瑞典男朋友，那我就得另外想辦法找話題和他聊了。我並不是說這個叫盧卡斯的傢伙會成爲妳的男朋友，或者眞的成了妳的男朋友之後會想和我聊足球，我只是提出這個可能性而已。我知道妳以前說過，喜歡高大英俊的男生，既然這個盧卡斯高大又英俊（海倫看過他的照片，也同意我的看法）又有何不可呢？不過話說回來，我不是要逼問男朋友的事，只是要提醒妳，得先確定他不是什麼變態。妳這方面的雷達向來不太靈。

我們昨天晚上搭計程車穿過城郊的鳳凰公園，看見好多鹿。鹿是很奇怪的動物。在黑夜裡，宛如某種鬼魅，眼睛反射車頭燈，閃現著橄欖綠或銀色的光芒，很像特效。牠們停下來看我們的計程車，好一晌才走開。看起來這麼聰明的動物，竟然會愣住，讓我覺得很詭異，但這或許是因爲我覺得牠們愣住是在沉思。不過我得說，鹿眞的很優雅。如果我們是動物，肯定遠遠比不上鹿。牠們有張沉思的臉，還有曲線美好皮毛光滑的身軀。可是牠們也隨時會受驚，完全無法預測。剛看到鹿的時候，我並沒有想起妳，但後來我卻覺得鹿和妳很像。我希望妳不要覺得我這樣說太無禮，竟然把妳和鹿相提並論。我本來該談談搭車穿過鳳凰公園之前的派對，但老實說，那聚會眞的很沉悶，遠遠不如鹿有趣。參加的人妳都不太熟。妳上一封信寫得眞好，謝謝妳。希望很快能再聽到妳的消息。

梅黎安看看螢幕右上角的時間：09:49。她滑回喬安娜的信，開始回信。

他今天會拍照，我正要趕去和他會合。拍完之後，我當然會傳給你看。**而且**，我期待妳對每一張照片的評論。妳對美國內戰有進一步的認識，我很替妳高興。我在這裡只學會說「謝謝」（nej tack），「眞的，不要」（verkligen, nej）。再聊 XXX

梅黎安闔起筆電，又咬了兩口檸檬卷，把剩下的用原來的玻璃紙包起來。她把筆電塞進包包裡，拉下軟軟的貝雷帽蓋住耳朵，把檸檬卷丟進附近的垃圾桶。

外面還在下雪。戶外世界看來像是頻道沒調準的老舊電視螢幕。雪花的視覺干擾把景物切割成柔和的碎片。梅黎安雙手深深插進口袋。片片雪花落在她臉上，然後融化掉了。一片冰冷的雪飄到她上唇，她伸出舌頭舔。天氣好冷，她低著頭走向盧卡斯的工作室。盧卡斯的頭髮是非常亮的金色，所以一根根個別看來像是白色的。她有時候會在自己的衣服上找到幾根他的頭髮，比線還細的髮絲。他一身黑：黑襯衫，黑色連帽拉鍊外套，黑色厚膠底靴。他是個藝術家。第一次見面時，梅黎安告訴他說，她是個作家。那是騙他的。現在她不再和他談這個話題。

盧卡斯住在車站附近。她手伸出口袋，搓一搓，按下門鈴。他用英文問：哪位？

我是梅黎安，她說。

噢，妳來早了。盧卡斯說。快進來吧。

他為什麼說「妳來早了」？梅黎安爬上樓梯的時候想。對講機聲音不清楚，但他講這句話的時候似乎是在微笑。他的意思是她這麼迫不及待嗎？但她才不在乎自己是不是顯得迫不及待，因為她心裡並沒有藏著任何迫不及待的渴望。她可以在這裡爬樓梯到盧卡斯的工作室，也可以在學校圖書館，甚至在宿舍裡給自己沖咖啡。她有這樣的感覺已經好幾個星期了，彷彿在一層保護膜裡走動，或像水星那樣飄浮在宇宙裡。外在世界可以碰觸到她的外層皮膚，但碰觸不到她內在的其他部分。所以不管盧卡斯為什麼說「妳來早了」，她都覺得無關緊要。

盧卡斯正在樓上準備，梅黎安摘下帽子，抖一抖。盧卡斯抬頭看一眼，又低頭弄他的三腳架。妳適應天氣了嗎？他說。她把帽子掛在門後，聳聳肩，然後開始脫大衣。我們瑞典有句俗話，他說，比壞天氣更糟糕的是壞品味的衣服。

梅黎安把大衣掛在帽子旁邊。我的衣服有什麼問題嗎？她不慍不火地問。

這只是個表達方式而已，盧卡斯說。

說眞的，她實在看不出來他是不是在批評她的衣著。她穿的是件灰色小羊毛毛衣，黑色厚裙，搭一雙及膝靴。盧卡斯對梅黎安很沒禮貌，顯得孩子氣。她來的時候，他從沒給她倒杯咖啡或茶，甚至連杯水都沒有。總是一見面就忙著告訴她，從他們上次見面以來，他看了什麼書，或做了什麼事。他似乎也不期待她的回答，有時候她的反應還會讓他困惑迷茫，歸咎於自己英文不夠好。事實上他的理解力非常好。不過，今天不太一樣。她脫掉靴子，擺在門邊。

工作室牆角擺了張床墊，盧卡斯就睡在那裡。屋裡的窗戶非常高，幾乎是落地窗，裝有百葉窗和薄窗簾。房間裡散落著好多毫無關聯的東西：幾棵大盆栽，好幾疊地圖集，一只腳踏車輪胎。這些東西起初讓梅黎安印象深刻，但後來盧卡斯解釋說，這是爲了這次拍照特地蒐集來的，就讓梅黎安覺得太刻意了。任何東西對你來說都是一種效果，梅黎安有一回告訴他。他把這當成是對他作品的讚美。他確實擁有完美無瑕的品味，不管是繪畫、電影、小說或電視節目，任何再細微的美學瑕疵，他都挑得出來。有時候梅黎安提起最近剛看的某部電影，他就揮著手說：我看不下去。她知道，盧卡斯的敏銳洞察力讓他無法成爲好人。他想辦法培養精敏的藝術敏感度，但對是非對錯毫不在意。這個可能讓梅黎安更加不安的事實，也讓藝術突然變得毫無意義。

她和盧卡斯這麼做已經好幾個星期了。盧卡斯稱之爲「遊戲」。和所有的遊戲一樣，這也是有規則的。在遊戲進行期間，梅黎安不可以開口講話或有任何眼神接觸。如果違反規則，她就要接受懲罰。這遊戲並不是在性行爲結束之後就告終，而是必須等到她去淋浴間沖澡時才算結束。有時候在性行爲結束之後，盧卡斯還要拖上很久才放她去洗澡。在這段時間裡，他就只是一直講話，說她有多壞。梅黎安究竟喜不喜歡聽這些話，其實很難判斷；她很渴望要聽，只是她現在已經知道，她在某種程度上渴望著自己並不喜歡的事物。那種滿足感薄弱且難受，來得非常之快，消失之後只讓她覺得噁心顫抖。妳一文不值，盧卡斯喜歡這麼對她說。妳很沒用。她覺得自己空無一物，必須找東西來填滿。她並不喜歡這樣的感覺，可是這感覺卻又讓她得到某種解脫。接著，她去淋浴，遊戲也就結束了。她體會到深沉的沮喪，深到反而讓她覺得平靜。他叫她吃任何東西，她都會吃，她覺得身體彷彿已經不是她的身體，而只是一團垃圾。

打從來到瑞典，特別是在這個遊戲開始之後，在她眼裡，其他人都像是色紙剪成的人形，一點都不眞實。偶爾有人和她四目交接，比方公車車掌或想換零錢的人，梅黎安會突然心一驚，意識到這竟然是她眞實的生活，其他人竟然眞的可以看見她。這個感覺會讓她湧起某些渴望：饑餓口渴，渴望開口講瑞典文，身體想要游泳或跳舞。但這些渴望總是迅速消退。身在瑞典南部的隆德，她從來沒眞正感覺到過肚子餓，儘管她每天早上拿個依雲礦泉水的塑膠瓶裝滿水，但到了晚上，大部分的水又倒進水槽裡了。

她坐在床墊邊角，盧卡斯把燈光開開關關，調整相機。我還不知道這燈光要怎麼打才對，他說。也許我們可以先這樣拍，然後再那樣拍。梅黎安聳聳肩。她不知道他講的這些有什麼重要。因爲他的朋友都講瑞典文，所以她很難猜出盧卡斯有多受歡迎，或多受重視。大家常在他的工作室裡混，不時搬很多藝術設備上下樓梯，但他們是他作品的粉絲，或只是感激他的關照？又或者，他們只是利用他家的地利之便，其實在背後偷偷取笑他？

好了，我想我們可以開始了，盧卡斯說。

你要我……

也許先脫毛衣就好。

梅黎安從頭上拉掉毛衣，擺在腿上，摺好，放到一旁。她上身只有一件刺繡小花的黑色胸罩。盧卡斯開始擺弄他的相機。

她現在不太常聽到其他人的消息。佩姬、蘇菲、泰瑞莎，那群朋友。他們兩人分手，傑米很不高興，也告訴大家說他很不高興，所以大家都同情他。情況開始轉而對梅黎安不利，這是她在離開都柏林之前就發現的了。剛開始的時候很尷尬，大家只要在屋裡碰見她，就轉開視線，或者一看見她走進來，交談就戛然而止。她察覺到自己在社交場合失去了立足之地，大家不再羨慕或嫉妒她，以前的這一切轉瞬之間就已離她遠去。但後來她覺得這其實也不難適應。男人向來想掌控她心裡的某一個部分，他們渴求掌控的這種欲望，有時感覺起來會像是一種吸引力，甚至像是愛。高中的時候，男生想利用惡毒刻薄的態度來擊垮她，在大學裡，男生則是利用性和人氣，作法雖不同，但目的都是要馴服她個性裡的某種強韌力量。想到人心這麼容易看穿，她就覺得很沒意思。無論他們是尊敬她還是看輕她，到頭來都沒什麼不同。難道她人生的每一個階段最後都要落入相同的處境，就是一而再，再而三，永不休止地爭奪主宰權嗎？

有佩姬在身邊，情況更難處理。**我是妳最要好的朋友**，有段時間佩姬不停重覆這句話，而且語氣一次比一次怪異。梅黎安放任情勢不管，這態度讓她很難接受。

妳知道大家都在議論妳，有天晚上梅黎安正在打包行李的時候，佩姬說。梅黎安不知道該怎麼回答。沉吟一晌之後，她認眞地說：我想，我關心的事情和妳並不見得一樣，但是我很關心妳。佩姬狂亂揮舞雙手，繞著茶几走了兩圈。

我是妳最要好的朋友，她說，我能怎麼辦？

我不知道妳這句話是什麼意思。

我的意思是，妳看看妳害我陷入什麼處境了？因爲老實說，我不想選邊站。

梅黎安皺起眉頭，把梳子收進行李箱的外口袋，拉起拉鍊。

妳的意思是，妳不想站在我這一邊，她說。

佩姬看著她，因爲繞著茶几走而有點喘。梅黎安靜靜跪在她的行李箱旁。

我不知道妳是不是眞的理解別人的感受，佩姬說，大家對這件事都覺得很不好受。

對我和傑米分手的事？

對這一整場風波。大家眞的很難過。

佩姬看著她，等待她的回答。最後梅黎安說：好吧。佩姬一手搓搓臉說：妳收行李，我不吵妳了。但走到門口時，她又補上一句：妳應該考慮去看心理醫師什麼的。

梅黎安不明白她這個建議是什麼意思。我應該去看心理醫師，就因爲我**不**難過？

她想。但這句話始終揮之不去，因爲坦白說，她這輩子已經聽過很多人說過同樣的話：她心理有問題，需要協助。

喬安娜是唯一和她保持聯繫的朋友。晚上，她們透過Skype通話，聊功課，看過的電影，或喬安娜爲了撰寫報告正在研讀的專論。在螢幕上，她的臉襯在臥房的米白色牆面上，老是顯得有點暗。她不再化妝，有時連頭髮都不梳。她現在有個女朋友，叫艾芙琳，是主修國際和平研究的研究生。梅黎安有一回問喬安娜常不常看見佩姬，喬安娜瞬間皺起臉，雖然只有不到一秒鐘的時間，但已足以讓梅黎安看見。沒，喬安娜說。我沒再和那些人見面。他們知道我是站在妳這邊的。

對不起，梅黎安說。我不希望妳因爲我而和任何人絕交。

喬安娜臉上又浮現了異樣的表情，但不像之前那麼明顯，不知道是因爲燈光太昏暗，螢幕畫素不夠，還是她心緒矛盾的緣故。

這個嘛，反正我本來就不算是他們眞正的朋友，喬安娜說。他們比較像是妳的朋友。

我以爲我們大家都是朋友。

我只和妳一個人好。老實說，我不覺得傑米和佩姬是什麼好人。如果妳想和他們做朋友，也不關我的事，這只是我的看法而已。

不，我同意妳的看法，梅黎安說。我想我只是有點不知道該怎麼辦，因爲他們表現得很喜歡我的樣子。

是啊，我想妳心裡其實很淸楚，他們有多可惡。可是這對我來說比較容易，因爲他們沒那麼喜歡我。

她倆的對話變得這麼就事論事，讓梅黎安很意外。雖然喬安娜的口氣還是很親近，但梅黎安覺得自己彷彿被責備了。沒錯，佩姬和傑米並不是很好的人，甚至可以說很惡劣，老是以欺負別人爲樂。她覺得很哀痛，自己竟然上了他們的當，竟然以爲她和他們有共同點，甚至還參與了他們以友誼作爲僞裝的交易市場。唸高中的時候，她一心相信自己已經跳脫了這種社會資本的赤裸裸交易，但大學生活卻明明白白指出，要是高中時代有人肯和她講話，她也會表現得像任何人一樣惡劣。她並不比任何人高尙。

妳可以轉頭看窗戶嗎？盧卡斯說。

沒問題。

梅黎安在床墊上轉個方向，腿縮到胸前。

妳可以挪動一下，比方……腳放下來一點？盧卡斯說。

梅黎安雙腿在身前交疊。盧卡斯忙把腳架往前推，重新調整角度。梅黎安想起康諾在信裡把她比擬成鹿。她喜歡他描述鹿有張深思的臉和光滑的身軀。她到瑞典之後瘦了七磅。她比以前更瘦，光滑無比。

她決定今年不回家過聖誕節。她想過很多擺脫「家庭處境」的辦法。夜裡躺在床上，她想像自己和媽媽、哥哥完全脫離關係的情景，和他們的關係沒變好也沒變壞，純粹就只是不再和他們的生活有任何牽扯。她大半個童年和青春期，都耗費心力在規劃周詳的計畫，讓自己得以從家庭衝突裡脫身：一語不發，面無表情，動也不動，默默走出客廳，回自己臥房，悄悄關上房門。把自己鎖在洗手間裡。在外面一待幾個鐘頭，一個人坐在學校停車場不回家。但這些作法都無效。事實上，非但無效，往往還會成爲導火線，大大增加了她被處罰的可能性。家族團聚的聖誕節向來是最易引發他們彼此針鋒相對的場合，但她知道，企圖躲開聖誕節不回家，必定會讓她在家庭帳本裡被記上一筆，當成是她大逆不道的又一例證。

想到聖誕節，她就想起卡瑞克雷，大街上吊滿燈飾，凱勒赫酒館的窗戶有個發亮的塑膠聖誕老人，伸著僵直的手臂不停揮手。市區的藥妝店掛著亮片做成的雪花，肉鋪的門開開關關，角落裡響起此起彼落的叫喊聲。夜裡，教堂停車場人氣蒸騰如迷霧。福克斯菲爾德社區的夜晚，房舍靜寂如沉睡的貓，窗戶裡燈光閃耀。康諾家客廳裡的聖誕樹掛滿飾品，逼得傢俱只能擠到一旁，讓出空間來。屋裡總是有著高亢興奮的笑聲。他說不能見到她，覺得很難過。妳不在身邊，一切都變得不一樣了，他在信裡寫道。她覺得自己好蠢，很想哭。如今她的生活枯燥乏味，不再有絲毫的美感。

我想，把這個脫掉好了，盧卡斯說。

他指著她的胸罩。她伸手到背後，解開背扣，把肩帶褪下肩頭，丟到相機拍不到的地方。盧卡斯拍了幾張照片，壓低腳架上的相機，往前移幾公分，然後繼續拍。梅黎安瞪著窗戶。相機快門的喀嚓聲終於停止了，她轉頭。盧卡斯拉開桌子下方的抽屜，拿出厚厚一卷黑色緞帶，是某種粗棉布或麻布纖維的材質。

這是什麼？梅黎安問。

妳知道這是什麼。

別又來了。

盧卡斯站在那裡拉開緞帶，一臉漠然。梅黎安開始覺得骨頭沉重非常，這是很熟悉的感覺。重得讓她幾乎無法動彈。她默默把手往前伸，雙腕併攏在一起。很好，他說。他蹲下來，把布緊緊纏起。她手腕非常細，但因爲緞帶綁得很緊，所以還是有一小團肌肉凸了出來。她覺得這看起來好醜，本能地轉頭不看，目光又飄向窗戶。非常好，他走回相機後面說。快門喀嚓。她閉上眼睛，但他叫她睜開。她累了，身體內部似乎越來越重，越來越往下沉，沉向地板，沉向地心。等她抬起頭來，發現盧卡斯又打開另一卷緞帶。

不，她說。

別讓妳自己更難受。

我不想這樣。

我知道，他說。

他又蹲下來。她頭往後仰，不想讓他碰，但他馬上用手一把抓住她脖子。這個動作沒嚇到她，只讓她筋疲力盡，沒辦法再開口，也沒辦法動彈。她渾身乏力地垂下頭。她覺得很累，不想再費力躲避，因爲直接放棄比較容易，也比較輕鬆。他輕輕捏著她的喉嚨，她咳起來。接著，他什麼也沒說的就放開她了。他再次拿起緞帶，像遮眼布那樣綁在她的眼睛上。現在她連呼吸都變得沉重了。她眼睛發癢。他手背輕撫著她的臉頰，她覺得想吐。

妳知道，我愛妳，他說，而我也知道妳愛我。

她驚恐萬分地從他身邊退開，頭往後撞到牆壁。她用被綁住的手腕拼命搓揉，想扯掉遮眼布，至少要褪開來，讓眼睛可以看得見。

怎麼回事？他問。

解開我。

梅黎安。

解開，不然我就報警，她說。

這聽來不像是眞正的威脅，因爲她雙手還綁住，但或許是察覺到她心緒的變化，所以盧卡斯開始解開綁在她手腕上的緞帶。她顫抖得厲害。一等緞帶鬆開到手可以掙脫，她就馬上把手縮出來，一把扯掉遮眼布，抓起毛衣，從頭頂套下，手臂穿進袖子裡。她腳踩在床墊上，站起來。

妳幹嘛這樣？他說。

走開。別再這樣對我講話。

別再怎樣？我說了什麼？

她從床墊上撿起胸罩，揉成一團，越過房間，塞進皮包裡。她開始套上靴子，動作笨拙地單腳跳。

梅黎安，他說，我做了什麼？

你是認眞的，又或者這只是某種藝術技巧？

人生本來就是一種藝術技巧。

她瞪著他，而他不知爲何順著這個理路繼續說：我覺得妳是很有天分的作家。她笑了起來，但這是驚恐的笑。

但妳並不覺得我有天分，他說。

我想把話說清楚，她說。我對你沒有任何看法。什麼都沒有，好嗎？

他走回相機旁邊，背對她，彷彿要掩藏自己的表情。是不懷好意的笑容，取笑她自尋煩惱吧？她想。忿怒？不會的，他怎麼可能覺得感情受了傷害，太可怕了，不可能。他開始把器材移下腳架。她打開公寓門，走下樓梯。他對她做出這麼可怕的事，卻又相信這都是出於愛，這眞的有可能嗎？難道我們生活的這個世界邪惡墮落至此，愛竟然與濫用至極的暴力毫無區別？她哈出的氣凝結成一團薄霧，雪繼續下，宛如同樣的微小錯誤永無止盡、不斷重覆。

三個月後（二〇一四年三月）

他必須在候診室裡塡寫問卷。茶几旁圍著一圈顏色鮮豔的座椅，桌上則有個小孩玩具算盤。這茶几對他來說太矮，如果要在上面塡問卷，他整個人就必須往前趴才行。所以他把問卷擺在腿上寫。才塡第一題，他的原子筆就戳穿紙張，在問卷上留下一個小小的破洞。他抬頭看給他表格的接待員，但她沒看他，所以他繼續低頭寫。第二題是「悲觀」，他得在下述的句子裡挑出一個，在句首的數字上打個圈。

0. 我對自己的未來並不覺得沮喪。
1. 比起以往，我現在對自己的未來更覺得沮喪。
2. 我不認爲情況會好轉。
3. 我覺得我的未來完全沒有希望，只會越來越糟。

在他看來，這些情況都有可能是事實，又或者說，很可能有兩個以上的情況同時存在。讀到數字爲3的第四個句子時，他覺得鼻子裡的絨毛有點刺癢，彷彿這句話在召喚他似的。確實，他覺得自己的未來沒有希望，只會越來越糟。他越是思索，就越覺得有道理。他甚至不必費力去想，因爲他可以感覺得到：這整個句子彷彿就是在他心裡組合而成的。他舌頭用力頂著口腔頂端，努力在臉上擠出蹙眉專注的神情。爲了不想引起收問卷的那名女子注意，他圈選了2。

是尼爾告訴他有這個服務的。他當時是這樣說的：這是免費的，所以你也可以去。尼爾是個務實的人，表達關懷的方式也非常務實。康諾近來不常見到他，因爲康諾現在住在獎學金提供的免費宿舍裡，所以和其他朋友都不太常見面。他昨天晚上在房間的地上躺了一個半鐘頭，因爲太累，沒辦法從房間附設的小浴室走回到床上。浴室在他後面，床在他前面，都近在眼前，但他就是沒辦法往前或往後走，只能往地上一躺，讓身體一動也不動地躺在地毯上。好吧，我躺在地上，他想。躺在地上的人生會比躺在床上、或躺在其他地方的人生來得更慘嗎？不會，人生還是一模一樣的。人生是存在於你腦袋裡的東西。我大可以躺在這裡，把地毯的污塵吸進肺裡，感覺到壓在身體下面的右臂慢慢痲痺，因爲這基本上和他用任何其他方式度過人生並不會有什麼不同。

0. 我對自己的感覺和過去一樣。
1. 我對自己失去信心。
2. 我對自己感到失望。
3. 我不喜歡自己。

他抬頭看玻璃後面的那個女人，這時才頭一次感到驚詫，他們竟然用一片玻璃把她和候診室的人隔開。他們認爲像康諾這樣的人會對玻璃後面的女人造成威脅嗎？學生來到此地，耐心塡寫問卷，一遍又一遍複述自己的名字，好讓這女人輸入電腦——他們認爲這些學生會傷害玻璃後面的這個女人？就因爲康諾有時候會在地板上躺幾個鐘頭，所以他們就認爲他有一天或許會在網上買把半自動機關槍，在購物中心大開殺戒？在他認爲，持槍屠殺是天底下最罪大惡極的罪行。他這人連講電話時吞吞吐吐，都會有罪惡感。然而他還是看得出來這其中的邏輯：心理不健全的人，從某些方面來說是有毒害的，所以可能也是危險的。就算他們不會因爲某些無法控制的暴力衝動而攻擊辦公桌後面的那個女人，也可能會朝她的方向呼出有毒的細菌，讓她變得心理不健全，陷入過去的每一段失敗關係，無法自拔。他選了3，然後繼續。

0. 我從來沒想過要結束自己的生命。
1. 我想過要結束自己的生命，但不會這麼做。
2. 我可能會結束自己的生命。
3. 如果有機會，我就會結束自己的生命。

他又瞥了那女人一眼。他不想對她坦白說出心裡的想法，因爲她是徹頭徹尾的陌生人，沒錯，他是想結束自己的生命。昨天晚上躺在地上，他幻想過就這樣一動也不動地躺著，直到脫水而死，不管究竟需要多長的時間。或許要好幾天，但這會是非常輕鬆的幾天，不需要做任何事情，也不必把注意力集中在任何事物上。誰會發現他的屍體？他才不在乎。這個幻想經過一週又一週的反覆提煉之後，最後集中於死亡的那一刻：平靜沉默的眼皮永遠閉上，再也見不到任何東西。他圈了1。

其餘的問題都是非常私密的問題，最後一題甚至和性生活有關。他塡完所有的問題，折起來，交還給接待員。把這麼敏感的資訊交給一個陌生人，他不知道該抱持什麼期待。他吞吞口水，喉嚨緊得發痛。那女人接過問卷，活像收到遲交的大學作業，對他露出和藹愉快的笑容。謝謝，她說。你請等一下，輔導師會叫你。他渾身乏力地站在那裡。她手裡拿著的是他從未與任何人分享的資訊，最私密的資訊。看見她這麼漠不關心，他突然有股衝動，很想把問卷要回來，或許他是誤會了問卷塡寫的性質，他應該要圈選完全不同的答案才對。但他卻說：好，然後就再次坐下。

過了好一會兒，什麼動靜也沒有。胃發出低沉的悶響，因爲他沒吃早餐。近來他常覺得很累，懶得自己做晚飯，所以到獎學金網站上登記，每天晚上到晚宴大堂和大家一起吃飯。飯前，大家會站起來唸拉丁文的祈禱文，然後由工讀的學生爲他們送上菜餚。打工的學生都穿得一身黑，免得和外表看起來沒什麼差別的用餐學生弄混了。晚餐的菜永遠都一樣：第一道是柳橙鹹湯，配上麵包卷和一塊包在錫箔紙裡的奶油。接著是淋上醬汁的肉，以及擺在銀盤上傳給大家自取的馬鈴薯。最後是甜點，某種濕淋淋的糖糕，或大半是葡萄的水果沙拉。在牆上一幅幅不同年代的盛裝肖像俯瞰下，菜上得很快，也收得很快。像這樣獨自吃飯，聽著其他人的交談卻無法加入，讓康諾極其深刻、甚至難以忍受地感覺到自己的心已經飄離他的身體。飯後，又唸一段禱詞，椅子嘎嘎地往後拉離餐桌。七點鐘，他已經踏進漆黑的前廣場，路燈早已亮起。

有個身穿灰色開襟長毛衣的中年婦女走進候診室，說：康諾？他想擠出一個微笑，但放棄，改用手揉揉鼻子，點點頭。我是伊芳，她說，請跟我來。他從沙發起身，跟著她走進一間小辦公室。她關上門。辦公室一頭有張辦公桌，擺了一部老舊的微軟電腦，發出嗡嗡的聲響。另一頭是兩張低矮的薄荷色扶手椅，面對面擺著。好了，康諾，她說，你可以自己挑個位子坐下。他挑了面窗的椅子，窗外是這幢水泥建築的後面，有條生鏽的排水管。她坐在他對面，拿起掛在頸鍊上的眼鏡，戴在臉上，低頭看著夾紙板。

嗯，她說，我們來聊聊你的感覺吧。

噢，我覺得不太好。

聽你這麼說，我覺得很遺憾。你什麼時候開始有這樣的感覺？

呃，他說，一兩個月前吧。一月，我想。

她拿起一支筆，寫了幾個字。一月，她說，好，那個時候你碰上什麼事情了嗎？還是莫名其妙的就有這樣的感覺？

新年剛過沒幾天，康諾收到蕾秋．摩朗傳來的簡訊。那時是凌晨兩點，他和海倫才剛從外面回來。他斜拿手機，打開那條訊息：訊息是發到群組上，給所有的高中同學，問有沒有人看見或和羅勃．赫格特有聯繫，因爲他已經好幾個鐘頭不見蹤影了。海倫問他是什麼事，不知爲什麼，康諾回答說：噢，沒事，只是群發的訊息，祝新年快樂。隔天，羅勃的屍體在柯力伯河被發現。

康諾後來聽朋友說，羅勃那幾個星期酒喝得很凶，心情似乎不佳。康諾完全不知情，他上個學期很少回家，也沒和誰碰面。他查看臉書，發現羅勃傳給他的最後一則訊息是在二〇一二年：一張晚上出去玩的時候拍的照片，康諾的手摟著梅黎安朋友泰瑞莎的腰。羅勃在訊息裡寫道：你上了她嗎？帥，哈哈。康諾沒回覆。他上次見到羅勃是在聖誕節，但不太記得他們夏天見過面沒。康諾在心裡回想羅勃的臉，卻怎麼也想不清楚：一開始出現了一個影像，乍看之下可以認得出來是羅勃，但再細看，五官卻像一個個飄走了似的，變得模糊不清，難以辨識。

接下來幾天，高中同學陸續貼出最新訊息，說他是自殺。自此而後，康諾腦海裡的那個影像就一週比一週更模糊。而心裡的擔憂雖然始終都在，但以往只維持在非常低的程度，如今卻像帶著某種全面攻佔的衝動似的，變得嚴重起來。光是做一些簡單的事情，例如點杯咖啡或在課堂上回答問題，他都會覺得雙手刺痛。有一兩次，還嚴重恐慌發作：換氣過度，胸部疼痛，渾身宛如針刺。他有種意識游離的感覺，無法清晰思考，也無法眞確說明自己的所見所聞。周圍的一切看起來、聽起來都變得不一樣了，速度變慢，很不自然，很不眞實。第一次發生的時候，他以爲自己瘋了，以爲他賴以理解整個世界的認知架構已經永遠解體了，他擔心自此而後，他再也無法區別所有事物的顏色與聲音。只是，幾分鐘之後，這個感覺就消失了，他躺在床墊上，大汗淋漓。

此刻他抬頭看著伊芳，這是學校指派給他，靠著傾聽他的問題來掙錢的人。

一月的時候，我有個朋友自殺，他說。我高中時代的朋友。

噢，太慘了。這個消息太讓人難過了，康諾。

我們上大學以後就很少往來。他在高威，我在這裡，就是這樣。我想，我覺得有點內疚，因爲沒和他多聯絡。

我可以理解，伊芳說。但先不管這件事讓你有多傷心，他出事並不是你的錯。

這是他自己做的決定，責任並不在你。

他傳給我的最後一則訊息，我甚至沒回覆。雖然那已經是一年多以前的事了，但我終究還是沒回覆。

我知道對你來說肯定很痛苦，絕對非常痛苦。你覺得朋友飽受折磨，而你卻錯失了幫助他的機會。

康諾沉默點頭，揉揉眼睛。

身邊有人自殺，你一定會想，自己是不是曾經有機會幫助這個人，這是很自然的反應，伊芳說。我相信，你這位朋友生命中的每一個人，都在問他們自己相同的問題。

但其他人最起碼努力過。

這句話的挑釁，甚至自欺欺人的意味，都比康諾原本的預期來得強烈。意外的是，伊芳沒正面回答，只是透過眼鏡的鏡片看著他，瞇起眼睛。她點點頭，然後拿起桌上的那疊紙，豎起來，一副公事公辦的模樣。

嗯，我已經看過你為我們所填寫的問卷了，她說。坦白說，康諾，就我所見，確實令人擔心。

哦，是嗎？

她翻著那幾張問卷。他看見被他的筆戳了一個小洞的那張紙。

這是我們所謂的貝氏憂鬱量表，她說。我想你應該知道這是怎麼回事，每一題有零到三分。像我這樣的人接受測驗，總分呢，呃，應該是零到五分，而輕度憂鬱的人總分大概是十五或十六分。

是嗎，他說，這樣啊。

你的分數是四十三分。

是喔。

這是嚴重憂鬱症，她說。你覺得這和你自己的情況相符嗎？

他又揉揉眼睛，輕聲擠出回答：是的。

我看得出來，你對自己的態度非常負面，你甚至有想自殺的念頭，諸如此類的。所以我們必須嚴肅看待。

好吧。

然後她開始談起治療的選項。她說她會建議他去看學校的家醫科醫生，談談用藥的事。你知道我不能開處方，她說。他點頭，開始焦躁不安了。是的，我知道，他說。他不停揉眼睛，眼睛很癢。她說要幫他倒杯水，但他婉拒了。她開始問起他的家人，他的母親，她住哪裡，他有沒有兄弟姐妹。

事情發生的時候，你有女朋友或男朋友在場嗎？伊芳問。

沒有，康諾說，沒有像那樣的朋友。

海倫和他一起回卡瑞克雷參加葬禮。葬禮舉行的那天早上，他們沉默地在康諾房間裡換衣服，隔著牆壁，傳來蘿芮吹風機的聲音。康諾穿上他僅有的一套西裝，是他十六歲時為參加表弟領聖餐儀式買的。他抬起手臂的時候覺得肩膀有點緊。發現衣服太緊，讓他覺得自己醜斃了。海倫坐在鏡子前面化妝，康諾站在她後面打領帶。她伸手摸他的臉。你好帥，她說。不知為什麼，這句話惹得他很不高興，彷彿這是她所說過，最遲鈍、最惡毒的話。他沒回答。她放下手，站起來穿鞋。

他們在教堂門廳停下腳步，和蘿芮認識的人講話。因為淋了雨，康諾的頭髮濕了，所以不停伸手撫平。他不看海倫，也不說話。這時，透過教堂敞開的門，他看見梅黎安。他早就聽說她從瑞典回來參加葬禮。站在門外的她看起來纖瘦蒼白，身穿黑大衣，撐著濕淋淋的黑傘。自從在義大利道別之後，他就沒再見到過她。他覺得她看起來好虛弱。她把傘插進門內的傘架裡。

梅黎安，他說。

他想也沒想就叫出聲來。她抬頭，看見他。她的臉像朵小白花。她伸出手臂摟住他的脖子，他緊緊抱住她。他在她的衣服上聞到她家的味道。上回他見到她的時候，一切都還很正常。羅勃還活著，康諾可以隨時傳簡訊給他，甚至可以打電話給他。當時，這一切都還有可能，始終都有可能。梅黎安摸摸康諾的後腦勺。每個人都在看他們，他感覺得到。他們知道不能再這樣，於是放開彼此。海倫迅速拍拍他的手臂。門廳裡人進人出，大衣和雨傘上的水默默滴在地磚上。

我們最好趕快進去致意，蘿芮說。

他們和其他人一起排隊，與家屬握手。羅勃的母親艾琳一直哭一直哭，整個教堂都聽得見她的哭聲。排隊排到一半的時候，康諾腿開始發抖。他真希望站在他身邊的是蘿芮，而不是海倫。他覺得自己就快要吐了。終於輪到他的時候，羅勃父親維爾拉著他的手，說：康諾，好孩子，我聽說你在三一學院表現得很好。康諾的手直冒汗，簡直擰得出水來。我很難過，他用微弱的聲音說，很難過。維爾拉著他的手不放，眼睛盯著他看。好孩子，他說，謝謝你來。就這樣結束了。康諾一看見空位就趕忙坐下，不停發抖。海倫坐在他身邊，很不自在，不停扯著自己的裙襬。蘿芮走過來，從皮包裡抽出衛生紙給他，他擦擦額頭和上唇。她捏捏他的肩膀，你不會有事的，她說。你已經做了你該做的，放輕鬆吧。海倫轉開頭，彷彿覺得尷尬。

彌撒之後，他們一起到墓園，然後回到小酒館，在宴會廳吃三明治，喝茶。吧檯後面站了個女孩，是比他們晚一屆的學妹，穿白襯衫和背心，負責倒酒。康諾幫海倫倒了一杯茶，然後也給自己倒了一杯。他們站在靠近茶盤的牆邊，默默喝著茶，沒講話。康諾的杯子在杯碟裡喀喀響。艾力克走過來，和他們站在一起。他打了一條亮藍色的領帶。

你還好嗎？艾力克說，很久不見了。

我知道，是啊，康諾說，已經好久了。

這位是？艾力克朝海倫點個頭。

海倫，康諾說。海倫，這是艾力克。

艾力克伸出手，海倫和他握手，想辦法用左手端穩茶杯，臉色因爲費勁而有點凝重。

女朋友，對吧？艾力克說。

她瞥了康諾一眼，點頭說：對。

艾力克放開手，咧嘴笑。妳是都柏林人，他說。

她緊張微笑，說：沒錯。

這傢伙老是不回來，肯定是妳的錯，艾力克說。

不是她的錯，是我的錯，康諾說。

我是鬧你們的啦，艾力克說。

有那麼幾秒鐘，他們就這樣看著屋裡，什麼話也沒說。海倫清清嗓子，字斟句酌的說：我很替你們難過，艾力克。艾力克轉頭，對她帥氣地點點頭，然後又看著屋裡。是啊，很難相信。他從他們背後的茶壺裡，給自己倒了杯茶。梅黎安能來眞好，他說，我以爲她人在瑞典還是哪裡呢。

她是在瑞典，康諾說。她專程回來參加葬禮。

她變得好瘦，對吧？

艾力克喝了一大口茶，吞下，舔舔嘴唇。原本正和別人講話的梅黎安，突然朝茶盤的方向走來。

看，她來了，艾力克說。妳大老遠從瑞典趕回來，眞是太好了，梅黎安。

她謝謝他，開始倒茶，說能見到他眞好。

妳認識海倫嗎？艾力克問。

梅黎安把茶杯擺在杯碟上。我當然認識，她說，我們上同一所大學。

希望妳們交情不錯，艾力克說，我的意思是，沒針鋒相對。

你別鬧了，梅黎安說。

康諾看著梅黎安倒茶，面帶微笑說「你別鬧了」，她的泰然自若，她的輕鬆面對，讓他不由得感到敬畏。她和高中時代大不相同，甚至可以說變得完全相反。唸高中時，知道如何應對進退的是康諾，而梅黎安則惹惱每一個人。

葬禮之後，他哭了，但哭一場也無濟於事。高二那年，康諾爲足球校隊踢進一球得分，羅勃跳到球場上抱住他，尖聲叫嚷著康諾的名字，抓著康諾的頭用力亂親一通。踢進這一球雙方才打成平手，而且比賽時間還有二十分鐘才結束。但當時的他們就是這樣，在日常生活裡小心翼翼壓抑自己的情感，把情感擠壓到越來越小的空間裡，直到某個看似無足輕重的小事突然引爆，爆發出瘋狂到不可思議的驚人重要性。足球賽舉行的時候，每個人都可以摟摟抱抱，尖聲叫喊。康諾還記得有人緊緊抓住他手臂的感覺。還有舞會那天晚上，羅勃給他看麗莎的裸照。對羅勃來說，贏得其他人的認可，比什麼都重要。他希望被人看重，成為有身分地位的人。為了讓社交圈接納他，他可以背棄所有的託付，叛離所有的善意。康諾不能為此而批判他。他自己以前也是這樣，甚至比羅勃更惡劣。他只不過是想成為一個和別人一樣的人，想隱藏他自己覺得羞愧不解的部分。是梅黎安引領他看見這世界還有其他的可能性。他的人生自此迥然不同。如果不是這樣，他或許終此一生都無法瞭解這其中的差異有多大。

葬禮的這天晚上，他和海倫躺在房間裡，沒開燈，也沒睡著。海倫問他，為什麼沒把她介紹給他的朋友認識。她說得很小聲，免得吵醒蘿芮。

我把妳介紹給艾力克了，不是嗎？康諾說。

是他主動問起，你才介紹的。老實說，我覺得你並不希望他認識我。

康諾閉上眼睛。那是葬禮啊，他說。你知道，有人死了。我不覺得那是個認識朋友的場合。

這樣啊，如果你不希望我來，當初就不該邀我，她說。

他緩緩吸氣，吐氣。好吧，他說，我是不該邀妳來的，對不起。

她在床上坐起來。你這是什麼意思？她說，你覺得我不該來？

不，我的意思是，如果我讓妳對情況有錯誤的期待，那麼我很抱歉。

你根本就不希望我來，對吧？

我自己都不想來，坦白說，他說。妳在這裡待得不愉快，我很抱歉，但就像我說的，這是葬禮。我不知道妳還能期待怎樣。

她呼吸急促，他聽得出來。

你可沒不理梅黎安，她說。

我沒不理任何人。

可是你見到她好像特別開心，不是嗎？

夠了吧，海倫，他悄聲說。

什麼？

爲什麼每件事都要扯到這個問題？我們的朋友剛自殺，結果妳又要和我吵梅黎安的事，妳當眞這樣想？只因爲我見到她很開心，所以我就是個禽獸？

海倫不屑地低聲說：我非常同情你這位朋友，你也知道，她說。可是你期待我怎麼做，假裝沒注意到你當著我的面盯著其他女人看？

我沒盯著她看。

你有，在教堂的時候。

噢，我又不是刻意的，他說。相信我，我在教堂裡沒有和人眉來眼去的心思，好嗎？妳可以相信我。

爲什麼在她旁邊的時候，你就變得這麼怪？

他蹙起眉頭，依舊閉眼睛躺著，臉對著天花板。我在她面前表現的就是我正常的樣子啊，他說。也許我天生就是個怪人。

海倫默不作聲。她又躺回他身邊。兩個星期之後，一切結束了。他倆分手。這時的康諾已筋疲力竭，飽受折磨，無法做出任何反應。他開始有了一些狀況，例如哭泣，驚慌發作，但這些症狀感覺上是由外而來，並非從他內在產生。他心裡什麼感覺都沒有，彷彿是個冷凍的物體，因爲快速解凍，外表融化得滴水淋漓，但內裡卻還是堅硬如石的冰塊。他這輩子從沒像這段時間這麼容易感情衝動，但同時卻又沒什麼感覺，甚至沒有任何感覺。

伊芳緩緩點頭，嘴巴很同情地動了動。你覺得你在都柏林交到朋友了嗎？她說。和你很親近，可以聊聊你內心感受的人？

我的朋友尼爾也許算是吧。是他告訴我有這個地方的。學校的心理諮商服務？

是的，康諾說。

嗯，很好。他很關心你。這位尼爾。他也唸三一學院？

康諾咳了一聲，清清乾渴的喉嚨，說：是的。我也還有一位很要好的朋友，但她今年拿了歐盟的學生交換計畫，人在國外。

是大學的朋友？

呃，我們是高中同學，但是她也唸三一學院。梅黎安。她也認識羅勃，很清楚情況。自殺的是我們共同的朋友。但就像我說的，她今年不在國內。

他看著伊芳記下她的名字，就只是一個斜體大寫的「M」。現在他幾乎每天晚上都和梅黎安視訊聊天，有時候是吃過晚飯之後，有時候她晚上有聚會，就會稍晚一些，等她回家之後。他們沒再提起義大利發生的事。他很慶幸她沒提起。視訊的時候，影像通常很清楚，但常常比聲音稍慢一點。這讓他覺得梅黎安是個移動的影像，必須非常專注地盯著。從她出國之後，學校裡就開始有她的傳聞出現。康諾不確定她是不是知道傑米那幫人是怎麼說她的。康諾和那些人算不上是眞正的朋友，但連他都聽說了。有回在派對上，某個喝醉酒的傢伙告訴他，說她捲進什麼詭異的事件裡，網路上還有她的照片。康諾不知道照片的事情是不是眞的。他上網搜尋她的名字，但什麼也沒找到。

你可以和她聊你內心的感受嗎？伊芳問。

可以，她一直很支持我。她，呃……妳要是認識她就知道，她是很難形容的人。她非常聰明，比我聰明得多，但我們一向都有相同的世界觀，也一直都生活在相同的地方。所以啦，她不在身邊，我的生活就變得很不一樣。

似乎不太好受。

和我親近的人並不太多，他說。妳知道的，我覺得這是個問題。

你覺得這是個新的問題，或者從以前就存在？

是以前就有的吧，我想。以前唸高中的時候，我偶爾就會有孤立的感覺，可是當時大家都喜歡我。而在這裡，我不覺得大家有這麼喜歡我。

他沉吟一下，伊芳似乎瞭解他沉吟的意思，並沒有打斷他。

比方說和羅勃在一起，就是我死掉的那個朋友，他說，我不會說我們在每一方面都很契合，但我們是朋友。

當然。

我們沒有很多共同點，例如興趣之類的。在政治立場上，我們的看法大概也很不一樣。但在高中，這一類的事情並不會造成什麼問題。我們還是混在一起，還是朋友，妳知道的。

我瞭解，伊芳說。

他也做一些我不太喜歡的事。例如他對女生的態度，有時候很惡劣。妳也知道，我們才十七、八歲，都表現得像白癡一樣。但我猜，這樣的事情也會讓我有點疏離感吧。

康諾咬著拇指指甲，又放下手，擺在大腿上。

我當時大概覺得如果搬到這裡來，可能比較可以融入。妳知道的，也許我可以找到更多心性相同的人。可是老實說，這裡的人比我在高中時代認識的人更差勁。我的意思是，在這裡，大家都只在乎誰的爸媽比較有錢。我絕對不誇張，我親眼看到這樣的事情。

他深吸一口氣，覺得自己講得太快，也一口氣講得太長，但又不想停下來。

我離開卡瑞克雷的時候，以爲自己可以過完全不同的生活，他說。但我討厭這裡，卻再也不能回老家去。我的意思是，以前的友誼也都過去了。羅勃死了，我再也見不到他了。我再也找不回以前的生活了。

伊芳把桌上的面紙盒推給他。他看著那印有綠色棕櫚葉的盒子，又看看伊芳。他摸摸臉，發現自己又哭了，於是默默抽出一張衛生紙，擦擦臉。

對不起，他說。

伊芳和他四目交接，但他看不出來她是不是在聽他講，也不知道她是不是理解他在說什麼。

我們在諮商時能做的，就是想辦法釐清你的感覺，你的想法，和你的行爲，她說。你無法改變你的處境，但我們可以改變你對自己處境的反應。你瞭解我的意思嗎？

瞭解。

諮商療程進行到這裡，伊芳交給他一張表格，上面有大大的卡通箭頭，指向不同的文字框。他收下，假裝晚點會塡。她又給他幾張影印的東西，教人如何應付焦慮，他也假裝待會兒會詳讀。她印出一張紙條，要他帶到學校的健康中心。她建議他們開藥治療他的憂鬱症。他說他兩個星期之後會回來接受下一個療程，然後就離開了。

幾個星期前，有位作家到校訪問，舉行了一場朗讀會。康諾去參加了。他獨自坐在演講廳後排，很不自在，因爲參加的人並不多，而且都是結伴而來。演講廳位在藝術區，很大，沒有窗戶，座椅都附有可以翻起的小桌板。他有一門課的教授曾經簡單介紹過這位作家的作品，還頗有好評。這位作家非常年輕，大約才三十歲左右，此時就站在講臺上，感謝大學的邀請。但康諾從這時就已經後悔來參加了。整場活動行禮如儀，單調乏味，一點活力都沒有。他不知道他究竟爲什麼要來。他讀過這位作家的作品選集，覺得水準參差不齊，但有部分觀點非常敏銳。然而他此時想，就連這一點可取之處，也因爲在這個情況下見到作者，而煙消雲散了。這位作家即興挑選作品裡的段落，大聲對著早已讀過書的讀者朗讀。作家生硬的表現，讓書裡的那些觀點顯得虛僞，也讓作家本人和他筆下描述的人物變得毫無關係，彷彿他觀察那些人，只是爲了要和三一學院的學生有話題可談。這些文學活動究竟爲何舉行，有何貢獻，有何意義，康諾一點都想不出來。這只是辦來讓喜歡參加這些活動的人有活動可參加而已。

朗讀會結束之後，在演講廳外面有場小型酒會。康諾想離開，卻被一群大聲交談的學生給擋住了。他正要擠出去，忽然聽見有人喊他：嗨，康諾。他認得這個學生，是莎蒂・達西—歐夏。她和他一起上英文課，他也知道她參加了文學社團。她就是大一時喊他「天才」的那個女生。

嗨，他說。

你覺得這場朗讀會如何？

他聳聳肩。還好，他說。他覺得焦慮，想要離開，但她還繼續講。他掌心在T恤上抹了抹。

你不太喜歡吧？她說。

我不知道，我不太懂這些東西。

朗讀？

是的，康諾說，妳知道的吧，我不太明白朗讀意義何在。

這時所有的人突然都轉開視線，康諾也順著他們的目光看去。那位作家從講堂出來，朝他們走來。嗨，莎蒂，他說。康諾沒料到莎蒂認識這位作家，覺得自己眞是白癡，竟然會講那些話。你的朗讀好棒，莎蒂說。康諾有點惱火，也覺得很累，開始往外走，讓出空間給作家加入他們的圈子。但莎蒂拉住他的手臂，說：康諾剛剛說，他不太理解文學朗讀的意義。作家敷衍地瞥了一眼康諾的方向，點點頭。是啊，沒錯，他說，很無聊，對吧？康諾發現，作家的言行舉止，似乎也像朗讀的時候一樣矯揉造作。他覺得自己眞是太慘了，竟然對著一個這麼難搞的人批評文學。

可是呢，我們覺得很棒，莎蒂說。

康諾，你姓什麼？作家說。

康諾．沃隆。

作家點點頭。他從桌上拿起一杯紅酒，讓其他人繼續聊。儘管他想走隨時都可以走，但不知爲什麼，康諾還是遲遲沒走。作家喝了口酒，又抬眼看他。

我喜歡你的書，康諾說。

噢，謝謝，作家說。你要去鹿頭酒館喝一杯嗎？我想大家待會兒都要去。

他們在鹿頭酒館一直待到打烊。他們平心靜氣地討論文學朗讀會的意義，儘管康諾說得不多，但作家和他意見一致，讓他很開心。後來這位作家問康諾老家在哪裡，康諾回答說在斯萊戈一個叫卡瑞克雷的小鎭。作家點點頭。

我知道那個地方，他說。那裡以前有個保齡球館，很多年以前。

是啊，康諾想也沒想就回答。我小時候在那裡辦過一次生日會。在保齡球館。

不過，已經不在了，就像你說的。

作家啜了一口啤酒，說：你怎麼會到三一學院來，你喜歡這個學校嗎？

康諾看著桌子另一頭的莎蒂，她手腕上的手鐲互相碰撞，叮叮噹噹響。

老實說，有點難適應，康諾說。

作家又點點頭。這未必不是好事，他說。你可以在這裡出第一本書。

康諾笑起來，低頭看著自己的大腿。他知道這只是玩笑話，但這個想法還不錯，或許他受的苦還是會有收穫的。

他知道大學裡很多搞文學的人把書當成展現自身教養的方法。在鹿角酒館那天晚上，有人提起抗議財政緊縮的行動時，莎蒂舉起雙手，說：不談政治，拜託！康諾最初對朗讀的看法並不盡然是錯的。文化是一種階級的表現，人們盲目崇拜文學，認爲文學可以帶領受過教育的人去親身體驗虛妄的心路歷程。他們喜歡透過書本閱讀那些未受教育的人的種種心路歷程，但卻又覺得自己比那些沒受過教育的人更優越。就算作家本身是個好人，就算他的作品眞的很有深度，但所有的書籍最後都免不了要標榜身分地位的象徵，來作爲行銷手段，而所有的作家也或多或少都參與了這個行銷的過程。看來這個產業就是靠這樣賺錢的。透過類似的公開朗讀活動，文學不可能成爲對抗任何事物的方式。然而，這天晚上康諾回到家，看著他爲新小說所寫的一些筆記，內心依舊有著像以往一般的喜悅悸動，就像看著完美的攻門得分，看著光線影影綽綽穿透樹葉，聽見屋外行經的車輛車窗裡飄出一段旋律。無論如何，人生裡還是有著如此喜悅的時刻。

四個月後（二〇一四年七月）

她睇起眼睛，直到電視螢幕變成一個綠色的矩形，邊緣發出微光。妳睡著了嗎？她沉吟了一下回答說：沒有。他點頭，眼睛還是盯著比賽。他喝了一口可樂，玻璃杯裡的冰塊叮噹響。躺在這個床墊上，她覺得四肢僵硬。她在福克斯菲爾德社區的康諾房間裡，和他一起看世界杯準決賽的荷蘭對哥斯大黎加比賽。他的房間看起來和高中時代一樣，只有貼在牆上的史蒂芬．傑拉德[15]海報一角翹了起來，往內捲。其餘的一切都保持原貌：燈罩、綠色窗簾，甚至條紋枕頭套，都還是和以前一模一樣。

中場休息的時候，我可以載妳回家，他說。

她一晌沒說話，眼睛眨啊眨的閉起來，然後又睜開，睜得大大的，好看見球場上奔馳的球員。

我礙著你了嗎？她說。

沒，沒有，只是妳看起來像睡著了。

我可以喝一口你的可樂嗎？

他把玻璃杯遞給她，她坐起來喝，覺得自己像個小寶寶。她嘴巴很乾，可樂冰涼，但舌頭感覺不出來甜味。她喝了兩大口，交還給他，用手背抹抹嘴巴。他接過杯子，眼睛片刻也沒離開電視。

妳很渴吧，他說，要是想喝的話，樓下冰箱還有。

她搖搖頭，又躺回床上，雙手交握，枕在脖子底下。

你昨天晚上去哪裡了？她問。

噢，沒去哪裡啊，我在吸菸區待了一會兒。

你最後沒吻那個女生？

沒有，他說。

---

15 Steven Gerrard，1980-，英格蘭足球明星，為利物浦隊效力十七年，有「神奇隊長」之稱，並曾為英格蘭足球代表隊隊長，二〇一六年退休，擔任教練。

梅黎安閉上眼睛，用手搧著臉。我覺得熱，她說。你不覺得這裡很熱嗎？

妳想開窗就開吧。

她不想坐起來，所以在床上蠕動著，想辦法伸手去搆窗把。她停了一下，看康諾會不會幫她開。他這個暑假在大學圖書館工讀，但自從她回來之後，他每個週末都回卡瑞克雷。他開車載她，一起去斯特蘭希爾海邊，或去葛蘭卡瀑布。康諾老是咬指甲，不太說話。上個月她告訴他，不要覺得他有義務回來看她，他不想回來也沒關係，但他語氣平淡地回答說：噢，這是我唯一期待的事。此刻，她坐起來，打開窗戶。晝光慢慢消逝，屋外的空氣溫暖靜止。

你說她叫什麼來著？她說，酒館裡的那個女生。

妮亞曼．齊南。

她喜歡你。

我不覺得我們志趣相投，他說。昨天晚上艾力克在找妳，妳看見他了嗎？

梅黎安盤腿坐在床上，面對康諾。他靠在床頭板上，把可樂貼在胸前。

是啊，我看見他了，她說，好怪。

欸，怎麼回事？

他喝醉了，我不知道。不知道爲什麼，他決定向我道歉，說他高中的時候不應該那樣對我。

眞的？康諾說，太怪了。

他又轉頭回去看電視，所以她可以肆無忌憚地仔細打量他的臉。他八成也注意到她這麼做了，但保持禮貌，什麼都沒說。床頭檯燈的柔和光線灑在他臉上，那漂亮的顴骨，專注而蹙起的眉毛，上唇微微冒出的汗光。梅黎安向來喜歡目光在康諾臉上流連的感覺，他的表情會因爲交談或心緒的細微互動，而有所變動。在她看來，他的外表宛如一首她所喜愛的樂曲，每一次聽，都會有些細微的差異。

他一直提起羅勃，她說，他說羅勃很想道歉。我的意思是，我不知道這是羅勃告訴他的，或者只是艾力克自己的心理投射。

我相信羅勃也想道歉，老實說。

噢，我很討厭這樣的想法。想到他爲這件事良心不安，我就覺得很不舒服。我從來沒有因爲這樣而怨恨他，眞的。你知道的，那沒什麼，我們當時都還只是小孩。

怎麼會沒什麼，康諾說，他霸凌妳耶。

梅黎安默不作聲。沒錯，他們確實霸凌她。有一回艾力克當著大家的面喊她「飛機場」，羅勃哈哈大笑，在艾力克耳邊嘰嘰喳喳不知說什麼，是印證他的話，還是講更下流不堪，沒辦法大聲說出口的話？一月的葬禮上，每個人都說羅勃是個多麼好的人，充滿活力，很孝順，諸如此類的。但他也是個不牢靠的人，滿腦子只想要受人歡迎，爲此使出渾身解數，什麼殘忍的事都幹得出來。梅黎安不只一次想，這樣的殘酷行爲不只傷害了被害人，對加害人也造成了傷害，甚至對加害者而言，是更加深刻、永遠無法磨滅的傷害。被霸凌，並不會讓你學到什麼了不得的教訓；但是霸凌別人，你會一輩子也忘不掉。

葬禮過後，她晚上都在查閱羅勃的臉書。很多高中同學在他牆上留言，說他們想念他。梅黎安想，這些人在過世的人臉書上留言，究竟是在做什麼呢？這些訊息，這些宣揚自己傷痛的貼文，眞的對任何人有意義嗎？而看見這些貼文有任何適當的規則可循嗎：按「讚」表達支持？往回搜尋，找尋更美好的回憶？但這一切都只讓梅黎安覺得生氣。如今想想，她並不知道自己當時何必那麼煩心。那些人並沒有做什麼不對的事，他們只是表達哀慟而已。當然，他們在羅勃臉書上貼文一點道理都沒有，但其他的事情也同樣沒道理啊。若說人們做毫無意義的事來表達哀悼，那是因爲人生本身就沒有意義，哀悼只不過揭露了這個眞相罷了。她眞希望自己可以原諒羅勃，儘管這對他來說一點意義也沒有。如今她想起他的時候，總是看不見他的臉，不是轉開來，就是躲在上鎖的門後，搖起的車窗裡。你究竟是什麼樣的人？她想，如今已沒有人可以回答這個問題了。

妳接受了他的道歉嗎？康諾問。

她點頭，低頭看著指甲。我當然接受了，她說，我才沒那麼小家子氣呢。

算我運氣好，他回答說。

中場休息的哨音響起，球員轉身，低下頭，開始緩緩走過球場。比數還是零比零。她手指抹抹鼻子，康諾坐直起來，把杯子擺在床頭櫃上。她以為他又要提議載她回家，但他卻說：妳想吃冰淇淋嗎？她說好。我馬上回來，他說。他走出臥房，門敞著沒關。

打從上大學之後，梅黎安還是頭一次回家住這麼長的時間。她媽媽和哥哥整天上班，梅黎安無所事事，只能坐在花園裡看著昆蟲在泥土裡蠕動。在屋裡，她就煮咖啡，掃地，擦拭桌櫃。現在家裡沒有哪一天算得上眞正整潔，因爲蘿芮在飯店有了全職的工作，而他們也沒找人來替代她。沒有蘿芮打掃，這幢房子不再是個舒適的住處。梅黎安有時候當天往返都柏林，和喬安娜光著臂膀在雨果巷閒晃，喝瓶裝水。喬安娜的女朋友艾芙琳沒上課或工作的時候也會一起來。她盡力表現得對梅黎安親切和善，也很有興趣聽梅黎安聊生活情況。梅黎安很替喬安娜和艾芙琳高興，就連看到她們在一起，或聽見喬安娜在電話上對艾芙琳愉快地說：好，愛妳，待會兒見，她都會很開心。這給了梅黎安一扇窗戶，得以瞥見眞正的幸福，儘管這是一扇她自己無法開啓，也無法爬出去的窗。

她們有一回和康諾與尼爾去參加抗議加薩走廊戰爭的活動。有好幾千人參加，舉著牌子，帶麥克風與標語。梅黎安好希望自己的人生富有意義，可以制止一切強凌弱的暴力行爲。還記得才不過幾年前，她覺得自己聰慧、年輕、有力，幾乎以爲自己可以達成這個目標。而如今，她知道自己一點也不強大有力，生活在一個以極端暴力欺凌無辜者的世界，也將死在這個世界，她這一生，頂多也只能幫助幾個人。想到只能幫助少少的幾個人，她就覺得更不好受，彷彿能做的事情這麼少，又這麼無力，倒不如不幫得好，不過想想也並非如此。抗議的隊伍聲音很大，行進很慢，許多人敲著鼓，齊聲呼喊口號，聲音很有規律地一響一止。他們遊行穿過歐康諾橋，利菲河在他們腳下流淌。天氣很熱，梅黎安的肩膀被曬傷了。

那天晚上，康諾開車載她回卡瑞克雷，雖然她說她可以自己搭火車。回家途中，兩人都很累。車子經過朗福德的時候，車裡的收音機播著他們高中時代很流行的〈白色謊言〉（*White Lies*）。康諾沒碰收音機按鈕，也沒提高嗓音壓過歌聲，只靜靜地說：妳知道我愛妳。他沒再說別的。她說她也愛他，他點點頭，繼續開車，彷彿什麼事也沒發生，從某個層面來說，也確實是沒有。

梅黎安的哥哥在郡議會工作。夜裡回家，總是滿屋子找她。她在房間裡就聽得出來是他，因爲他老是穿著鞋子進屋。要是在客廳或廚房找不到她，他就會來敲她的房門。我只是要和妳聊聊，他說，妳幹嘛一副很怕我的樣子？我們可以談一下嗎？她走到房門口，他想繼續前一天晚上的爭論，她說她很累，想睡覺，但他不肯離開，非得要她爲前一天的爭辯道歉不可。於是她說對不起，他說：妳以爲我是個這麼可怕的人。她心想，這大概是事實。我想對妳好，他說，但妳總是頂撞我。她不認爲這是事實，但她知道他八成是這麼想的。通常最慘的狀況也不過如此，大部分時候什麼事也沒有，漫長無聊的週間，她就這樣擦著桌櫃，在水槽裡擰著濕海綿。

康諾從樓下回來，丟給她一根裹在亮光塑膠套裡的冰棒。她雙手接住，舉到胸前，冰棒散發出來的涼氣讓她覺得很舒服。他又靠著床頭板坐下，打開他手中的冰棒。

你在都柏林見過佩姬嗎？她問。或者其他人。

他沉吟一下，手指剝著塑膠袋霹啪響。沒有，他說。我以爲妳和他們鬧翻了，不是嗎？

我問的是你有沒有他們的消息。

沒有，就算見到他們，我和他們也無話可說。

她扯開塑膠包裝，抽出裡面的冰棒，是香草柳橙口味。她舌頭上有一小片一小片沒有味道的碎冰。

我聽說傑米不太開心，康諾說。

我相信他講了我很多不太中聽的話。

是啊。呃，我並沒和他直接講過話，但是我好像聽別人提過，他確實講了一些事情，沒錯。

梅黎安挑起眉毛，彷彿被逗樂了。她第一次聽到有人散播她流言的時候，一點都不覺得好笑。她老是反覆問喬安娜：是誰說的？說了什麼？喬安娜不告訴她，說反正再過幾個星期，大家就會拋在腦後，關心別的事了。大家對性的態度都很幼稚，喬安娜說。他們只關注妳的性生活，八成比妳做的其他事情更注意。梅黎安甚至回去找盧卡斯，要他把爲她拍的照片全刪掉，還好他拍過的照片一張也沒貼到網上。她非常羞愧。羞愧宛如裹屍布包著她，讓她無法看透外在的世界。這條裹屍布害她無法呼吸，弄得她皮膚刺痛。她的生命彷彿已經結束。這感覺持續了多久？兩個星期，或者更久？然後就消失了，她年輕歲月的某一章結束了，她熬了過來，那一切都結束了。

你從沒對我提起這件事，她對康諾說。

呃，我聽說妳和傑米分手，所以傑米很氣，到處講妳的壞話。可是，這連八卦都算不上，男生就是會做這種事。我不覺得有人會當一回事。

我覺得這算是破壞名譽吧。

那傑米的名譽怎麼就沒被破壞呢？康諾說。傷害妳的人是他耶。

她抬頭看他，康諾已經吃完他的冰棒，正把玩乾木棍。她還有一點點沒吃完，冰棒裡的香草奶霜在床頭檯燈的光線裡閃閃發亮，她舔了一大口。

對男人來說不一樣，她說。

是喔，我又挑起這個話題了。

梅黎安把冰棒舔乾淨，看了看。康諾沉默了幾秒鐘，然後開口說：艾力克向妳道歉，眞好。

我知道，她說，我回來之後，高中同學都對我很好，雖然我也沒怎麼找時間去看他們。

也許妳應該找時間。

是嗎，你是覺得我不知感恩？

不是，我只是覺得妳應該是喜歡獨處的人，他說。

她沉默了一下，冰棒棍夾在食指和中指之間。

我習慣了，她說。我這一輩子都很孤獨，眞的。

康諾點頭，皺眉。是啊，他說，我懂你的意思。

你和海倫在一起的時候，並不覺得孤獨，對吧？

我不知道，有時候吧。和她在一起的時候，我和平常的自己並不完全一樣。

梅黎安平躺下來，頭睡在枕頭上，光裸的腿伸在被子外面。她盯著燈座，那燈罩和多年前一模一樣，是灰綠色的。

康諾，她說。你知道我們昨天晚上一起跳舞的時候。

嗯？

有那麼一會兒，她就只想這樣躺著，拉長這凝滯的沉寂，瞪著燈罩，享受再次和他待在這個房間裡的感覺，讓他對她講話。但時間無法停留，繼續往前走。

怎麼？他說。

我做了什麼惹惱你的事嗎？

沒有啊，妳指的是什麼？

你走掉，把我一個人丟在那裡，她說，我覺得有點尷尬。我以爲你大概是去追那個叫妮亞曼的女生了，所以我才會問起她。我不知道。

我才沒走掉呢。我問妳要不要一起去吸菸區，妳說不要。

她用手肘撐著坐起來，看著他。他臉紅了，連耳朵都是紅的。

你沒問我，她說，你只說，我要去吸菸區，然後就走了。

才不是，我問妳要不要去吸菸區，妳搖頭。

也許是我沒聽清楚。

一定是，他說。我清清楚楚記得我問過妳，可是不得不說，音樂實在太大聲了。

他倆又陷入沉默。梅黎安躺回床上，繼續盯著燈看，覺得自己的臉也在發光。

我還以爲你在生我的氣，她說。

噢，對不起。我沒有。

停頓了一下之後，他又說：我覺得我們的友誼原本可以更自在一點的，如果……某些情況不同的話。

她手貼著額頭。他沒再繼續往下說。

情況怎麼不同呢？她說。

我不知道。

她聽得見他呼吸的聲音。她知道是她逼他講出了這些話，不想再給他更多壓力了。

妳知道，我不想騙妳，他說，我眞的被妳吸引了。我不是在替自己找藉口。我只是覺得，如果沒有其他因素介入我們的關係，情況應該會比較單純。

她的手擱在肋骨上，感覺到橫膈膜緩緩漲起。

你覺得，如果我們以前沒在一起過，情況會比較好嗎？她說。

我不知道。如果是那樣，我很難想像我的生活會是什麼樣子。比方說，我不知道我後來會去上哪一所大學，也不知道我現在會怎麼樣。

她思索他的話，雙手平貼在肚子上，好一晌沒開口。

說來也很有趣，你因爲愛上某個人，所以做了某些決定，他說，於是就改變了你的整個人生。我覺得我們活在一個詭異的時代，僅僅因爲某些微小的決定，就大大改變了人生。但是整體而言，妳對我的影響是好的，我現在變成比以前更好的人，我想。謝謝妳。

她躺在那裡靜靜呼吸，覺得眼睛灼痛，但沒伸手去碰。

我們大一在一起的時候，她說，你那時覺得孤獨嗎？

不覺得。妳呢？

我也不覺得。我有時候覺得挫折，但並不覺得孤獨。和你在一起的時候，我從來不覺得孤獨。

是啊，他說。那是我人生裡最完美的一段時光，老實說。我覺得，在那之前，我從來沒眞正感覺到快樂。

她拉著他的手，壓在她肚子上，用力把她身體裡的空氣擠出來，然後又吸了口氣。

昨天晚上我眞的很希望你吻我，她說。

噢。

她胸口鼓起來，然後又慢慢消下去。

我也想，他說。我覺得我們是誤會彼此的意思了。

嗯，沒關係。

他清清嗓子。

我不知道怎樣對我們最好，他說。聽到妳這麼說，我當然很高興，但是另一方面，從以前，我們之間的關係向來就沒有好結果。妳知道，妳是我最要好的朋友，我不希望因爲任何原因而失去妳。

當然，我瞭解你的意思。

她眼眶濕了，她得要揉揉眼睛，否則淚水就要掉下來了。

我可以想一下嗎？他說。

當然可以。

我不希望妳以爲我不領情。

她點頭，手指擦擦鼻子。她在想，她可不可以轉身面對窗戶，好讓他不盯著她看。

妳眞的是我很大的支持力量，他說，讓我不再老是沮喪憂鬱，妳眞的幫了我很大的忙。

你不欠我任何人情。

不，我知道。我的意思不是這樣的。

她坐起來，腿伸下床，臉埋在手裡。

我開始擔心了，他說，我希望妳不要覺得我是在拒絕妳。

別擔心，沒事的。如果可以的話，我想回家了。

我載妳。

你才不會想要錯過下半場呢，她說。我可以走路回家，沒問題的。

她開始穿鞋。

老實說，我根本忘了還有比賽，他說。

但他沒起身拿鑰匙。她站起來，撫平裙子。他坐在床上，眼睛沒看她，但一臉關切，幾近緊張的神情。

好吧，她說，掰掰。

他伸手要拉她，她想也沒想就伸出手。有那麼一會兒，他握著她的手，大姆指摩娑著她的指關節。然後，他拉著她的手，舉到唇邊，親吻著。感覺到他施加於她的力量，一股歡愉的情緒油然升起，整個人彷彿融化了一般，深切渴望著要取悅他。很棒，她說。他點點頭。她覺得體內某個地方隱隱有著滿足的疼痛，在她的恥股骨，在她的後背。

我只是很緊張，他說。我顯然一點都不想讓妳走。

她用微弱的聲音說：我完全無法察覺你顯然想要什麼。

他起身站在她面前。她像隻被馴服的動物，一動也不動，但每一條神經都豎了起來。她想要大聲抽泣。他雙手摟住她的臀部，她讓他親吻她張開的嘴巴。這感覺如此強烈，如此極端，她覺得自己就快要暈倒了。

我好想要，她說。

聽妳這麼說，我好開心。我要關掉電視，如果妳覺得可以的話。

她爬上床，而他關掉電視。他坐在她身邊，他們再次親吻。他的撫觸有種令人麻痺的感覺。她快樂得無法思考，只想脫掉衣服。她又躺回床上，他俯身靠近她。他們已經好幾年沒這樣了。她感覺到他的老二硬挺地頂住她的臀部，因爲強烈的渴望而渾身顫抖。

噢，他說，我好想妳。

這和其他人在一起的感覺不一樣。

噢，我喜歡妳，遠遠超過其他人。

他再次吻她，她感覺到他的雙手摸索著她的身體。她是他可以探索的深淵，一個等待他來填滿的空虛之處。她什麼也看不見，但很有條理地脫掉身上的衣服，也聽見他解開皮帶扣環的聲音。她趴著，臉壓在床墊上，他撫摸她的腿背。她的身體就像個財寶，雖然曾經以不同的方式轉手、受虐，但始終是屬於他的。此時此刻，她感覺到自己重新回到他的懷抱。

我沒有保險套，他說。

沒關係，我有吃避孕藥。

他摸著她的頭髮，她感覺到他的指尖拂過她的頸背。

妳喜歡這樣嗎？他說。

你喜歡怎樣都可以。

他壓在她身上，一手撐在她臉旁邊的床墊上，另一手輕撫她的頭髮。

我有一陣子沒做了，他說。

沒關係。

他進到她體內時，她聽見自己一次又一次叫出聲來，異常生猛強烈的叫聲。她想要就這樣牢牢黏著他，但辦不到，只能用右手徒勞地抓著床單。他俯身，讓自己的臉更貼近她的耳朵。

梅黎安？他說。我們，呃，我們可以再做嗎？比方說下個週末和之後？

只要你想，隨時都可以。

他抓著她的頭髮，但沒拉扯，就只是握在手裡。隨時都可以，真的嗎？他說。

你想要對我怎麼樣都可以。

他喉嚨發出聲音，更用力貼近她。太棒了，他說。

她的聲音變得有點沙啞。你喜歡我這麼說？她說。

是的，我很喜歡。

那你會告訴我，說我屬於你？

什麼意思？他說。

她沒回答，只是對著被子用力喘氣，感覺到自己呼出的氣噴在臉上。康諾停了下來，等待她開口。

你會打我嗎？她說。

好幾秒鐘的時間，她沒聽到任何聲音，連他的呼吸聲也沒有。

不會，他說。我不想打妳，對不起。

她沒說什麼。

這樣可以嗎？他說。

她還是默不作聲。

你要我停下來嗎？他說。

她點點頭，感覺到他的重量離開她的身體。她再次感到空虛，身體突然冷了起來。他坐在床上，拉起被子蓋在身上。她就這樣俯躺著，動也不動，想不出來有什麼舉動是可以接受的。

妳還好嗎？他說。對不起，我不想那麼做，我覺得那樣很詭異。我的意思是，不是詭異，但……我不知道。我不覺得那是好主意。

她因爲平貼在床上，所以胸部疼痛，臉也刺痛。

你覺得我很怪異？她說。

我沒這麼說。我的意思是，妳知道的，我不想要我們兩個之間發生什麼奇奇怪怪的事情。

她這時又覺得非常之熱，酸臭的熱氣瀰漫她全身的皮膚和眼睛。她坐起來，面對窗戶，撥開遮住臉龐的頭髮。

我想我要回家了，如果可以的話，她說。

好，如果妳想這麼做的話。

她拿起衣服，穿上。他也開始穿上衣服，他說最起碼讓他載她回家，她說她想走路。兩人之間開始了荒謬的競爭，比看誰衣服穿得快。她因爲先開始，所以先穿好，跑下樓梯。他衝到樓梯口的時候，她已經走出屋子，關上大門了。走到馬路上，她覺得自己像個鬧彆扭的小孩，看見他衝到平臺，就用力摔上大門。她像被什麼東西控制住了，但又說不上來那是什麼。這讓她想起在瑞典時常會有的感覺，很虛無，彷彿體內已經沒有了生命。她痛恨自己變成這樣的人，一個感覺不到有絲毫力量可以改變自己的人。就連康諾都會討厭她，她已經逾越他所能容忍的極限了。高中時代，他們同在一個地方，兩人都很迷惑，也都飽受折磨，自此而後，她始終相信他們如果能一起回到那個地方，過往的一切就會如常出現。而如今她已經明白，在過去的這幾年裡，康諾慢慢變得比較能適應這個世界了，儘管這個調適的過程緩慢穩定，有時或許也很痛苦。但在這段時間，她卻逐漸墮落，越來越遠離群體，變得惡劣低賤，連她自己都認不得了。他們之間已經沒有任何共同點了。

回到家時，已經十點多了。她媽媽的車沒停在車道上，玄關冰冷，感覺空蕩。

她脫掉涼鞋，放進鞋架，把皮包掛在大衣掛勾上，用手梳梳頭髮。

在玄關的盡頭，亞倫從廚房走出來，手裡拿著一瓶啤酒。

妳他媽的滾到哪裡去了？他說。

康諾家。

他擋在樓梯口，把酒往身邊一揮。

妳不該去那裡的，他說。

她聳聳肩。她知道他要和她吵架了，但她無力制止。他的怒氣從四面八方朝她襲來，她沒辦法做什麼，沒辦法抵抗，沒辦法躲避。

我以為你喜歡他，梅黎安說。我們唸高中的時候，你很喜歡他的啊。

是喔，我那時候怎麼會知道他腦袋有毛病啊？他每天冥想什麼的，妳知道嗎？

我覺得他那樣很不錯啊。

那他幹嘛勾搭妳？亞倫問。

我想這你得要去問他。

她想爬上樓梯，但亞倫用空著的那手攔住樓梯扶手。

我不希望在鎮上聽到有人說那個神經病在上我妹，亞倫說。

我可以上樓了嗎？

亞倫緊緊抓著啤酒瓶，我不希望妳再靠近他，他說。我警告妳，鎮上的人都在議論妳。

要是我在乎別人怎麼想，我的生活會變成什麼樣子，眞是難以想像。

但她已經意識到接下來會發生什麼事了。亞倫舉起手，把酒瓶丟向她。瓶子在她背後的地磚摔個粉碎。她知道亞倫無意傷她，因爲他們之間相隔不到幾呎，酒瓶卻完全沒擊中她。但她還是從他身邊跑開，衝上樓梯。她感覺到自己的身體一路穿透室內冰冷的空氣。他轉身追她，但她想辦法搶先跑進自己的房間，用後背使勁壓在門上。他轉動門把，她卯足全力不讓他轉開。接著他開始踢門，腎上腺素讓她渾身顫抖。

妳是徹頭徹尾的怪胎！亞倫說。媽的，快打開門，我不會對妳怎樣！

她頭靠在木門光滑的木紋上，吼著說：拜託，別煩我。去睡覺，好嗎？樓下我會收拾，我不會告訴媽媽的。

開門，他說。

梅黎安把全身的力量都壓在門上，雙手牢牢抓著門把不放，眼睛緊閉。從小，她的生活就很不正常，她知道。但這麼長的時間以來，有這麼多的事情被掩蓋起來，就像層層落葉掩蓋地面，最後終於和泥土混而爲一。事情一件件發生在她身上，然後埋葬在她身體的泥土裡。她努力想成爲一個好人，但在內心深處，她知道自己是個壞人，墮落、有毛病的壞人，她努力想表現得正常，想表達正確的意見，說出正確的話，但這些努力都只是爲了掩飾埋藏在內心的那個自己，她邪惡的那個部分。

她突然發現門把從手裡鬆脫，還來不及閃開，門就砰一聲敞開了。她聽見一個碎裂的聲響，是門撞上她的臉，接著腦袋裡出現了奇怪的感覺。亞倫走進房間，她往後退開。有個嗡嗡的聲音，但不是很大聲，彷彿只是身體的某種感覺而已，彷彿頭顱裡有兩片出自想像的金屬片相互磨擦。她在流鼻水。她知道亞倫人在她房間裡。她伸手摸臉，鼻水流得好快好厲害。但一抬起手，她看見手指滿滿的血，暖暖濕濕的血。亞倫不知道在說什麼。血一定是從她臉上冒出來的。她的視野歪斜游移，那嗡嗡的感覺越來越嚴重。

你也要把這怪在我頭上嗎？亞倫說。

她的手又摸著鼻子。血從臉上不停流出來，速度好快，她的手指來不及堵住。

血流過她的嘴巴，淌到下巴，她感覺得到。她看著血一滴滴重重落在腳下的藍色地毯上。

五分鐘之後
（二〇一四年七月）

他從廚房的冰箱拿出一罐啤酒，坐在餐桌前打開來。一分鐘之後，大門開了，他聽見蘿芮的鑰匙叮噹響。嗨，他說，拔高嗓音，讓她聽得見。她走進來，關上廚房的門，踩在油氈地毯上的鞋子好像有點黏答答的，發出像是濕潤嘴唇張開的聲音。他看見一隻大飛蛾停在頭頂的燈罩上，一動也不動。蘿芮輕輕摸著他的頭頂。

梅黎安回家了？蘿芮說。

嗯。

比賽結果呢？

我不知道，他說，我想是靠ＰＫ決勝負吧。

蘿芮拉開一把椅子，坐在他旁邊。她動手拿下頭髮上的髮夾，一根根放在桌上。他喝了一大口啤酒，含在嘴巴裡，等啤酒變得微溫，才吞下去。頭頂上的飛蛾拍拍翅膀。廚房水槽上方的百葉窗已經拉起，他看見屋外有暗黑的影子，是林木襯在夜空上的輪廓。

我今天過得很好，謝謝你的問候，蘿芮說。

對不起。

你看起來心情很不好。發生什麼事了嗎？

他搖搖頭。他上個星期去見伊芳的時候，她說他「有進步」。心理專家總是喜歡用這個潔淨無害的字彙，彷彿可以從黑板上擦得一乾二淨的幾個字，沒有弦外之音，沒有性別。她問起他的「歸屬感」。你以前常說你覺得自己被卡在兩個地方之間，她說，對家沒有眞正的歸屬感，而在這裡又格格不入。你現在還是這樣覺得嗎？他就只是聳聳肩。不管他說什麼或做什麼，藥物隨時都在他的腦袋裡發揮化學作用。他每天早上起床淋浴，出門到圖書館上班，沒認眞想過要跳下橋去。他吃了藥，生活如常進行。

蘿芮把髮夾排在桌上，開始用手指把頭髮挑鬆。

你有沒有聽說怡莎·葛雷森懷孕了？她說。

有啊，我聽說了。

你的老朋友。

他拿起啤酒罐，在手裡掂了掂。怡莎是他的第一個女朋友，第一個前女友。他們分手之後，她常晚上打電話到他家來，接電話的總是蘿芮。他在樓上房間，躺在被子底下，聽見蘿芮的聲音說：對不起，親愛的，他沒辦法下樓聽電話，妳也許可以在學校和他說。他們約會的那段時間，她還戴牙齒矯正器，現在八成已經沒有了。怡莎，是的。他和她在一起的時候總是很羞怯。她常做些蠢事，故意惹他吃醋，然後裝出無辜的樣子，彷彿他們兩個都搞不懂她在幹嘛似的：或許她是眞的以為他搞不懂，也或許是她自己也沒搞懂。他很討厭這樣。他越來越疏遠她，最後他傳簡訊告訴她，他不想再當她的男朋友了。他已經好幾年沒見過她了。

我不知道她爲什麼要留下孩子，他說，妳覺得她也是反墮胎的嗎？

噢，難道女人都是因爲這樣才生小孩的嗎？爲了某些跟不上時代潮流的政治主張？

呃，我聽說她沒和她孩子的爸在一起。我甚至不知道她有沒有工作。

我懷你的時候也沒工作，蘿芮說。

他瞪著啤酒罐上紅白相間的繁複字體，B頂端的那一劃往後拉了個圈再繞回來。

妳不後悔嗎？他說。我知道妳不想傷害我的感情，但老實說，妳眞的沒想過，如果沒有小孩，妳可以過更好的生活？

蘿芮轉頭看他，一臉凜然。

天哪，她說，爲什麼這樣問？梅黎安懷孕了嗎？

什麼？沒有。

她笑起來，一手壓在胸骨上。很好，她說，天哪。

我的意思是，我想應該沒有，他補上一句。就算她懷孕，也和我沒關係。

他媽媽沉默了一下，手還是貼在胸口，然後很委婉地說：嗯，是沒你的事。

這是什麼意思，妳以爲我騙妳？我們之間什麼事也沒有，相信我。

蘿芮沉默了好幾秒鐘。他又吞了口啤酒，把罐子擺在桌上。眞是太氣人了，他媽媽竟然以爲他和梅黎安在一起，這幾年來，他們最親密的一次，就是幾分鐘之前在樓上的時候，結果卻落得他一個人在房間裡掉眼淚。

所以你每個週末回家來，是爲了看你親愛的媽媽？她說。

他聳聳肩。要是妳不希望我回來，那我就不回來了，他說。

噢，別又鬧脾氣了。

她站起來，給燒水壺添水。他就這樣怔怔盯著她把茶包放進她最喜歡的杯子裡，然後又開始揉眼睛了。他覺得自己毀了每一個的人生，每一個可能有一點點喜歡他的人。

四月的時候，康諾把他唯一寫完的一篇短篇小說寄給莎蒂．達西—歐夏。她不到一個鐘頭就回覆他的電郵。

康諾，這太棒了！拜託讓我們發表！XXX

讀到這封信時，他的脈搏彷彿敲打他全身，又重又大聲，像一部大機器。他不得不躺下來，瞪著白色的天花板。莎蒂是大學文學期刊的編輯。最後他爬起來，寫回信：

很高興妳喜歡，但我覺得還沒好到可以發表的程度，不過還是謝謝。

莎蒂立即回覆：

拜託！XXX

這回康諾全身像條輸送帶那樣轟隆隆震動。在此之前，沒有人看過他寫的東西，一個字都沒有。這是全新的經驗視野。他揉著脖子，在房間裡踱了好一會兒步，才又寫了回信：

噢，瞭解，那就請用筆名發表。可是妳也要保證，不告訴任何人說這是誰寫的，連其他的編輯也不能知道，好嗎？

她回覆：

哈哈，搞神祕，我喜歡！謝謝親愛的！我嘴巴拉鍊永遠拉起。XXX

他的短篇小說一字未改地登載在文學期刊的五月號。出刊的那天早上，他在藝術區拿到一本雜誌，直接翻到刊印他作品的那一頁。筆名是「柯諾・麥可克雷笛」，一看就覺得不像眞名，他想。藝術區川流的人潮，都是趕著上早堂課的人，手拿咖啡，相互交談。在小說的第一頁，康諾就找到了兩個錯字，害他不得不啪一聲闔起雜誌幾秒鐘，用力深呼吸。學生和老師繼續從他身邊經過，沒人注意到他情緒激動。又一個錯字。他恨不得鑽到樹下，挖個洞藏起來。就這樣，作品發表的考驗結束了。因爲沒有人知道這篇小說是他寫的，所以他無從得知任何人的反應。而他也沒聽到任何一個人評論這篇小說是好還是壞。後來他開始相信，這篇小說一開始之所以會刊登，只是因爲莎蒂的雜誌截稿日期逼近，卻還缺稿的緣故。整個過程裡，他所感受到的苦惱，遠遠大於快樂。無論如何，他還是保留了兩本雜誌，一本放在都柏林，一本藏在家裡房間的床墊下。

梅黎安怎麼這麼早就走了？蘿芮問。

我不知道。

所以你心情才會這麼不好？

妳在暗示什麼？他說，妳的意思是我追不到她，所以傷心？

蘿芮攤開手，彷彿說她不知道。她又坐下來，等水煮開。他覺得很窘，所以生氣了。不管他和梅黎安之間究竟是怎麼回事，從來就不會有好事發生，只會帶給每一個人困擾和折磨。無論怎麼做，他都幫不了梅黎安。她身上有種令人驚懼的特質，彷彿她的存在本身就是個填不滿的洞。就像你在等電梯，但電梯門一打開，裡面什麼都沒有，只有黑得嚇人的空洞電梯井，門開開關關，但你看見的永遠都只是這個可怕的黑洞。她缺乏某種與生俱來的本能，一種自衛或自保的能力，結果反而讓其他人難以理解。你往前逼近，以爲會遭逢抵抗，結果你面前的一切就這樣崩塌殆盡。然而，無論何時何地，他都還是願意爲她赴湯蹈火，在所不辭。他對自己的這一點把握，讓他覺得自己還算是個有價值的人。

今晚發生的事情在所難免。他知道要怎麼對其他人解釋，包括伊芳，甚至尼爾，或任何想像中與他對話的人：梅黎安是個被虐待狂，但康諾是個沒辦法動手打女人的好男人。畢竟這就是事情發生的眞實經過。她要他打她，他說他不想，她就不肯繼續做愛了。可是，這明明符合事實的描述，爲什麼感覺起來如此之不光明磊落呢？他的說法究竟遺漏了什麼，刪除了哪個讓他倆同感心煩意亂的部分？這必然和他們的過去有關，他知道。打從高中時代，他就知道他可以控制得了她。只要他一個表情或伸手的一個觸摸，她就會有什麼反應，他很清楚。她會紅著臉，靜止不動，彷彿等待他下達命令。對這個在其他人眼中顯得如此堅不可摧的人，他輕而易舉就可以頤指氣使。他從來就不甘於失去控制她的能力，就像握有一把能進入閒置產業的鑰匙，可以留待日後使用。事實上，他還強化了這樣的控制力，他心知肚明。

而今，他倆之間究竟剩下什麼了？似乎已經不再是這樣不上不下的狀態了。他們之間發生過太多事情了。所以這一切已結束，什麼都不剩了？曾經有過的意義，如今對她來說全都無足輕重了？他可以避開她，但只要再碰見她，就算只是在教室外面互瞥一眼，這一個眼神交會也絕對不可能空洞無物，什麼意義都沒有。他絕對不會希望落到那樣的下場。沒錯，他的確是想死，但卻從來沒眞心希望梅黎安忘了他。他唯一想要保住的，就是他存在於她心中的這個部分。

燒水壺響了。蘿芮把那排髮夾掃到掌心，握起拳頭，把髮夾塞進口袋裡。她起身，泡茶，加牛奶，然後把牛奶瓶擺回冰箱裡。他看著她。

好啦，她說，該睡覺了。

好吧，晚安。

他聽見她在他背後摸著門把的聲音，但門沒打開。他轉頭，看見她站在那裡，看著他。

讓你知道一下，生下你，她說，我並不後悔。那是我這輩子所做過最明智的決定。我愛你，遠勝過一切，我很驕傲能有你這個兒子。我希望你知道。

他也看著她，很快地清清嗓子。

我也愛妳，他說。

晚安。

她走出廚房，關上門。他聽著她上樓的腳步聲。幾分鐘之後，他站起來，把剩下的啤酒倒進水槽裡，鋁罐悄悄放進回收箱。

他擺在餐桌上的電話開始響。他設定成震動模式，所以電話反射著燈光，在桌面輕輕躍動。他趕在電話摔下桌子之前接起，發現是梅黎安打來的。他愣了一下，瞪著螢幕看。最後他滑開接聽鈕。

嗨，他說。

他聽見電話那頭沉重的呼吸聲。他問她還好嗎。

眞的很抱歉，她說，我覺得自己像白癡。

她在電話裡的聲音有點模糊，彷彿患了重感冒，或者嘴巴裡含了什麼東西。康諾吞吞口水，走到廚房窗邊。
剛才的事？他說，我也在想這件事。
不，不是那件事。眞的很白癡。我不知道絆到什麼，受了點小傷。對不起，爲了這點小事打擾你，我只是不知道該怎麼辦。
他一手撐在水槽上。
妳在哪裡？他問。
我在家。不是太嚴重，但是很痛。我不知道我幹嘛打電話來，對不起。
我可以過去找妳嗎？
她沉吟了一晌，才用悶悶的聲音說，好，好，麻煩你。
我馬上就到，他說，我現在就去開車，好嗎？
他把電話夾在耳朵和肩膀之間，從桌子底下撈出鞋子左腳套上。
你眞的是大好人，梅黎安在他耳邊說。
我幾分鐘就到，我現在出門了，好嗎？待會兒見。
他衝到屋外上了車，發動引擎。收音機隨卽響起，但他用掌心啪一聲按掉。他的呼吸不太正常。才喝了一罐啤酒，他就覺得很不安，感覺不夠敏銳，也或許是太過敏銳，而開始抽搐。車裡太安靜，但他想到要聽收音機就受不了。握在方向盤上的手出汗潮濕。車子左轉開到梅黎安家那條街，他看見她臥房窗戶的燈。他打方向燈，轉進她家車道，停車，下車，關上車門，聲音從屋子正面的石牆上反射回來。

他按門鈴，門馬上就開了。梅黎安站在門口，右手拉著門，左手捏住一團衛生紙，掩著臉。她眼睛浮腫，像是哭過一場。康諾發現她的T恤、裙子和左手手腕都是血。他周遭所見的一切頓時變得若隱若現，無法聚焦，彷彿有人抓住這個世界，用力搖晃。

怎麼回事？他說。

她背後的樓梯傳來乒乒乓乓的腳步聲。康諾就像透過望遠鏡看著場景似的，看見她哥哥下樓走到樓梯口。

妳身上怎麼有血？康諾說。

我想我鼻子斷了，她說。

是誰？亞倫在她背後說。誰在門口？

妳需要去醫院吧？康諾說。

她搖搖頭，說她不需要去掛急診，她已經上網查過了。如果明天傷口還痛，她再去看醫生。康諾點點頭。

是他嗎？康諾說。

她點頭，眼裡浮現驚恐的神色。

上車，康諾說。

她看著他，但手還是一動也不動，依舊用衛生紙摀住臉。他晃動鑰匙。去，他說。

她手放開門把，張開掌心。他把鑰匙放進她手裡，她眼睛還是看著他，舉步往外走。

妳要去哪裡？亞倫說。

康諾踏進門裡一步。他看著梅黎安上車，宛如一團有顏色的霧霾飄過車道。

這是怎麼回事？亞倫說。

梅黎安一安全坐進車裡，康諾就關上大門，讓他和亞倫兩個人單獨在一起。

你要幹嘛？亞倫說。

康諾的視線比剛才更模糊，看不出來亞倫是在生氣，還是害怕。

我要和你談談，康諾說。

他的視線晃動得好厲害，必須伸出一手撐著門，才能讓自己站穩。

我什麼也沒做，亞倫說。

康諾朝亞倫走去，逼得亞倫步步後退，背抵住樓梯扶手。亞倫看起來比往常瘦小，而且驚恐。他高聲喊媽媽，頭拼命往後扭，扭到脖子肌肉緊繃，但樓上沒有人出現。康諾的臉汗涔涔的，而亞倫的臉在他眼中就只是一大堆彩色點點的組合。

要是你敢再碰梅黎安，我會宰了你，康諾說。聽見沒？就這樣。你敢再對她講一句難聽的話，我就會回到這裡來，親手宰了你，就這樣。

儘管康諾看不清楚，也聽不清楚，但感覺亞倫好像在哭。

你聽見了嗎？康諾說。說啊，聽見沒有？

亞倫說：聽見了。

康諾轉身，走出大門，把門在背後關上。

梅黎安在車裡默默等候，一手掩著臉，另一手軟軟地擺在大腿上。康諾坐進駕駛座，用袖子抹抹嘴巴。他們一起坐在與世隔絕的車裡，沉默無語。他看著她。她身體微微往前彎，好像很痛。

對不起，麻煩到你了，她說。對不起，我不知道該怎麼辦。

別說對不起。妳打電話給我是對的，好嗎？看著我。不會再有人這樣傷害妳了。

她的眼睛從那團白色衛生紙裡露出來，看著他，頃刻之間，他又感覺到自己擁有了控制她的力量，從她的眼神裡感覺到她敞開了心胸。

一切都會沒事的，他說。相信我，我愛妳，我不會再讓這樣的事情發生在妳身上。

有那麼一兩秒鐘，她就這樣怔怔看著他，最後閉起眼睛。她往後靠在椅背上，頭靠著頭枕，手仍然壓住臉上的衛生紙。在他看來，這是極度疲累的姿勢，再不然就是如釋重負。

謝謝你，她說。

他發動車子，開出車道。他的視線穩定下來，眼前的物體又開始變得具體起來。他可以呼吸了。頭頂上的樹梢搖晃著，一片片閃著銀光的樹葉靜靜飛舞。

七個月後（二〇一五年二月）

梅黎安在廚房，把熱水倒進咖啡機裡。窗外的天空低沉，宛如鋪上一層絨絨的羊毛。等待咖啡煮好的時間，她走到窗前，額頭貼在玻璃上。她呼出的熱氣形成白霧，慢慢遮蔽了窗外的校景：樹木變得柔和了，老圖書館蒙上一層濃密的雲。身穿厚外套的學生穿過廣場，雙臂抱胸，身影先是變得模模糊糊，最後就完全消失了。再也沒有人誇讚或辱罵梅黎安。大家徹底忘了她。她現在是個普通人。走過她身邊，沒有人會抬頭多看她一眼。她在大學游泳池游泳，濕著頭髮在晚宴大堂吃飯，夜裡在板球場散步。在她眼中，陰雨天氣裡的都柏林格外美麗，灰色石塊因潮濕而變黑，雨滴灑落草地，在光滑的屋瓦上輕聲細語。顏色宛如深海的路燈下，風衣閃閃發亮。稀稀疏疏的車燈，讓雨絲銀光粼粼。

她用袖子抹抹玻璃，從櫃子裡拿出咖啡杯。今天她十點到兩點要上班，接著有堂現代法國的課。她的工作是回覆電子郵件，告訴想來見她老闆的人說他沒有時間和他們會面。她這位老闆究竟是做什麼的，她並不清楚，所以她的結論是，他要嘛是非常之忙，要嘛就只是懶。他出現在辦公室的時候，常挑釁似地點根菸，彷彿是在測試梅黎安。但測試的性質爲何？她就坐在她的辦公桌後面，以正常的方式呼吸。他很喜歡講自己有多聰明。聽他講話很無聊，但也不費什麼力氣就是了。一週結束時，他會交給她一個裝滿現金的信封。喬安娜聽說這件事時，非常震驚。他幹嘛付妳現金？他是毒販還是什麼嗎？梅黎安說她覺得他是某種地產開發商。噢，喬安娜說，哇，這更慘。

梅黎安壓下咖啡機，倒滿兩杯。一杯加了四分之一匙糖，和一點點牛奶。另一杯是黑咖啡，連糖都不加。她像平常一樣把杯子放在托盤上，輕手輕腳穿過走廊，用托盤邊角敲敲門。沒有回應。她用左手抓著托盤撐在臀部上，右手開門。房裡有濃重的氣味，很像是汗味夾雜著隔夜的酒氣，窗戶上的黃色窗簾依舊拉得嚴嚴的。她在書桌清出一塊空間，放下托盤，然後坐在有滑輪的椅子上喝咖啡。咖啡有點酸，和她周遭的空氣差不多。對梅黎安來說，這是一天裡的愉悅時光，在工作還沒開始之前的時光。喝完咖啡之後，她伸出手指，掀起窗簾一角。白光立即照亮書桌。

躺在床上的康諾愉快地說：我其實早就醒了。

你還好嗎？

嗯，還好。

她把那杯沒加糖的黑咖啡遞給他。他在床上翻個身，瞇著眼睛對她說話。她坐在床墊上。

昨天晚上很抱歉，他說。

莎蒂對你有意思，你知道的。

妳這麼認爲？

他豎起枕頭，靠在床頭板上，從她手裡接過杯子。灌下一大口之後，他又看著梅黎安，依舊瞇著眼，左眼幾乎是閉著的。

她不太像我的菜，他說。

我從來就不知道什麼是你的菜。

他搖搖頭，又灌下一大口咖啡。

妳當然知道，他說。妳老是把別人想得很神祕，但我並不是什麼神祕的人。

我覺得每個人都有神祕之處，她說。我的意思是，你不可能眞正瞭解另一個人，諸如此類的。

是喔。但妳眞的這麼認爲嗎？

大家都是這麼說的呀。

那妳有什麼我不知道的嗎？他說。

梅黎安微笑，打個哈欠，抬起雙手，聳聳肩。

人其實沒有他們自以爲的那麼難以瞭解，他說。

我可以先淋浴嗎，還是你要先？

不，妳先吧。我可以借妳的筆電查一下郵件之類的？

好啊，沒問題，她說。

浴室的燈光藍幽幽，像診所似的。她打開淋浴間的門，轉動旋鈕，等水變熱。利用這個時間，她迅速刷了牙，把白色的泡沫吐進排水管，解開綁在頸背上的頭髮，然後脫下睡袍，掛在浴室門後的掛勾上。

去年十一月，學校文學期刊的新編輯辭職，在還沒找到接替人選之前，就由康諾暫時代理。過了幾個月，還是沒找到人，康諾依舊負責編務。昨天晚上是新刊出版的慶祝會，莎蒂・達西—歐夏帶了一瓶酒來，是豔粉紅色的水果伏特加，瓶裡還有小小的水果片漂浮著。莎蒂每回在這樣的場合出現，總愛捏捏康諾的臂膀，私下和他討論他的「前途」。昨天晚上他喝太多水果酒，想站起來的時候跌了一跤。梅黎安覺得這是莎蒂的錯，儘管從另一方面來說，其實也是康諾自己的錯。後來，梅黎安扶他回家，讓他上床睡覺。他問她要了杯水，結果濺得被子上到處都是，然後就昏睡過去，不醒人事了。

去年夏天，她頭一次讀了康諾的一篇短篇小說。想到他坐在那裡，列印出這些檔案，因爲沒有釘書機，而折起左上角固定，她就有一種很特殊的感覺。讀著小說的時候，她一方面覺得和他很親近，彷彿親眼看見了他最隱密的思緒，但同時也覺得他離她更遠了，潛心專注於他自己的某些複雜任務，她無法參與其中的任務。當然，莎蒂也不可能眞正參與其中，但她至少是個作家，也擁有她自己隱密的想像世界。而梅黎安的生活侷限於眞實世界，居住於眞實的人群之中。她想起康諾說：人其實沒有他們自以爲的那麼難以瞭解。但他還是擁有她所欠缺的，沒有任何人得以涉足其間的內在生活。

她常常忖思，他是不是眞的愛她。他在床上總是憐愛地說：不管我說什麼，妳都會乖乖照做，對吧？他知道怎麼把她想要的東西給她，讓她敞開心胸，軟弱無力，有時候甚至哭了起來。他知道傷害她是沒有必要的：因爲他可以讓她心甘情願順服，不需要動用任何暴力。一切彷彿都是在她個性最深沉的那個層面進行，但對他來說，又是在哪一個層次進行的呢？這只是個遊戲，又或者是他給予她的恩惠？每一天，在他們日常生活的活動裡，他都很耐心體貼她的感受。她生病的時候，他照顧她；他幫她看學校報告的草稿；她談起自己的理念，又不停改變心意，反駁自己論點的時候，他靜靜坐下來聽她講。可是他愛她嗎？有時候她很想說：如果你不再擁有我，還會思念我嗎？她以前在鬼屋的時候問過他一次，那時他們還都只是孩子。他回答會，但當時她是他生活裡的唯一，是他獨自擁有的唯一，而那樣的情況再也不會有了。

十二月初，朋友問起他們聖誕節的安排。梅黎安從夏天之後就沒再見過家人。她媽媽完全沒和她聯絡。亞倫傳了幾則簡訊，說：媽不要和妳講話，她說妳很丟人。梅黎安沒回覆。她在心裡預習，媽媽終於和她聯絡時，她們之間可能會有什麼樣的對話，媽媽會怎麼罵她，又會堅稱事實的眞相爲何。但這些演練完全派不上用場。她的生日來了又走，家裡沒捎來隻字片語。十二月到了，她打算聖誕節期間自己一個人待在學校寫畢業論文：愛爾蘭獨立後的監獄體制。康諾希望她和他一起回卡瑞克雷。蘿芮會歡迎妳的，他說。我打電話給她，妳自己和她說。結果是蘿芮打給梅黎安，親自邀請她去過聖誕節。梅黎安相信蘿芮知道怎麼做才對，所以接受了她的邀請。

從都柏林開車回家途中，她和康諾一直聊個沒完沒了，開玩笑，怪腔怪調，惹得彼此哈哈大笑。如今想想，梅黎安不禁好奇，他們是不是因爲心情緊張才這樣。回到福克斯菲爾德社區的時候，天已經黑了，窗戶掛滿五顏六色的燈。康諾從行李廂搬出他們的行李，梅黎安坐在客廳的壁爐旁邊，等蘿芮泡茶。塞在電視機和沙發之間的聖誕樹掛著彩燈，周而復始地一亮一滅。康諾端來一杯茶，擺在她椅子的扶手上。他沒馬上坐下，停下腳步調整了一條亮片彩帶。經他調整之後，看起來好多了。靠在火爐旁邊，梅黎安的臉和手都熱烘烘的。蘿芮走進來，開始對康諾說哪些親戚已經拜訪過了，哪些明天要拜訪，諸如此類的。梅黎安整個人好放鬆，幾乎想要閉上眼睛睡覺。

聖誕節期間，福克斯菲爾德的這幢房子熱鬧非常，入夜之後還人進人出，有人手裡拿著餅乾禮盒或威士忌來，小不點的孩子們橫衝直撞，大呼小叫。有天晚上有人帶了一臺電動遊戲機來，康諾和表弟在客廳玩世界盃足球賽玩到凌晨兩點。螢幕的光線讓他們身上泛著綠光，康諾臉上有著近乎宗教虔誠的表情。梅黎安和蘿芮大部分時間都在廚房裡，洗水槽裡的髒杯子，拆開一包包巧克力，不停添壺燒水。有一回她們聽見有人在客廳裡高聲問：康諾有女朋友嗎？另一個聲音回答說：有啊，她在廚房裡。蘿芮和梅黎安互看一眼。她們聽見一陣乒乒乓乓的腳步聲，有個穿曼聯隊球衣的十幾歲男生出現在廚房門口。他一眼就看見站在水槽前面的梅黎安，羞得低頭看自己的腳。嗨，她說。他草草點個頭，沒抬眼看她，就跑回客廳。蘿芮覺得非常好玩。

除夕那天，他們在超級市場看見梅黎安的媽媽。她穿黑色套裝搭黃色真絲襯衫。她隨時看起來都是這麼體面。蘿芮很客氣地說妳好，但丹妮絲眼睛直視前方，一句話也沒說就走了。她自己大概也不知道她究竟是在氣什麼吧。離開超市，坐進車裡之後，蘿芮從前座轉身，捏捏梅黎安的手。康諾發動車子。鎮上的人都怎麼說她？梅黎安問。

誰，妳媽？蘿芮說。

我的意思是，大家都怎麼看她？

蘿芮浮現憐憫的表情，輕聲說：我想大家都覺得她有點怪。

這是梅黎安第一次聽見這樣的評語，她以前甚至連想都沒想過。康諾沒加入她們的談話。這天晚上，他要到凱勒赫酒館去跨年。他說高中同學都會去。梅黎安說她留在家裡好了，但他考慮了一會兒之後說：不，妳應該去。她趴著，臉貼在床上，等著康諾把身上的襯衫換成另一件。我這人絕對不會反抗命令，她說。他照著鏡子，迎向她的目光。是啊，妳確實是，他說。

這天晚上凱勒赫酒館人很多，熱烘烘的，有點濕氣。康諾說的沒錯，高中同學都來了[16]。他們不停遠遠揮手，開口打招呼。凱倫看見他們走近吧檯，就伸出雙臂摟住梅黎安，身上有著輕淡但很宜人的香水味。見到妳眞是太開心了，梅黎安說。來和我一起跳舞吧，凱倫說。康諾端著酒走下臺階到舞池，蕾秋和艾力克站在那裡，還有麗莎、傑克，以及晚他們一屆的席亞拉．赫弗南。艾力克莫名其妙對他們鞠個躬，八成是喝醉了。這裡好吵，講話非常困難。康諾幫梅黎安端著酒，等她脫下大衣，塞到桌子底下。沒有人眞的跳舞，都只是站在那裡，對著彼此的耳朵扯開喉嚨講話。凱倫偶爾做出俏皮的拳擊動作，彷彿是和空氣對戰。其他人也靠過來，包括幾個梅黎安沒見過的人。每個人都相互擁抱，大吼大叫。

午夜到來，他們舉杯互祝新年快樂，康諾擁梅黎安入懷，親吻她。她感覺到其他人在看他們，目光彷彿有實質的重量，沉甸甸壓在她的皮膚上。或許是大家在此之前還不敢眞的相信這是事實，也或許當年一度被認爲是醜聞的這件事，如今對大家還有著近乎病態的迷人魔力。但也許，他們就只是好奇地觀察，經過這麼多年還離不開彼此的這兩個人之間所產生的化學作用。梅黎安必須承認，換成是她，她八成也會看得目不轉睛。康諾放開她之後，看著她的眼睛說：我愛妳。她笑起來，漲紅了臉。她完全臣服於他，他選擇要拯救她，而她也已得到救贖。在大庭廣眾之下這麼做，根本不是他的作風。所以他肯定是別有用意，是爲了取悅她。覺得自己完完全全臣服於另一個人的控制之下，這感覺實在太奇怪了，但同時卻也非常正常。沒有人能完全獨立於另一個人之外，既然如此，何不乾脆放棄嘗試，她想，朝另一個方向奔去，完全依賴別人，也讓他們依賴你，這又有何不可呢。她知道他愛她，她再也不懷疑了。

---

16 凱勒赫酒館是愛爾蘭的連鎖酒吧，每年年末外地的遊子回到家鄉，到酒吧聚會迎接新年是返鄉的習俗。（編按）

她走出淋浴間，拿起藍色浴巾裹在身上。鏡子蒙上一層水蒸汽。她打開浴室門，康諾從床上轉頭看他。嗨，她說。房間裡微帶餿腐味的空氣讓她的皮膚感覺涼涼的。他坐在床上，腿上擱著她的筆電。她走到抽屜櫃前，拿出乾淨的內衣，開始穿上。他看著她。她把浴巾掛在衣櫃門上，手套進襯衫袖子。

有什麼事嗎？她說。

我剛收到一封信。

噢？誰寄來的？

他呆呆瞪著筆電，然後抬頭看她，一雙眼睛紅通通的，睡意迷濛。她扣上襯衫鈕釦。他還是坐著，但被子底下的膝蓋豎了起來，筆電螢幕照得他臉發亮。

康諾，誰寄來的信？她說。

是紐約的一所大學。看來我申請上研究所了。妳知道的，創意寫作碩士班。

她站在那裡，頭髮還濕淋淋的，緩緩滲濕了她的襯衫。

你沒告訴我說你去申請，她說。

他就只是看著她。

我的意思是，恭喜，她說。他們錄取你，我一點都不意外，我意外的是，你竟然沒提起。

他點點頭，面無表情，又低頭看筆電。

我不知道，他說。我應該要告訴妳的，可是我眞的覺得錄取的機率不大。

嗯，那也沒理由不告訴我啊。

無所謂啦，他說，反正我也不可能去。我甚至不知道我一開始爲什麼要申請。

梅黎安拿下掛在衣櫃門上的毛巾，開始慢慢擦頭髮，在書桌旁的椅子上坐下。

莎蒂知道你申請嗎？她說。

什麼？妳爲什麼這樣問？

她知道嗎？

這個嘛，她是知道，他說。可是我看不出來這中間有什麼關係。

你爲什麼告訴她，卻不告訴我？

他嘆口氣，用指尖揉揉眼睛，然後聳聳肩。

我不知道，他說。是她叫我去申請的。老實說，我覺得這個主意很蠢，所以沒告訴妳。

你愛她嗎？

康諾瞪著坐在房間另一頭的梅黎安，沒動也沒眨眼，就這樣直勾勾盯著她看了好幾秒鐘。看不出來他臉上的表情究竟是什麼意思。最後她轉開視線，又去弄她的毛巾。

妳開什麼玩笑？他說。

你爲什麼不回答我的問題？

妳把不相干的事情全攪在一起了，梅黎安。就算只當朋友，我也不太喜歡莎蒂這個人，好吧，老實說，我覺得她很煩。這句話我不知道還要對妳說多少遍。對不起，我沒告訴妳申請學校的事，但是，妳怎麼會突然跳到這個結論，說我愛上別人了呢？

梅黎安一直用毛巾搓著髮梢。

我不知道，最後她說。有時候我覺得你想和瞭解你的人在一起。

沒錯，那個人就是妳。如果我要列張清單，一個個寫出絕對不瞭解我的人，莎蒂肯定在名單裡。

梅黎安又默不作聲。康諾關掉筆電。

對不起，我沒告訴妳，好嗎？他說。有時候我覺得告訴妳這些事很難爲情，因爲這眞的很蠢。老實說，我還是很尊敬妳，不希望妳覺得我，嗯，我不知道，不希望妳覺得我是癡心妄想吧。

她用毛巾擰頭髮，感覺到每一綹頭髮的粗糙糾結。

你應該去的，她說。我指的是去紐約。你應該接受他們提供的機會，應該要去。

他沒回答。她抬起頭。他背後的牆面是黃色的，像一塊奶油。

不，他說。

我相信你一定可以拿到獎學金。

妳爲什麼這樣說？我以爲妳明年想留在這裡。

我留下來，你去，她說。就只是一年而已。我覺得你應該去。

他發出奇怪難解的聲音，聽起來像笑聲。他摸摸脖子，她放下毛巾，開始緩緩梳開打結的頭髮。

這太荒謬了，他說，我不會丟下妳，一個人去紐約。如果不是爲了妳，我甚至不會待在這裡。

這倒是眞的，她心想，他甚至不會待在這裡。他會在另一個完全不同的地方，過著完全不同的生活。他甚至會和其他女人在一起，對愛情的渴望也會完全不同。而梅黎安自己呢，她也會是個完全不同的人。那樣的她會快樂嗎？如果快樂，又會是哪一種快樂呢？這些年來，他們宛如兩顆小星球，共享一片土壤，攀附彼此而生長，爲適應空間而扭曲自己，做出某些看似不可能的姿勢。但最後，她終於還是爲他做了一些事，讓新生活成爲可能，爲此，她可以永遠覺得心安。

我會很想妳，他說，老實說，我會得相思病。

一開始會，但慢慢就會好轉的。

他們沉默無語，就這樣坐著。梅黎安拿起梳子很有條理地梳著頭髮，找尋打結的地方，耐心十足地緩緩梳開。再也沒有必要急躁不耐了。

妳知道我愛妳，康諾說。我永遠不會對其他人有同樣的感情。

她點頭，好吧，他說的是實話。

老實說，我不知道該怎麼辦，他說。妳開口說希望我留下來，我就會留下來。

她閉上眼睛。他很可能不會再回來，她想。也或許相反的，他會回來。他們擁有的當下，永不復返。但是對她來說，孤獨所產生的痛楚，比起她過去所感受到的痛苦，一點都不算什麼，也不值一提。他帶給她美好的一切，就像送來禮物一般，讓她擁有這些美好。他的人生無限寬廣，在他面前朝向四面八方開展。他們已經爲彼此做了許多美好的事。眞的，她想，是眞的。人眞的可以改變彼此。

你應該去的，她說。我永遠都在這裡，你知道的。

誌謝

首先感謝約翰・派崔克・麥克休（John Patrick McHugh），早在我尚未完成這部小說之前就與這個故事爲伍，透過交談和引領，帶著這部小說發展成形。其次感謝湯瑪斯・莫里斯（Thomas Morris）對初稿提出深思熟慮、鉅細靡遺的意見。也要感謝大衛・哈特利（David Hartery）與提姆・邁可葛漢（Tim MacGabhann）撥冗閱讀小說開頭幾章，並提供建議。謝謝肯恩・阿姆斯壯（Ken Armstrong）、伊亞拉・孟吉（Iarla Mongey）和卡斯爾巴（Castlebar）寫作協會全體成員對我早期寫作的支持。感謝翠西・波罕（Tracy Bohan）在我撰寫這部小說期間，爲我做了除眞正動筆之外的所有事情。感謝彌特茲・安吉（Mitzi Angel），讓這部小說成爲更好的小說，也讓我成爲更好的作家。謝謝約翰的家人和我的家人，特別是我的父母親。感謝凱特・奧利佛（Kate Oliver）和伊菲・康邁（Aoife Comey）一如既往的友誼。還有約翰，謝謝你爲我做的一切。

推薦文

千禧愛情與社交新「正常」之微顯像

◎曾麗玲（臺大外文系教授）

《正常人》情節擬似校園小說，追溯來自西愛爾蘭高中的男女學霸，在高中最後一年談起戀愛，之後同赴首都都柏林三一學院念大學，直到大學畢業男主角赴美攻讀碩士在即，前後共四年兩人分合不斷的過程。貌似老套的劇情，在作者莎莉・魯尼刻意輕揮白描的筆觸之下，小說毅然譜出格局遠超過校園戀愛記、向「親密關係」致上的一闕禪頌。

二〇一八年五月愛爾蘭以壓倒性的全民公投結果，通過撤銷實行已三十五年的國家反墮胎法案，魯尼在支持墮胎公投案通過後三個月接受《紐約時報》的專訪時，如此表達對該事件的感受：「我為我能覺得正常感到無比開心啊……當我現在走在路上，看到人們大概認同我的想法時，我覺得好自在」。她這番對「正常」的闡釋非常適合作爲解讀她第二部小說《正常人》主旨的線索。小說以不疾不徐的速度與筆調測試著康諾與梅黎安這兩個無法斷然分手的戀人的心理極限。兩人四年內不停分和的過程裡，的確穿插著熾烈的性愛，但更多時候，小說呈現兩人如同辯論士般不斷地說理、詰辯、甚至哲學性地論述著公衆議題，他們經常在性愛之後或在電郵當中談論資本主義的不公、社會階級（無）意識、菁英主義、全球監控系統等等類似如魯尼所經歷過支持墮胎的公投、這些具有「歷史時刻」的議題。這種角色理性與感性撕裂的狀態，應該與許多千禧世代面臨全球性危機時，油然而生很「正常」的無力感若合符節。但不昧於此類千禧無力感的《正常人》，卻堅持從個人、小處著眼，首先藉由梅黎安發出「我不知道我爲什麼就不能正常人一樣……爲什麼沒辦法讓人愛我？」的不平之鳴，凸顯一般正常人渴望被愛、並且想要脫離生存孤獨感的共同感受，進而利用描寫兩人糾纏的互動，主張格局雖小的親密人際關係如愛情，仍可以是改造他人、並形塑自我的一股眞動力。也就是說，雖然《正常人》仍然是一本愛情小說，但作者更思辯著「正常性」的本質，康諾與梅黎安了然於他們親密關係裡存在著互相作用、互爲依存的模式，即便兩人當中存有某種權力關係，他們也有默契知道權力運作的源頭就落在他們各自身上——康諾自知他可讓梅黎安快樂；梅黎安也知道她有一股危險的力量可凌駕於他。每當兩人分開再重聚時，他們如此的互動便會自然啓動，他們也會「正常」地體驗到如此切身、個人的感受。

《正常人》裡特別有意義的一段描寫，回應文學與人生關連性的大哉問。這是康諾在大學主修英文系時，自己會在圖書館裡讀著文學作品，有次他爲珍・奧斯汀《艾瑪》裡奈特利先生打算娶哈利葉那一段情節而情緒有所波動，他爲自己竟會沈浸在戲劇化的小說情節、還關心小說虛構人物的婚嫁，自我解嘲不應是如他這樣的知識分子應有的行爲；然而，他坦承文學觸動他的心弦，甚至臣服於文學「幾近性感的魅力」。接著他對《艾瑪》的文學批評，可以說自我反射地承載著小說的主旨：「要瞭解活生生的人，和他們建立親密關係，他就必須運用像閱讀小說這樣的想像力」，以整本小說觀之，讓康諾與梅黎安困惑所謂「正常人」維持親密關係的極限何在的疑惑，解答便在上述康諾自己的文學評語當中，易言之，能夠具有與他人情、理共感的能力，便是能夠瞭解眞正的人們、並與他們親近的必要條件。今年二月接受《紐約時報》專訪時，魯尼回答她會受到來自文學作品哪個面向感動的提問時，不假思索給了「愛與快樂」這兩個答案。康諾自承無法抗拒來自文學的感受力，也是魯尼帶給她的讀者的啓示，閱讀文學不僅讓她的角色學習到與他人親近之道，她的讀者更可以從康諾與梅黎安的互動模式當中，領會到個人也有承擔讓他人找到快樂、幫助他人實現夢想的責任。

《正常人》以十九世紀英國小說家喬治．艾略特最後一部小說《丹尼爾．德隆達》裡一段討論親密關係之於人的影響力的引言為其開卷詞，又在小說情節裡安排角色閱讀珍．奧斯汀的小說《艾瑪》，兩處文學引述直指小說與以奧斯汀為代表的十九世紀「社交小說」（novels of manners）這個文類的密切關連。《正常人》在親密關係上的辯證，正符合社交小說裡戀愛情事與社會準則兩議題牽手舞探戈的原型。如果說珍．奧斯汀的小說以描寫細膩、有如象牙微雕藝術品般的精緻著稱，那麼《正常人》則以能驅動數位運算微晶片般的精準筆觸，微顯像了千禧世紀愛情與社交的新「正常」。

《正常人》出版於二〇一八年，前一年魯尼便挾持著年僅二十七歲時完成的首部小說《*Conversation with Friends*》一鳴驚人的盛況，頓時在文壇形成所謂的（千禧）愛爾蘭文學「現象」，但在《正常人》出版的二〇一八年接受《愛爾蘭獨立報》的訪問時，她卻坦承面對環伺當代的重大危機時，她百業不精，只能慚愧地以她唯一通曉的小說創作與之對應。小說出版短短二年後，全球因新冠病毒掀起（舊正常）社交型態大革命，（非正常）保持社交距離頓成「新正常」（the new normal），對於急於進入後新冠病毒時代、尋回「原正常」生活的當下而言，魯尼的《正常人》可說巧妙地實現超過一世紀前王爾德（Oscar Wilde）霸氣的「文學不臣屬、而是先於人生」的宣言。不得不說魯尼早發於二年前對「正常」的思索，竟然具有預知未來的功能——時序進入二〇二〇年，因一場瘟疫，歷史啓動了人們投入「舊正常」→「非正常」→「新正常」→「原正常」的糾結辯證，原來小說早已前行於後到的此時此刻，《正常人》能夠如此精確地內建這樣弔詭的時間錯置，光這點便應足以安慰並化解魯尼本身（並無正當性）文人無用的愧疚感了。

推薦文

在關係裡嚐盡孤獨的千禧世代

◎吳曉樂（作家）

《正常人》圍繞著兩位青少年梅黎安與康諾，他們在年少之際，有了極其深奧、幸福的交錯，隨後因無止盡的誤解、錯譯，於四年間分合不斷。作者莎莉．魯尼，出生於一九九一年，被不少媒體譽爲「千禧世代的代表作家」。魯尼還有幾項身分，可作爲閱讀上的參考與註釋。一來她曾在歐洲大學辯論大賽中獲得最佳辯手的稱號，你可以自角色交談間展露的鋒芒，抽繹出魯尼厚積薄發的匠心；二來她自承是名馬克思主義者，她經營「階級」的策略顯得饒富巧思。

梅黎安家世優渥，康諾的母親爲梅黎安一家提供居家清潔服務。乍看之下，兩人的階級差異顯像於「物質表象」，魯尼刀鋒一轉，精雕「精神內在」的位階。梅黎安在家庭裡承受著雙親、兄長的疏冷，甚至暴力。她不諳與人來往，康諾是她與外界聯繫的橋樑；反觀康諾，出身勞工階級，與母親的互動親密且開明，他還是高中校園的風雲人物。康諾經濟上捉襟見肘，梅黎安承擔著他情感的起伏無依。爾後，兩人雙雙進入都柏林三一學院就讀，手上的「資本」也因環境更動產生質變，三一學院匯聚著政商名流二代，傲慢與頹靡的風氣某種程度切合了梅黎安的頻率，她交了一個很酷的男友，梅黎安搖身一變，成爲人際核心；倒是康諾羞澀、謹慎依舊，身上一成不變的廉價穿著，讓他淪爲同儕以及梅黎安同夥調侃的目標。魯尼進一步將階級意識，於情節推動間，與上述設定完成精妙的嫁接。比如康諾的朋友羅勃問他：「你媽是她家的女傭，對吧？」、「梅黎安是不是有個小小的鈴鐺，拉一下就可以叫她來？」；又或者是兩人升上大學後，對三一學院獎學金的理解。在梅黎安眼中，獎學金表彰的榮譽能提振個人信心，對她的情緒有正面影響；康諾則認定獎學金是衆多前景的化身，他從此不必煩惱都柏林的房租與驚人的學費，晚上還可以享用免費的晚餐。宣誓典禮當天，兩人以獎學金爲基礎展開的討論，是我在近代小說間讀到最精彩的交鋒。魯尼以乾淨、靈巧的對白，勾勒出兩人之間高懸的張力。

故事仔細分梳，或可嗅聞到十九世紀珍．奧斯汀小說的尾韻：深受吸引的兩人要如何在外在條件與內在心理的交互擾動之下，琢磨理想對象的樣貌（我認爲康諾沉浸在《艾瑪》的情節裡，應可視爲一枚小彩蛋）。魯尼爲古典框架鍍上了現代風味，《正常人》以青春戀情爲骨，塡實的血肉則是她對於千禧世代的細膩掌握，梅黎安與康諾背景懸殊，卻同樣敏弱、多思，即使雙方在各方面驚人地投契：他們坦裸內在的崎嶇與慘傷、即興地辯論、或將與談的痛快匯兌成性愛的愉悅，卻也不乏向對方投擲可觀的傷害。高中時期，康諾一度爲了證明自己與梅黎安毫無瓜葛，刻意邀請了另一位女孩去舞會；進入三一學院之後，梅黎安也未能感應到康諾以層層尊嚴裹藏的求救訊號，無心導致了康諾的難堪。這段關係精緻迷離，充滿韌性、又不堪一擊，其中的主導權交互輪替，梅黎安與康諾若即若離，始終畏懼、迴避著「封閉、一對一」的模式。這何嘗不是現代人的迷惘與掙扎？我們在與他人共享親密的同時，也經驗著自我認同的動搖，如何整合兩者？並劃清界線以謀求共生的榮景？

魯尼也善於捕捉千禧世代的精神狀態，他們如此抑鬱、處心積慮地捍衛著個人的情緒安全。如康諾的呢喃：「他們就是這樣，在日常生活裡小心翼翼壓抑自己的情感，把情感擠壓到越來越小的空間裡，直到某個看似無足輕重的小事突然引爆，爆發出瘋狂到不可思議的驚人重要性」。她更點出千禧一代的焦慮：這個世代對於他人的凝視十分敏感，也很慣於操作「異己」、「敵我」的辨識，如此一來，某種辜負、暴力的遂行變得理所當然。康諾在很多年後才發現自己曾竭力抵抗的流言蜚語，不過是他太把「他人」當作一回事，實情是，沒人那麼在乎他那年是否跟梅黎安在一起。梅黎安亦有了新的體悟：「大學生活卻明明白白指出，要是高中時代有人肯和她講話，她也會表現得像任何人一樣惡劣」。故事中，一位角色的死亡如同核能外洩，梅黎安與康諾各自對於「社群」這股驅動多數人的能量有了深邃、痛苦的檢討，而梅黎安的結論「這樣的殘酷行爲不只傷害了被害人，對加害人也造成了傷害」，更讓我見證魯尼眞金白銀的寫作本領，她讓讀者在閱讀之後，深深懷疑自己能否以過往的視野去看待同一件事。

回頭來看書名《正常人》，梅黎安與康諾不斷探索何謂正常，他們更易了數套「作業系統」，重新運算彼此的家庭、友誼與情愛。他們時而掛上面具，舉起剪刀，修築別人性格上蔓生的枝椏，並任由他人的看法恣意填充他們的內裡，時而對這樣的舉止感到驚駭不已。在他們的嘗試與悔恨之中，一個世代的精神輪廓於焉變得清晰、可辨。魯尼的書寫更呼應了她引用喬治．艾略特的文句，我在閱讀的過程中，屢屢感受到文學碰觸心靈的方式如此獨特：最終我們所認識的「眞相」並非存於眼中，而是在於心底。魯尼描述人性，也保存了其背後不可化約的複雜性。

獨家收錄

定義一整個世代的二十七歲作家——專訪莎莉・魯尼

她的第一部小說《*Conversations With Friends*》讓她被譽為「Snapchat時代的沙林傑[1]」。值此第二部小說《正常人》問世之際，她與我們暢談經濟危機後的愛爾蘭、墮胎合法化的憲法第八修正案，以及獲提名曼布克獎的種種。

愛爾蘭有許多出色的年輕作家，而莎莉・魯尼就是其中的佼佼者。她的第一部小說《*Conversations With Friends*》僅僅三個月就完稿（儘管她說初稿「非常可怕」），去年春天出版之後，廣獲各方讚譽。如今她的第二部小說《正常人》已被盛讚為比前作更勝一籌的傑作。

本年度曼布克獎的評審似乎也抱持相同的看法。他們已將這本小說列入提名名單（獲得提名有什麼感想嗎？「我只想得出來老掉牙的形容詞，」她說，「太不可思議了！」）去年，她獲「週日泰晤士報年度青年作家獎」（PFD/Sunday Times Young

Writer of the Year），並入圍「週日泰晤士報盈豐集團短篇小說獎」（EFG Short Story Award）決選。不久前，她進入愛爾蘭文學雜誌《*Stinging Fly*》擔任編輯，剛出版了她所編輯的第一期雜誌。而她，只有二十七歲。

我們約在都柏林利菲河南岸，商人碼頭廣場區的一家咖啡館碰面。這裡很嘈雜，咖啡裝在宛如標本罐的杯子裡。訪談的過程裡，莎莉．魯尼非常率眞，但並非無所不談；輕鬆自若，但回答問題仍字斟句酌。道別前，我再次核對幾項基本資料：她念的學校、手足，諸如此類的。她爲自己沒有什麼軼聞趣事可談而笑起來，說：「就告訴讀者說，她這人很無趣，很普通吧。」

才怪。儘管我說魯尼的新小說是在省思「正常」（普通）這個複雜的概念，但她一點都不無趣。

魯尼的作品爲何能引此如此廣大的共鳴？爲何如此輕易地就贏得「Snapchat世代沙林傑」、ＩＧ時代小說家的美譽？她說：「我寫的只是虛構人物的故事。」而且，這些人物很可能是會惹你討厭的人：通常很有魅力，也多半很有錢，很聰明，

1 Jerome David Salinger, 1919-2010，《麥田捕手》的作者。

住在都市，體面優雅，習於自省，慣於言詞交鋒。

《*Conversations With Friends*》敍述都柏林女孩法蘭希絲和芭比，與一對年紀稍長的夫妻之間的友誼（或超友誼）。和其他讀者聊起時，我發現這部小說很容易引起激辯，而大部分的焦點都集中於法蘭希絲的感情生活，以及她和年長的演員尼克之間的戀情，究竟算不算是好結局。魯尼和我也討論了這個引發爭論的情節安排，我樂於向各位報告，她贊同我的解讀，但也知道她其實不願選邊站：「我不認爲我堅定支持哪一方的看法。」儘管作品坦率直接，但她的態度似乎有點模稜兩可，不想因爲執著於某種觀點或行動，而陷入矛盾困境。

書評家也注意到她這步步爲營的態度。亞麗珊卓・史瓦茨（Alexandra Schwartz）在《紐約客》評論魯尼的第一部小說時，說這小說讓她：「有種奇妙的感覺，魯尼似乎始終不確定自己的方向，但卻又相信自己可以找到方向。」而就史瓦茨看來，魯尼也確實辦到了：「許多盡責的文學小說家會運用刻板的想像力或像閃光燈般閃個不停的隱喻辭彙，但魯尼完全沒有，她以罕見的驚人自信，展現了澄澈剔透、洗練簡潔的風格。」

《正常人》講述梅黎安與康諾的故事，從斯萊戈的小鎮高中一路發展到都柏林的三一學院。在小說裡，我們看見從二〇一一到二〇一五年之間，關係斷斷續續的兩人在各個不同場景登場。

小說敍事籠罩著魯尼形容爲「外部因素」的陰影——梅黎安家庭的極度失能與暴力，她的富有與康諾的匱乏，愛爾蘭經濟危機後的衝擊，以及階級結構對年輕人社交、教育與生活所產生的影響。但魯尼非常清楚，小說主要的焦點必須集中在主角的感情關係上。和《*Conversations With Friends*》一樣，這部小說一開始是計劃寫成短篇小說，但魯尼隨著書中角色掉入無底洞，造訪他們生命中的不同時刻，記錄下每一個場景，「這些場景無論重大或微小，都會改變兩人之間的互動，讓他們此後的人生產生些微——甚或重大——的改變。」

《正常人》這部小說的直接與坦率吸引了我，讓我二十四小時不間斷，一氣呵成在凌晨三點讀完。我告訴魯尼，我覺得很驚訝的是，這部小說如此吸引我，但事後我想剖析這部作品如何構成，又運用了哪些巧妙的安排與爲何如此（我這句話是正面的讚美），卻覺得和我的閱讀經驗之間有著巨大的落差。其中格外顯著的就是權力的轉換，以及權力轉換過程中帶給其間人物的迷惑混亂，例如：

她坐在他身邊，他摸著她的臉頰。他突然有種恐怖的感覺，覺得自己可能會揮拳打她的臉，非常用力的打，而她就只會坐在這裡，任由他動手。這想法讓他非常害怕，他推開椅子，站起來，雙手顫抖。他不知道自己為什麼會有這個念頭。說不定是他內心想這麼做。但這個念頭讓他反胃欲吐。怎麼回事？她說。

然而，在推崇魯尼對於內心刻劃，以及人心與情感精準細膩描摹的天分時，我們也不能否認，她的文字力量部分來自於故事背景與社會環境，以及她如實呈現眞實世界的尋常問題——例如《*Conversations With Friends*》的主要角色患有子宮內膜異位症——再加上一些不那麼具體的挑戰。《正常人》的故事背景設定在經濟衰退的那幾年，她說：「描寫西愛爾蘭的年輕人離開家鄉去上大學，我不可能不碰觸當時正在加劇的貧富差距。如果對外在世界的變化不夠敏銳，我想我也無法眞正探索這些角色的內心生活。」

魯尼也曾經是這樣的離鄉青年，就在不算太久之前。她生長在卡斯爾巴，這個人口約僅一萬人的小鎮，在《正常人》裡化身爲「卡瑞克雷」，是女主角梅黎安迫不及待想逃離的地方。（**她沒去過運動中心，也從沒到廢棄的工廠喝過酒，雖然她曾經坐在車裡經過那個地方。**）儘管魯尼也渴望著都柏林所提供的「最大可能的都市空間」，但她的成長經歷顯然遠比她筆下的角色平順。例如，她母親剛從當地的藝術中心退休，而她的雙親都是熱愛閱讀的人。不過，魯尼說自己在少女時代的閱讀習慣「非常淺薄」，通常是拿到什麼就讀什麼。

她十五歲時加入寫作班。「我每個星期都不缺課，興奮地拿出我寫的爛小說！」她回憶說，「我並不是搬到都柏林，認識其他作家之後，才明白自己想要當作家。我很幸運，卡斯爾巴有寫作班，有很多人認眞寫著眞正有意思的東西。所以從這方面來說，我算是很幸運，我才十五歲，就有人鼓勵我寫作。」她有一個哥哥和一個妹妹，目前都住在都柏林。

《正常人》書中所描述的世界可以說是縮小版的三一學院。三一學院是魯尼的母校，她大學主修英國文學，而後進入研究所，獲有美國文學碩士學位。在三一學院的第一個星期，她認識了湯瑪斯．莫里斯，成爲好友。莫里斯在她出書之前就出版了短篇小說集《我們不知道我們在做什麼》（*We Don't Know What We're Doing*）。「當時我在都柏林的生活經驗只限於三一學院，」魯尼說，「而那裡只是都柏林的一小塊區域，宛如與世隔絕的孤島。在三一學院，至少是最初的那一兩年，我根本沒和三一學院以外的人有任何互動。我在校園裡住了好多年。我小說裡寫的多半也是這樣的人，但我並沒有資格評論都柏林。」

《正常人》接近結尾的部分有段情節，康諾去聽一位來訪的作家朗誦作品，覺得很沒意義：「文化是一種階級的表現，人們盲目崇拜文學，認為文學可以帶領受過教育的人去親身體驗虛妄的心路歷程。他們喜歡透過書本閱讀那些未受教育的人的種種心路歷程，但卻又覺得自己比那些沒受過教育的人更優越。」

《*Conversations With Friends*》裡的法蘭希絲和《正常人》裡的康諾，都在文學雜誌上發表了作品，魯尼本人也是。但是就和她筆下的這兩個角色一樣，她對出版界並未抱持任何想望：「我一點都不感興趣。我並不想把書稿寄給經紀人。我只想坐在我的房間裡寫作。」

魯尼筆下的角色對政治都頗有見解，堅持己見的程度各有不同，他們被酒、毒品、性愛所吸引，但有時也因此而讓生活混亂不堪。法蘭希絲和芭比爲政治和經濟理論爭辯不休；梅黎安希望出現迅速且殘酷的暴力革命。和許多剛成年的年輕人一樣，兩部小說裡的人物對他們所謂的「大人的世界」都心嚮往之——例如《正常人》裡有一幕在義大利的晚餐，大家爲喝香檳應該用什麼杯子才得體，發生了爭執，就像中年暴發戶一樣——但同時又對那個世界有點排斥，有點害怕。

我問起魯尼現在時有往來的文學圈，包括柯林．巴瑞特[2]、麗莎．麥金納尼[3]和艾米兒．麥克布萊德[4]等，都是以作品的廣度與創新受到矚目的作家。文壇上出現這麼多天分洋溢的新作家，她認爲原因爲何呢？「我認爲這絕對和金融危機有關。」她回答說。我們所提到的這些作家都是在經濟危機之後出道的，「在那之後出版了作品。所以金融危機所產生的社會環境，必然影響了目前作家所寫的作品，影響了大家對於小說的想法。」

---

2 Collin Barrett，1982-，愛爾蘭小說家，二〇一三年出版以愛爾蘭小鎮為背景的短篇小說集《格蘭貝的年輕人》（Young Skins），廣受讚譽，獲得弗蘭克．奧康納國際短篇小說獎、英國《衛報》新人獎與愛爾蘭文學魯尼獎等重要大獎。

3 Lisa McInerney，1981-，愛爾蘭小說家，二〇一五年出版小說《*The Glorious Heresies*》獲百利女性小說獎，第二部小說《*The Blood Miracles*》二〇一八年獲皇家文學院專為表彰作家第二部作品所設的安可獎。

4 Eimear McBride，1976-，愛爾蘭小說家，二〇一三年出版首部作品《*A Girl is a Half-formed Thing*》獲百利女性小說獎；第二部小說《*The Lesser Bohemians*》贏得布萊克小說紀念獎。

她省思，「凱爾特之虎」（Celtic Tiger）[5]年代的結束，帶來的或許不只是發展的幻滅，「也帶來自由的空間，讓人可以批判愛爾蘭社會。因爲在『凱爾特之虎』的年代，社會充斥著太多文化啦啦隊。經濟方面所受的衝擊當然很大，但如果仔細觀察愛爾蘭經濟重挫之後的那些年，社會所產生的變化，我想我們也可以看見，或許因爲經濟衰退，反而讓社會產生了深層的文化變遷。」

魯尼迫切想證明自己有資格對這些問題發表意見：她指出，愛爾蘭經濟的蓬勃起飛，是在她的青少年時期，而她也擔心自己的這些論點，會讓人誤以爲她覺得「這一切是值得的，因爲促成了許多優異作品的誕生。」不過她仍說：「我眞的認爲，這爲嚴肅的社會批評揭開了序幕，自此而後，我們見到了改變──例如公投等等。」

魯尼所提到的公投是在今年（二〇一八年）五月底，針對愛爾蘭憲法第八修正案進行的公投，以壓倒性的票數通過，賦予婦女終止懷孕的權利。（我們也聊到其他的公投案，未來還會有更多。）我知道魯尼和許多愛爾蘭作家一樣，都大聲疾呼支持「同意」陣營，我問她對這個經驗有何感受。

「不知從何說起。」她說，「這是我已經關注很久的問題。」她回憶說，念中學的時候，反墮胎團體到學校給學生看胎兒的影片，但學校除了基本的性教育之外，並沒有提出相對的立論，爲女性的生育自主權辯護。她說她「非常不贊同」，也「很好鬥」。她認爲這是值得爲之燃起怒火的議題，儘管當時根本還沒有人論及修法的事。公投到來時，「感覺上我已經爲這個議題蓄積了很長時間的怒氣。」

她回憶說，公投那天是個飄飄然的日子，混雜著慶賀、疲憊、不敢置信與如釋重負的感覺，但很快就被另一種不同的感覺所取代。「所有的痛苦煎熬似乎都毫無道理可言，」她說，「我們過去爲什麼這樣做？究竟爲什麼？三十年。所有的忿怒與悲傷，發生在人們身上所有的恐怖事情。有人因爲這條法律而受苦，甚至死去……我們沒有理由歡天喜地，因爲這一切原本都不該發生。」

令人意外的是，魯尼談到這些議題時，語氣極其平靜且慎重，不時又轉回來確認她把意見表達清楚了。然而，她也用感性的言詞，坦率描述她的各種親身經驗。公投之前，反墮胎法對她造成的「傷口」，如今一旦消失，反而有種奇怪的感覺，她說。談到「脫歐」時，她說愛爾蘭擔心英國脫歐對邊界與對《耶穌受難日協議》[6]的影響，但英國毫不理會，實在「令人傷心」。

---

5 意指愛爾蘭一九九四至二〇〇七年間經濟迅速發展期間。

在英國舉行公投之前，她說：「這個島上的每個人都說北愛爾蘭是個大問題，但你們卻沒有人討論這個問題。感覺上英國媒體完全不在乎。你們不停討論傑洛米．柯賓（Jeremy Corbyn）是不是稱職的工黨領袖，是不是夠關心留歐的問題，以及關稅、稅率等等。英國有任何人肯聽聽愛爾蘭人的聲音嗎？」

她指出，這賭注很高。「付出數千條人命才完成的政治協議，如今卻面臨毀棄的命運。但沒有人關注，你可能討論脫歐半個小時，到最後五分鐘才約略提到這個問題。」

現在情況依舊未變，她說，「民主聯盟黨（DUP）[7]基本上還在政府裡。」我指出，北愛爾蘭衝突深深影響了年輕世代的生活，與他們對愛爾蘭歷史的理解。大家都相信衝突已經解決了，如果認爲有人想破壞和平，這個想法感覺上太瘋狂了。「我認爲我們現在正面臨這個威脅！」她笑著說。

話題回到寫作。在短時間內接連出版兩本書之後，第三本是否也將問世？「我是在寫一些東西，」她說。她今年夏末才和伴侶展開新生活。他是位教師。「老實說，我覺得比以前更快樂。寫作的時候，一切都變得清晰透徹，各安其位。不寫作的時候，會不停有東西在我身上湧現，沒有地方可以好好安置。」

我想知道，她是否感受到必須擴展寫作領域的壓力，覺得自己必須去寫些不同生活背景或不同時代的東西。她向我保證，接下來並不會有驚悚小說或歷史小說。（「想到要……」她沒把這句話講完。」）但這並不表示她沒有某種程度的自我審查。「我讀自己寫的東西時，常常想，嗯，很不錯，沒有打破什麼界線，也沒眞正違反什麼道德規範。就只是一群虛構的人物在房間裡交談。但這或許就是價值所在……」我指出，珍·奧斯汀的小說也可以形容成是一群虛構的人物在房間裡交談。我們也提到亨利·詹姆斯。她認爲，關鍵或許在於：「找到你所擅長的，接受事實，不要強迫你自己去完成別人的抱負。」

很顯然的，魯尼打算繼續寫作，無論她的題材範疇是大是小。而且，寫作的欲

---

6 Good Friday Agreement，正式名稱為《貝爾法斯特協議》（Belfast Agreement），係北愛自治政府、愛爾蘭政府、英國政府於一九九八年四月十日就北愛爾蘭問題所達成的政治協議，為北愛爾蘭和平進程的里程碑，因簽訂日為耶穌受難日，因此也稱為《耶穌受難日協議》。在此協議中，隸屬英國的北愛爾蘭與愛爾蘭共和國之間的邊界為「軟邊界」（Soft Border），人員貨物均往來無礙。但在英國脫歐後，此邊界將成為英國與歐盟之間的邊界，是否成為具實質意義的「硬邊界」（Hard Border），阻礙北愛與愛爾蘭其他地區的往來，引發愛爾蘭疑慮，也成為英國政府棘手的問題。

7 Democratic Unionist Party，創立於一九七一年，為北愛爾蘭親英政黨，並支持英國脫歐。

望本身顯然就是她所得到的報償。「這是個沒有標準答案的問題，對吧？在這樣的歷史時刻，爲什麼還要讀小說？我沒有辦法回答這個問題。」

但你也沒有義務回答。

「確實，我沒有義務回答。我想我必須說清楚。我之所以寫作，並不是要鼓勵其他人來讀我寫的書，或甚至是讀任何書。這不是我該做的事。我該做的就只是寫出來。如果有人想讀，那就太好了。」

「我覺得要乖乖遵守規範太難了。我並不想貶低自己的作品，但另一方面，也不想美言。就是這樣。」

（本文為《衛報》授權，原文刊載於二〇一八年八月二十五日）

國際好評

「渾然天成的出色作品……溫柔與震撼力兼具。」

——《衛報》年度選書

「莎莉・魯尼的《正常人》是本年度遙遙領先其他作品的精彩之作。」

——《旁觀者雜誌》年度選書

「愛、性、階級、工作、溝通不良、惡意，盡皆以既精雕細琢又神祕的文筆加以刻劃；文采熠熠生輝，但文字背後有著宛如天氣般的情感流動。」

——《新政治家雜誌》年度選書

「魯尼以簡潔卻深刻文筆描繪對話的功力少有人堪與匹敵。本年度罕有作家能像她這般完美刻劃親密緊張的情感關係。」

——《倫敦標準晚報》年度選書

「一部洞察力深刻的作品……僅僅出版過兩部小說，魯尼小姐就已成爲文壇不可或缺的一員。」

——《經濟學人雜誌》

「成功之作！我們有幸得有莎莉．魯尼這樣的作家——她行文簡潔，對話極其精巧細膩。」

——《先鋒報》

「這個世代終於出現才華橫溢的文學新聲……魯尼刻劃內心世界的才華有目共睹……《正常人》讓青春呈現普世的重要意義。」

——《衛報》

「讀完這部小說之後，我決定用不同的視野看待世界。我想，這是對小說最崇高的讚美了吧。」

——《泰晤士報》

「魯尼給了我們一個迷人的二十一世紀愛情故事，也讓她躋身英語世界最重要的年輕作家之列。」

——TLS

「令人嘆爲觀止……細膩複雜的心緒會讓你心碎，不忍翻開最後一頁。」

——《*Grazia* 雜誌》

「欲罷不能的小說……熱情、親密、令人著迷的一本書，刻劃人如何難以面對自己眞實的情感……細膩入微，迷人至極，卓然出衆。」

——《心理學雜誌》

「《正常人》光芒四射……如此自然可喜，如思考般簡單，如經驗般眞實……這絕對是一部重要的作品，探討我們的感覺，我們與他人、與自我的關係。閱讀這本書會深感慶幸，讀後彷彿煥然一新，對你自己有了更進一步的認識。」

——《*Vice* 雜誌》

「溫柔前瞻的愛情故事……勾勒初戀的濃烈，是終其一生都長存我們心中的戀情。」

——《*Elle*雜誌》讀書俱樂部

「魯尼的第二部小說比第一部更加出色，更加具有洞察力……這是個格外扣人心弦的愛情故事，似乎應該加上健康警語，提醒讀者留意結局的滄涼孤寂。」

——《星期日郵報》

「永垂不朽的跨時代經典愛情故事。」

——《*Vogue*》

「美好的篇章，極度動人，要形容這部小說有多出色，我的修辭可能要達到另一個新的境界才行。但是說眞的，你非讀不可。」

——《書商雜誌》，編輯選書

「這部小說好到無話可說。渾然天成，眞實，動人，親密，性感。眞希望我也能寫得出來。」

「我今年所讀過最精彩的小說……出色、簡練，令人著迷。」

——英國作家喬喬・莫伊絲（Jojo Moyes）

——加拿大作家席拉・赫迪（Sheila Heti）

「請深呼吸，各位。莎莉・魯尼出版了第二部作品《正常人》。卓越……震撼力十足的閱讀經驗，充滿深刻省思，溫柔甜美。」

——愛爾蘭作家安・恩萊特（Anne Enright）

「我一翻開就放不下來——我以爲我不可能像愛《開放式關係》那樣愛《正常人》，結果不然。莎莉・魯尼是文學珍寶。」

——小說《白癡》（*The Idiot*）作者艾莉芙・巴圖曼（Elif Batuman）

藍小說 295

正常人

作　者—莎莉・魯尼
譯　者—李靜宜
編　輯—張瑋庭
封面設計—賴佳韋工作室
內頁排版—極翔企業有限公司
插圖授權—Henn Kim
總編輯—嘉世強
董事長—趙政岷
出版者—時報文化出版企業股份有限公司
108019臺北市和平西路三段二四〇號三樓
發行專線—（〇二）二三〇六—六八四二
讀者服務專線—〇八〇〇—二三一—七〇五
（〇二）二三〇四—七一〇三
讀者服務傳真—（〇二）二三〇四—六八五八
郵撥—一九三四四七二四時報文化出版公司
信箱—10899臺北華江橋郵局第99信箱
時報悅讀網—http://www.readingtimes.com.tw
電子郵件信箱—liter@readingtimes.com.tw
法律顧問—理律法律事務所　陳長文律師、李念祖律師
印　刷—家佑印刷有限公司
初版一刷—二〇二〇年六月二十六日
初版十七刷—二〇二四年四月二十五日
定　價—新臺幣三八〇元
（缺頁或破損的書，請寄回更換）

時報文化出版公司成立於一九七五年，
並於一九九九年股票上櫃公開發行，於二〇〇八年脫離中時集團非屬旺中，
以「尊重智慧與創意的文化事業」為信念。

正常人 / 莎莉・魯尼（Sally Rooney）著；李靜宜譯 . – 初版 . – 臺北市：時報文化, 2020.6
面；　公分 . –（藍小說；295）
譯自：Normal People
ISBN 978-957-13-8237-1

873.57　　109007651

ISBN 978-957-13-8237-1
Printed in Taiwan